P.G.Wodehouse

Masterpiece Selection

ウッドハウス名作選

アーチー若気の至り

P・G・ウッドハウス

森村たまき訳

国書刊行会

目次

B・W・キング＝ホールへの献辞

親愛なる相棒

　われわれは十八年も友人でやってきた。私の本のかなりの部分は、君の家の快適な屋根の下で執筆された。だのにまだ一度も君に献辞を捧げたことはない。後世の人々はこのことにいかなる評決を下すであろうか？　実は私は献辞に対しいささか迷信深い思いでいる。君が著作に、

我が親友*X*に捧ぐ

と、献辞を記すやいなや、たちまち*X*はピカディリーで君を無視するか、あるいは君に対して訴訟を提起する。かくのごとく宿命づけられているのだ。しかしながら、誰であれ、君と喧嘩しようとする者がいるとは想像もできないし、また私はのべつ人間的魅力を増すばかりでいる。だから一《いち》か八《ばち》か、やってみることにしよう。

敬具

P・G・ウッドハウス

アーチー若気の至り

1．悲惨な場面

「おーい！」アーチーが言った。

「はい、お客様？」警戒しながらフロント係は答えた。ホテル・コスモポリスの従業員は皆、警戒を怠《おこた》らなかった。それは、オーナーであるダニエル・ブリュースター氏が主張したことの一つだった。また彼はいつもホテルのロビーを歩き回っては目を光らせていたから、気を緩ませてよい時は一時たりともなかったのだ。

「支配人に会わせてくれ」

「わたくし共にお手助けできることはございませんでしょうか、お客様？」

アーチーは疑ぐり深そうに彼を見た。

「実はね、親愛なるフロント係くん」彼は言った。「僕は恐るべき大騒ぎを起こそうとしているんだが、君を巻き込むのはフェアじゃないように思うんだ。つまり、なぜ君が？ってことだ。僕が充電器に頭を突っ込んで欲しいと思っているのは、クソ忌々《いまいま》しい支配人なんだから」

　この時点で、傍に立ち、抑制された厳格の気配を漂わせながらロビーを見つめていた灰色の髪のがっしりした人物が、何事か始めてやろうというかのように、会話に参入した。

「私が支配人です」彼は言った。

彼の目は冷たく、敵意に満ちていた。あたかも他の人たちはアーチー・ムームが好きかもしれないが、自分は好きではないと言っているかのようだった。ダニエル・ブリュースターは戦闘態勢をとっていた。彼が耳にしたことは、彼という存在の中核に衝撃を与えたのだ。ホテル・コスモポリスは彼の私的な私有財産であり、世界中で娘のルシールの次に大切なものだった。非人間的な共同経営者や株主や取締役会によって経営され、それゆえコスモポリスをかくあらしめているところの父性的手ざわりを欠いたニューヨークの他のホテルと自分のホテルは違う、という事実に、彼は誇りを持っていた。他のホテルでは物事がうまく運ばず、顧客から苦情が出ることもあった。コスモポリスでは物事がうまく運ばないことは絶対にない。なぜなら物事がうまく運ばないことがないよう彼が現場で監督しており、その結果、顧客から苦情が出ることは絶対になかったからだ。しかし、これなるのっぽのひょろひょろしたサヤインゲンみたいなイギリス人は、まさしく彼の日の前で苛《いら》立《だ》ちと不満を表明していた。

「ご不満は何でございましょうか?」彼は冷たく訊ねた。

アーチーはブリュースター氏の上着の一番上のボタンに取りついたが、たちまち相手の重厚な身体のイライラした動きに振り飛ばされた。

「いいか、おやっさん! 僕は仕事を探そうとこの国に来た。なぜならイギリスじゃあ、僕の奉仕にいわゆる一般需要がありそうじゃなかったからだ。復員するとすぐに一族は機会に満ちた国の話を始めて、僕を大西洋航路の定期客船に押し込んだ。アメリカでなら、ひょっとして僕にだって何かつかめるかもしれないって考えたんだ——」

彼はブリュースター氏の上着のボタンをつかんで、またもや振り払われた。

「ここだけの話、僕はイギリスじゃあ大したことは何もしてこなかったし、一族も僕にちょっぴり飽きがきたんだな。とにかく、連中は僕をはるばるここに送りつけたってことだ――」

ブリュースター氏は、三度目の払いのけをやった。

「あなた様の人生航路の御物語は後ほど伺うとして、それよりもホテル・コスモポリスに対する、あなた様の具体的なご不満をお聞かせいただきたく存じます」彼は冷たく言った。

「もちろんだとも。素敵で結構なこのホテルのことだ。その話をするところだったんだ。ふん、こんな感じだった。船で会った奴が、ニューヨーク滞在にはここが最高の場所だって言ってたんだ――」

「その方のおっしゃるとおりですな」ブリュースター氏は言った。

「ああそうか、なんてこったただ！　だったら僕に言えることは、数ある中でここが一番なら、他のニューヨークのホテルってのは途轍《とてつ》もなくカビ臭いところに違いないってことだ。僕は昨夜、ここに部屋を取った」アーチーは自己憐憫《れんびん》に震えながら言った。「外のどこかで恐ろしい蛇口の音が、ぽた、ぽた、ぽた、ぽた、ぽたとして、僕は一晩中眠れなかったんだ」

ブリュースター氏の苛立ちは強まった。我が鎧《よろい》に割け目ありと感じたのだ。どれほど父性的なホテル経営者といえども、建物中すべての蛇口に目を光らせることはできない。

「ぽた、ぽた、ぽた、ぽた、ぽた、だ」アーチーは繰り返して言った。「それと僕は寝る前に靴をドアの外に置いた。だのに今朝になっても誰も手も触れてない。厳粛に言わせてもらう。誰も手も触れてないんだ」

「当然でございます」ブリュースター氏は言った。「当ホテルのスタッフは正直者でございますから」

「だけど僕は靴を磨いて欲しかったんだ、まったく！」

「靴磨き店が地下にございます。コスモポリスでは客室ドア外に置かれた靴を磨くことはございません」

「じゃあコスモポリスはクソ忌々《いまいま》しい腐れホテルだと僕は思う！」

ブリュースター氏の小柄で頑丈な身体が震えた。許しがたい侮辱が発されたのだ。ブリュースター氏の血統の正統性に疑問を投じ、ブリュースター氏を殴り倒し、スパイク付きの靴で顔の上を歩き回ったとて、平和的和解に至る道が取り返しのつかないかたちですべて閉ざされたことにはならない。しかし、彼のホテルについてこんな発言をしたとなったら、間違いなく宣戦布告である。

「でしたらば」彼は態度を硬化させ、言った。「部屋を明け渡していただくようお願いいたさねばなりません」

「明け渡すとも！　あと一分だってこんなところにいられるものか」

ブリュースター氏は立ち去り、アーチーは勘定書を取りに会計デスクに向かった。劇的効果がため相手方には伏せていたが、いずれにせよその朝ホテルを発つことを彼は意図していた。イギリスから持ってきた紹介状のひとつが実を結び、ヴァン・トゥイル夫人からマイアミのハウスパーティーへの招待状が届いており、すぐ行くことにしていたのだ。

「ふん」アーチーは駅に向かう途中でこう思った。「ひとつだけ確かなことは、僕はもう絶対にあのクソ忌々しい場所に足を踏み入れるもんかってことだ！」

しかしこの世界には確かなことなど、何もないのである。

2. ブリュースター氏に衝撃走る

ダニエル・ブリュースター氏はコスモポリス・ホテルの豪華なスイートルームに座り、見事な葉巻を一本くゆらせながら、旧友のビンステッド教授とおしゃべりしていた。ホテルのロビーでしかブリュースター氏を見たことのない者は、彼の部屋を見て驚くことだろう。ダニエル・ブリュースターは趣味人だった。彼は従者のパーカーが言うところのコヌーザー、すなわち、目利きだった。美術に対する彼の教養あふれる趣味は、コスモポリスを他のニューヨークのホテルとは違う、ひときわ優れたものにしていた。彼は食堂のタペストリーや、建物じゅうに飾られたさまざまな絵画を自らの手で選び抜いた。また私生活においては、趣味の方向性を同じくするビンステッド教授が、機会さえあったら良心の呵責《かしやく》のひとかけらもなく盗みとってしまうような物の熱心な蒐集家《しゅうしゅうか》だった。

ビンステッド教授はべっ甲縁のメガネをかけた小柄な中年男で、部屋中を貪欲《どんよく》そうに飛び回っては、目を輝かせてお宝を検分していた。部屋の隅では、厳粛な顔つきをした細身の従者パーカーが、雇用主と客人のために簡単な昼食を準備した卓上保温鍋《なべ》の上にかがみ込んでいた。

「ブリュースター」マントルピースのところで一時停止し、ビンステッド教授は言った。

ブリュースター氏は機嫌よく顔を上げた。今日の彼は穏やかな気分だった。前章に記録されたアーチーとの出会いからは二週間以上が経過し、あの不快事を心のうちから追い払うことができていた。あれ以来、ダニエル・ブリュースターにとって、すべては順調だった。ダウンタウンに新しいホテル建設のための新しい土地を購入する交渉を完了し、彼は現在の野心を達成したばかりだった。彼はホテルを建てるのが好きだった。嫡男コスモポリスを所有し、山の中には去年購入した夏のホテルを所有していた。またロンドンにもう一軒ホテルを建設して、イギリスでもホテル経営をしようという思いを弄《もてあそ》んでもいた。とはいえ、それまではしばし待たねばならない。当面はダウンタウンのこの新しいホテルに集中するとしよう。それは彼を忙殺したし、敷地確保の手配には気を揉《も》まされた。しかし、彼の悩みはもう終わった。

「何かね？」彼は言った。

ビンステッド教授が手に取ったのは、繊細な細工が施された小さな陶器の人形だった。それは、カーキ色軍服時代以前の戦士が槍《やり》を持って敵に立ち向かう姿を表していた。戦士の顔に浮かんだ満足げな表情から判断すると、相手は彼よりも小型であるらしい。

「これをどこで手に入れた？」

「それか？　うちの代理人のモーソンが、イーストサイドの小さな店で見つけたんだ」

「もう一つは？　もう一体あるはずだ　これは二体一組で、一体では価値がない」

ブリュースター氏は眉《まゆ》をひそめた。

「わかっている」彼はいらっとした様子で言った。「モーソンがあちこちでもう一体を探している。君ももし見つけるようなことがあったら、白紙委任状をやるから、わしのために買っておいてくれ」

「どこかにあるはずだ」

「見つけたら費用は気にせんでくれ。いくらでも構わん、わしが金を出す」

「留意しておこう」ビンステッド教授は言った。「わかってるだろうが、大金になるやもしれんぞ」

「費用は気にせんと言ったろう」

「大富豪というのは結構なものだなあ」ビンステッド教授はため息をついた。

「ご昼食の用意ができております」パーカーが言った。

ドアにノックがあった時、彼は彫像のごとき姿で、ブリュースター氏の椅子《いす》の後ろに待機していた。彼はドアに向かうと、電報を持って戻ってきた。

「電報でございます、旦那様《だんなさま》」

ブリュースター氏はぞんざいにうなずいた。卓上保温鍋の中身は強烈な匂いによる事前宣伝の正当性を証明していた。邪魔されている暇はなかった。

「そこに置き給え。給仕はしてもらわなくていい、パーカー」

「かしこまりました、旦那様」

従者は退場し、ブリュースター氏は昼食を再開した。

「開けないのか?」ビンステッド教授は訊《き》いた。彼にとって電報は電報であった。

「あわてる必要はない。わしは一日中電報を受け取っておる。娘のルシールが、何時の汽車に乗るか伝えてきたんじゃろう」

「今日お帰りでしたかな?」

「ああ、マイアミに行っておってな」ブリュースター氏は、卓上保温鍋の内容物を十分に賞翫《しょうがん》した後、眼鏡《めがね》を調整し、封筒を取り上げた。「いや、喜んで——なんてことだ！」

彼は口をあんぐりと開け、電報を見つめていた。彼の友人は、心配そうに彼を見た。

「悪い報せでないといいが？」

ブリュースター氏は首を絞められたように、ゴボゴボ喉《のど》を鳴らした。

「悪い報せかじゃと？　悪い？　さあ、自分で読むがいい」

ビンステッド教授はニューヨークで最も詮索《せんさく》好きな三人男の一人であったから、感謝しつつ電報を手に取った。

「愛するアーチーといっしょに今日ニューヨークに戻るわ。二人より愛を込めて。ルシール」彼は大口を開けて招待主を見つめた。「アーチーとは誰だ？」彼は訊いた。

「アーチーとは誰じゃ？」ブリュースター氏が力なくこだまを返した。「誰じゃ？　わしこそ知りたい」

「愛するアーチー」教授は電報を見ながらつぶやいた。「愛するアーチーといっしょに今日戻るだと。奇妙だ！」

ブリュースター氏は相変わらず眼前を見つめていた。誰とも交際していない状態で一人娘をマイアミに旅立たせ、愛するアーチーを手に入れたと電報で知らせてよこされたら、当然ながら驚くものである。彼は飛び上がるようにテーブルから立ち上がった。忙しい時の悪い癖で、この一週間、手紙を注意して読むことを怠《おこた》ったため、時事問題に通じる機会を失っていたのではあるまいかと思い当たったのだ。しばらく前にルシールから手紙が届いていたことを、今彼は思い出した。未開封のまま、暇がある時に読もうとしまい込んであった。ルシールは愛する娘だが、休暇中の彼女の手紙に数日遅れで読んで困るような内容は滅多《めった》になかった。彼は机に駆けつけると書類の中を探し回り、探していたものを見つけ出した。

それは長い手紙だった。彼がその内容をしっかり理解するまでの間、室内にはしばらく沈黙があった。そして、彼は息を荒げて教授の方を向いた。

「何たること！」

「どうした？」ビンステッド教授は熱を込めて言った。「どうしたんだ？」

「何たることだ！」

「何が？」

「大変じゃ！」

「どうしたんだ？」教授は苦しげに聞き質《ただ》した。

ブリュースター氏はどすんと座り込んだ。

「娘が結婚した！」

「結婚しただと！」

「結婚したんじゃ！　イギリス人と！」

「これは驚いた！」

「娘はこう言っとる」再び手紙を参照しつつ、ブリュースター氏は続けて言った。「二人はあまりにも愛し合っているから、結婚するしかなかったんだそうじゃ。わしに怒らないで欲しいと、娘は願っておる。怒るじゃと！」ブリュースター氏は興奮して友人を見つめ、あえぎながら言った。

「実に腹立たしいな！」

「腹立たしいとも！　まったく腹立たしい！　わしはそいつのことをまったく知らん。生まれてこのかた聞いたこともない。結婚する時に男はひどく間抜けに見えるからと言って、そいつは静かな結婚式を望んだんだそうじゃ。わしはそいつを愛さなければいけないそうだ。なぜってそいつはわしを愛する気満々でいるからだと！」

ブリュースター氏は手紙を置いた。

「途方もない話だ！」

ビンステッド教授は言った。「私は感じのよい英国人に、何人か会ったことがある」

「イギリス人だと！」

「わしはイギリス人は好かん」ブリュースター氏はうなり声をあげた。「パーカーがイギリス人だ」

「君の従者か？」

「ああ、思うところ、あいつはわしのシャツをこっそり盗み着しとる。もし現場を押さえたら……！　貴君ならどうする、ビンステッド？」

「どうするかだと？」教授はその点について賢明に考えた。「そうだなあ、ブリュースター、君にできることは何もないと思う。君はただ待って、その人物に会わにゃあならん。おそらくは立派な婿殿《むこどの》なんだろう」

「ふん！」ブリュースター氏は、楽観的な見方にくみするのを拒否した。「だが、イギリス人だぞ、ビンステッド！」彼は哀しげに言った。突然記憶がよみがえってきたのだ。「つい一、二週間前、うちのホテルにイギリス人がいたんじゃが……君が驚くような言い草でうちのホテルを侮辱しおった！　腐れホテルだと言いおった！　わしのホテルを！」

ビンステッド教授は同情的に舌打ちした。彼は友人が熱くなるわけを理解したのだ。

3．ブリュースター氏の審判

ビンステッド教授がブリュースター氏の居間で舌打ちしたのとほぼ同じ瞬間、アーチー・ムームはマイアミ発の特急列車の居間に座り、花嫁をじっと見つめていた。これは現実というにはあまりにもうますぎると、彼は考えていた。ここ数日というもの、彼の頭の中はとにかく混乱していたのだが、その混沌の中からはっきり浮かび上がってくるのはこの思いばかりだった。

アーチー・ムーム夫人、すなわちルシール・旧姓ブリュースターは、小柄でほっそりして、黒髪の雲に包まれた、小さな生き生きした顔の持ち主だった。彼女のすべてがあまりにも完璧《かんぺき》だったから、このとてつもない幸運という奇跡が自分の身の上に本当に起こったことを確認するために、アーチーは何度も内ポケットから結婚証明書を取り出して熱心に眺めずにはいられなかった。

「正直言って、ねえかわいい子ちゃん――つまり、愛する懐かしい人、というかつまり、ダーリン」アーチーは言った。「僕には信じられない！」

「何が？」

「つまり、どうして君が僕みたいなロクでもない男と結婚してくれたのか、僕には理解できないってことさ」

ルシールは目を見開いた。彼女は彼の手を握りしめた。

「だって、あなたは世界じゅうで一番素敵な人なんですもの。いちばん大事な人！　そのことは、わかってらっしゃるでしょ？」

「まったく気づかなかった。君は本当にそう思うの？」

「もちろん本当よ！　あなたって天才！　あなたを一目見たら、誰だってあなたのこと愛さずにいられないわ」

アーチーは恍惚《こうこつ》としてため息をついた。と、その時、とある思考が念頭をよぎった。それは頻繁《ひんぱん》に彼の至福を台なしにしてくる思考だった。

「君のお父上はそう思ってくださるかな？」

「もちろん思うわ！」

「いわば僕たちは、突然お父上を驚かせてしまったわけだからなあ」アーチーは疑わしげに言った。

「君のお父上はどんな方なんだい？」

「父も素敵な人よ」

「あのホテルのオーナーだなんて、おかしな話だなあ」アーチーは言った。「マイアミに発つ前に、僕はあそこの支配人とひどい口論をしたんだ。君のお父上はあの男をクビにすべきだな。景観破壊物件だ！」

アーチーは義理の父親にそっと静かに紹介されるべきだとは、ニューヨークへの道中でルシールが決定したところだった。つまり、手と手をとり合ってブリュースター氏の御前《ごぜん》に陽気に飛び出してゆくのではなく、幸福な二人は三十分かそこら離れ離れになり、ルシールが父親に会ってすべての物語、あるいは紙幅の都合で手紙に書ききれなかった数章を語り聞かせている間、アーチーはその辺にうろうろして待機するということだ。そして、義理の息子としてアーチーを手に入れられた幸運をブリュースター氏に十分印象づけた後、彼女はその幸運の人が義父との対面を待ち構えている場所へと案内するのである。

初期段階において、この計画は見事に成功した。二人がアーチーに会おうとブリュースター氏の部屋から出てきたとき、ブリュースター氏の思考全般は、ほぼ信じられないようなかたちで幸運が彼にほほえみかけ、アポロ、ギャラハッド卿、マルクス・アウレリウスの優れた特徴をほぼ同割合で配合した婿殿《むこどの》を紹介してくれたというものであった。確かに会話の中で、親愛なるアーチーには職業も私的財産もないことを知りはした。しかし、アーチーのような偉大な魂の持ち主に、そんなものは必要ないとブリュースター氏は感じていた。すべてを手に入れることはできないのだし、またルシールの話によると、アーチーは、魂、容姿、礼儀作法、気立ての良さ、そして血統において、ほぼ一〇〇％の人物だったのである。重要なのはこれらなのだ。明るい楽観主義と優しさに包まれ、ブリュースター氏はロビーに向かった。

その結果、アーチーを見つけた時、彼はいささかショックを受けた。

「ハロー、ハロー、ハロー！」とアーチーは嬉《うれ》しげに近寄ってきた。

「アーチー、ダーリン、こちらがわたしの父よ」ルシールは言った。

「なんてこった！」アーチーは言った。

いわゆる沈黙の時があった。ブリュースター氏はアーチーを見た。アーチーはブリュースター氏を見た。なぜこの大お披露目シーンが何らかの見落とされていた障害物に激突してしまったものか訳がわからぬまま、ルシールは啓蒙《けいもう》を待ち焦がれた。その間、アーチーはブリュースター氏を検分し続け、ブリュースター氏はアーチーを見つめ続けた。

およそ三分十五秒におよぶ気まずい一時停止の後、ブリュースター氏は一、二度息を呑《の》み込み、ようやく話しだした。

「ルゥー！」

「はい、お父様？」

「本当か？」

ルシールの灰色の目は、困惑と不安で曇った。

「本当かって？」

「お前は本当にコレ、を……わしの義理の息子に押し付けてよこすのか？」ブリュースター氏はさらに数回息を呑み込んだ。その間、アーチーは凍《こお》りついたかのごとくうっとりと、わが新たなる親族ののどぼとけが激しく揺れるのを見つめていた。「あっちへ行っておれ！　わしはコレ――コレ――コレの名前は何じゃ？」彼は過度に興奮した様子で、初めてアーチーに向かって訊《き》き質《ただ》した。

「言ったでしょう、お父さま。『ムーム』よ」

「ムームじゃと？」

「綴りは M-o-f-f-a-m だけど発音はムームなのよ」

「ブラッフィンガムと書いてブルームと読むがごとしです」アーチーは言った。

「ルゥー」ブリュースター氏は言った。「席を外してくれ！　話がしたいんじゃ、この……何さんじゃったか」

「貴方《あなた》は先ほど僕のことを、コレとお呼びでした」アーチーは言った。

「お父様、怒ってらっしゃるんじゃないわね？」ルシールは言った。

「ちがうちがう！　そんなことはない！　死ぬほど嬉《うれ》しくてたまらないんじゃ」

娘がその場を去ると、ブリュースター氏は長いため息をついた。

「さてと、では」彼は言った。

「ちょっと気まずいですね。この件一切がですが」アーチーはくだけた調子で言った。「つまりですね、前にはもっと幸福じゃない状況でお会いしたんでした……おかしな偶然ですね！　素敵な手《て》斧《おの》は楽しく埋《うず》めることにして――新しい人生を始めて――許し合い忘れ合い、お互いを愛せるようになる、そんなようなところでどうでしょうか？　貴方がそうしてくださるなら、僕もそれで行きます。どうします？　それでいいんじゃないですか？」

ブリュースター氏は良心へのこの男らしい訴えに、全く心動かされることはなかった。

「いったい全体わしの娘と結婚するとは、どういうつもりじゃ？」

アーチーは考え込んだ。

「うーん、こういうことになったんですよ、そういうことなんです！　こういうのがどんなふうかはご存じでしょう！　貴方だってかつては若かったんですから。僕は恐ろしいくらい恋に落ちてしまって、それでルゥーは悪い話じゃあないと思ってくれて……それが次から次へとつながって……でまあ、こうなったわけです！」

「うまくやったと、思っとるんだろう？」

「ええ、そのとおりです！　僕に関するかぎり何もかもが最高です！　こんなに気分が最高なのは人生で初めてですよ！」

「そうだろうとも！」ブリュースター氏は苦々《にがにが》しげに言った。「お前の視点では、すべてが最高じゃろうて。一文無しのお前が、金持ちの娘をだまくらかしてうまいこと結婚できたんじゃ。どうせブラッドストリート企業名鑑でわしのことを調べたんじゃろう？」

この瞬間までアーチーは本件のこうした側面を思ってもみなかった。

「あのですねえ！」彼は落胆して言った。「そんな見方は初めてですよ！　貴方の観点からすると、これがちょっとまあ大失敗に見えるってことはわかりますが！」

「お前はルシールをどうやって支えてゆくつもりじゃ？」

アーチーはカラーの内側に指を走らせた。バツが悪かったのだ。彼の義父はありとあらゆる新たな思考の地平を開いてくれていた。

「うーん、親爺《おやじ》さん、それを言われると」彼は率直に認めた。「降参です！」しばらくの間、彼はその件についてよくよく考えてみた。「何というか、僕はまあその、こう言っておわかりいただければですが、仕事をしようと思ってたんです」

「何の仕事じゃ？」

「またしても一本取られました。大まかな計画としては、何かが見つかるまでまわりを見回して探し回ってあちこち行ったり来たりするつもりです。大雑把《おおざっぱ》に言って、そんなふうに考えてます！」

ブリュースター氏はフンと鼻を鳴らした。「何かが見つかるまでじゃと。何かが見つかるまでか」

「大まかに言えばそうです」

「それでお前がそうしてる間じゅう、娘をどうやって養ってゆくつもりじゃった？」

「そうですね」アーチーは言った。「僕たちはしばらくは貴方がなんとかしてくださるものと思ってました」

「なるほど！　わしにぶら下がって暮らそうと思ったわけか？」

「いえ、そういう言い方はちょっと身も蓋《ふた》もないですけど――僕が何かしら考えていた限りでは……それが貴方のおっしゃる全体的な手続き計画といったものでした。あまり高いご評価はなさいませんよね、どうでしょう？　イエスかノーかどっちでしょう？」

ブリュースター氏は爆発した。

「ああ、高く評価はせん！　なんたることじゃ！　お前はわしのホテルを――わしのホテルをじゃぞ――思いつく限りの言葉でさんざん悪しざまに罵《ののし》りながら出ていった――途轍《とてつ》もない勢いで侮辱したんじゃ――」

「ちょっと性急でした」アーチーは申し訳なさそうにつぶやいた。「何も考えずに言ってました。あのクソ忌々《いまいま》しい蛇口が一晩中ぽた、ぽた、ぽた、ぽた、って鳴り続けて眠れなくて――それに朝食を食べてなかったんです。えー、済んだことは済んだことにして――」

「わしの言うことを邪魔するな！　創業以来誰も叩《たた》いたことのないほどにこのホテルをぶっ叩きおった。それでこっそり出て行ったかと思えば、知らぬ間にわしの娘と結婚しおって」

「ご承諾いただくために電報を打とうとは思ったんです。だけどどういうわけかうっかり忘れてしまって。人が忘れる生き物だってことはご存じでしょう！」

「それで今戻ってきて、わしがお前の肩に腕をまわしてキスするよう、そして残りの人生ずっとお前を養ってくれるよう、涼しい顔して期待しておる！」

「僕があちこち行ったり来たりくんくん探し回ってる間だけですよ」

「ふん、どうやらわしがお前の面倒を見なきゃならんようだ。逃げ道はなさそうじゃな。わしの提案はこうだ。お前はわしのホテルは粗末なホテルだと思うんじゃったな？　ふん、これから判断する機会は十分あることになる。お前はここに住むことになったんじゃからな。お前のことはスイートルームに住まわせてやるし、食事もとらせてやろう。だがそれ以外はなしじゃ――何もせん！わしの言っとることはわかるか？」

「絶対的にですよ！　つまり、軍隊用語で『ナプー！』っていうか、おしまいってことですね」

「わしのレストランでそれなりの金額の請求書にサインしてくれればいいし、ホテルがお前の洗濯物の世話をしてくれる。だが、わしからは一セントだって取れんぞ。それと、靴を磨いて欲しければ地階で自分で支払うんじゃ。もし靴をドアの外に置きっぱなしにしたら、通風口に投げ込むようウェイターに指示しておく。わかったか？　よろしい！　さて、他に何か聞きたいことは？」

アーチーは愛想笑いじみた笑《え》みで笑った。

「えー、実を言いますと、グリルルームにごいっしょして僕たち二人と食事はいかがですかって、お願いしようと思ってたんですが？」

「行かん！」

「請求書には僕がサインします」アーチーはご機嫌をとるように言った。「そんなにお気にされませんよね？　ええ、よしきたホーです！」

4．仕事求む

結婚生活最初の一ヶ月を終えて自分の立場を振り返ったとき、アーチーには、あらゆる可能的世界の中で最善であるこの世界においてすべてが最善であるように思われた。アメリカを訪れたイギリス人のアメリカに対する態度は、ほとんどの場合極端に傾きがちで、アメリカにあるすべてのものを嫌悪するか、この国、その気候、その制度といった主題について熱狂的になるかのどちらかである。アーチーは後者の集団に属した。彼はアメリカが好きで、最初からアメリカ人とすばらしく仲良くやっていた。彼は気さくな人柄で、社交家だった。そして社交家の街ニューヨークが、自分にとってくつろげる場所であることを知った。心地よい友好的な雰囲気と、出会ったすべての人たちの心開け放したもてなしに、彼は魅了された。まるでニューヨークが大宴会の開始を宣言する前に、彼の到着を待ち構えていたかのように思える瞬間もあった。

無論この世に完璧《かんぺき》なものなどはなく、またアーチーがそれをとおして新しい環境を眺めていたメガネはバラ色ではあったものの、とはいえ彼とて一つの欠陥、香油の中の一匹のハエ、サラダの中の一匹の毛虫が存在することを認めざるを得なかった。義理の父であるダニエル・ブリュースター氏は、相変わらず無愛想だったのだ。実際、新しい親戚に対する彼の態度は、日を重ねるにつれより一層、サイモン・レグリー［ストウ『アンクル・トムの小屋』でトムを虐待した農園主］がアンクル・トムとの関係の中で見せていたら農園じゅうのゴシップの種となったであろうような態度になっていった。早くも滞在三日目の朝にはアーチーが彼のところへ行き、きわめて率直かつ紳士的な態度にてホテル・コスモポリスへの批判を撤回し、よくよく検分してみればホテル・コスモポリスはすっごくいい奴であり、最高かつ最も聡明なホテルであり、大丈夫な奴だったという熟慮に基づいた見解を述べたにもかかわらず、それはそんな具合であったのである。

「親爺《おやじ》さん、貴方《あなた》のご功績ですよ」アーチーは心を込めて言った。

「親爺さん呼ばわりはやめるんじゃ」ブリュースター氏はうなり声をあげた。

「よしきたホーだ、わが友よ！」アーチーは愛想よく言った。

真の哲学者であるアーチーは不屈の精神でこの敵意を耐え忍んだが、しかしルシールは心配した。

「お父様があなたのこと、もっと理解してくださったらいいのに」この会話をアーチーが伝えると、彼女は切なげにこう意見を述べた。

「うん、まあね」アーチーは言った。「お父上がその気になってくれたら、僕はいつだって理解してもらって構わないんだけどね」

「お父様に好きになってもらえるように、努力しなきゃいけないわ」

「でも、どうやって？　僕はお父上に魅力的にほほえみかけたりしてるんだけど、応えてくれないんだ」

「何か考えないといけないわね。あなたがどんな天使かってこと、お父様にわかっていただきたいの。あなたって天使なのよ」

「えっ、本当かい?」

「もちろんそうだわ」

「おかしな話だな」常に思い至らずにはいられぬ思考の道すじを追求しつつ、アーチーは言った。「君を見れば見るほど、どうして君にこんな父親がいるんだろうって思わずにはいられない……つまり僕が言いたいのは、つまり、君のお母様に会いたかったなあ、ってことなんだけど。恐ろしく魅力的な人だったにちがいない」

「お父様が何を本当に喜ぶかはわかってるの」ルシールが言った。「あなたが何か仕事をすることだわ。お父様は働く人が好きなの」

「そうかなあ?」アーチーは怪訝《けげん》そうに言った。「今朝、デスクの後ろの、朝早くから夜露が降る夕べまで死ぬほど働いているあの人と、数字の間違いの件で話してるのを聞いたんだけど、あれで君の父上があの人を愛しているっていうなら、見事にその気持ちを隠しとおしてたんだな。もちろん、今のところ僕が骨折り働く労働者の一人じゃないってことは認めるけど、でもどうやって始めればいいのかってのはとてつもなく難しいんだ。僕は探し回っているんだけど、優秀な若者の働き口ってのはごく少ないみたいなんだ」

「うーん、努力を続けることね。何かすることを見つけられれば、何でもいいの、お父様の態度もまったく変わるわ」

おそらくアーチーを奮起させたのは、ブリュースター氏の態度をまったく変えるというまばゆいばかりの展望だったのだろう。彼は、義父におけるいかなる変化も、必然的により良い方向に向かうものだという見解に強くくみしていた。ペン＆インク・クラブでアーティストのジェームズ・

B・ウィーラーと偶然出逢《であ》ったとき、その方面の道が開かれたように思われた。

人に好かれる能力を持ち合わせたニューヨーク訪問者には、この街の主要産業とは二週間のクラブ招待状を発行することだと思われたことだろう。アーチーはニューヨークに到着して以来、自分の人気を示すこのうれしい証拠を雨あられと降り注《そそ》がれており、今ではあまりにも数多くの多種多様なクラブの名誉会員となってしまって全部のクラブに行く時間がないくらいだった。彼のフロリダでの招待主の息子である友人、レジー・ヴァン・トゥイルが紹介してくれた五番街のおしゃれなクラブがあった。もっと堅実派の市民によって自由に使わせてもらえるようになったビジネスマンのクラブもあった。そして中でも一番は、ラムズ、プレイヤーズ、フライアーズ、コーヒーハウス、ペン&インク、そしてその他芸術家、作家、俳優、ボヘミアンたちの集《つど》いの場であった。アーチーがほとんどの時間を過ごしたのはこれらの場所で、また人気イラストレーターのJ・B・ウィーラーと知り合ったのもこの場所でだった。

心安い昼食をいただきながら、アーチーはウィーラー氏に、『急げ若者よ、人生の成功と幸福を勝ち得る男になる』というような本の主人公になりたいという彼の野望を打ち明けていた。

「仕事が欲しいだって?」ウィーラー氏は言った。

「仕事が欲しいんだ」アーチーは言った。

ウィーラー氏はフライドポテトを八本、続けざまに食べた。彼は大食家だった。

「俺はいつだってお前のことを野に咲く百合《ゆり》の大代表だと思ってた」彼は言った。「なぜまたあくせく働きたがる?」

「うーん、わかるだろ。妻は僕が何かすれば、あの陽気な親爺さんに喜ばれると思ってるみたいなんだ」

「仕事って体裁さえ整ってりゃ、何だっていいのか?」

「世界中の何だっていいんだ、我が友よ。世界中の何だっていい」

「じゃあ俺が今やってる絵のポーズをとってくれ」J・B・ウィーラーは言った。「雑誌の表紙用だ。お前こそ俺が求めてるモデルだ。相場の料金は支払う。いいかな?」

「ポーズって?」

「木の塊《かたまり》みたいに立ってればいいんだ。できるだろう?」

「できるとも」アーチーは言った。

「じゃあ明日アトリエに来てくれ」

「よしきたホーだ」アーチーは言った。

5. 芸術家のモデルなる奇妙な体験

アーチーは哀しげに言った。すでに彼は、芸術家のモデルなど気楽な稼業だと思い込んでいた時代を悲しく振り返っていた。最初の五分で、自分が持ちあわせていることに気づかずにきた筋肉が、未治療の虫歯みたいに痛みだした。芸術家のモデルのタフさと耐久力に対する尊敬の念は、彼のうちで確固たるものとなった。連中が一日中これだけのことをしてきて、夜来《きた》りなばボヘミアンの飲み騒ぎに繰り出すスタミナをどう身につけたものかは、アーチーの理解の範囲を超えていた。

「おーい、友よ！」

「ふらふらするんじゃない、コン畜生《ちくしょう》！」ウィーラー氏は鼻を鳴らして言った。

「いや、だが親愛なる芸術家くん」アーチーが言った。「君が理解してないようなのは……君がわかっていないと思われることは……僕の背中が痙攣《けいれん》してるってことで」

「この弱虫！　このみじめな無脊椎《むせきつい》動物の虫野郎！　ちょっとでも動いたら無惨に殺してやって、毎週水曜土曜日にはお前の墓の上で踊ってやる。もうちょっとなんだ」

「主に背骨が襲いかかってきてるんだ」

「しゃんとするんだ、この意志薄弱なサヤインゲン野郎！」J・B・ウィーラーは強く言った。

「恥を知ることだ。先週、俺のためにポーズをとってくれた女性は、片足でゆうに一時間も立ってたんだぞ。テニスラケットを振りかぶって、明るく笑顔を浮かべながらだ」

「種のメスはオスよりインドゴム的なんだ」アーチーは主張した。

「ふん、あと数分で終わりだ。弱ってるんじゃない。ありとあらゆる本屋で自分の姿を見たら、どれだけ誇らしく思うことかを考えるんだ」

アーチーはため息をつき、再びこの任務に精励すべくみずからを鼓舞《こぶ》した。こんな真似を引き受けなければよかったと、彼は後悔していた。身体的な不快に加え、ものすごくバカみたいな気分にもなっていたのだ。ウィーラー氏が担当した表紙は雑誌の八月号用で、アーチーは嫌々ながら鮮やかなレモン色のツーピース水着をその身にまとわねばならなかった。彼は高級海浜リゾートで浮桟橋から飛び込む陽気な上流階級青年の姿を表現することになっていた。正確さにこだわるJ・B・ウィーラーは、靴下と靴を脱がせたがったが、その点に関するアーチーの態度は毅然《きぜん》たるものだった。彼は自分がバカに見えてもいいとは思っていたが、途轍《とてつ》もないバカは嫌だったのだ。

「よし」ブラシを置いてJ・B・ウィーラーは言った。「今日のところはこれでよしだ。でも偏見も誹謗《ひぼう》中傷の意図もなしで言わせてもらえば、ひ弱なひざとゼリー状の背骨のロクでなしでないモデルがいてくれたら、もう一回モデルに座ってもらわなくたって完成してたはずなんだ」

「君らがなぜこういう仕事をモデルに『座らせる』呼ばわりするのか不思議でたまらないよ」アーチーは痛む背中にオステオパシーの暫定《ざんてい》実験を施術してみながら、しみじみと言った。「なあ、我が友、気付けの一杯をご馳走《ちそう》してくれても構わないぞ。手元にあればだけどさ。だがもちろん、ないんだろうなぁ」彼はあきらめたように言った。普段は禁酒していたものの、アーチーが合衆国憲法修正第十八条をいささか苦痛に思う瞬間はあった。

J・B・ウィーラーは首を横に振った。

「まだちょっと早いんだ」彼は言った。「だが、あと一日かそこらして来てくれれば、ちょっとご馳走してやれるかもしれない」ウィーラーは陰謀家のように警戒した様子で部屋の隅に移動し、キャンバスの山を片側に持ち上げると、スタウトビールの樽《たる》を見せ、それを父親のごとく優しき目にて見遣《みや》った。「時満ち来《きた》りなば、こいつがとてつもない甘美と光明《こうみよう》を振り撒《ま》いてくれるはずだ」

「ああ」アーチーは興味深そうに言った。「自家醸造《じようぞう》だな？」

「この手で造ったんだ。ちょっぴりスピードを上げてもらおうと、昨日レーズンを少々足してみた。レーズンにはたいそう効能がある。それとスピードを上げるって話をすればだが、明日はもっと時間厳守で頼むぞ。今日は昼間のいい日光の射す時間を一時間も損したんだからな」

「結構な言い草だな！　僕は時間ぴったりに来たんだ。君を待って踊り場で時間を潰《つぶ》してたんだぞ」

「まあまあ、そんなのはどうだっていい」J・B・ウィーラーはいらだたしげに言った。つまり、芸術家の魂とは常にごく些細なことにも悩まされるものだからだ。「重要なのは、俺たちが仕事に取り掛かるのが一時間遅れたってことだ。明日は十一時ちょうどに来てくれよ」

したがって翌朝、階段を上るアーチーは罪悪感と恐怖を感じていた。つまり固い約束にもかかわらず、三十分遅刻したからだ。友人もまた遅れたことを知って、彼はほっとした。スタジオのドアは開いていていたから中に入ると、そこには熟年の女性がいて、モップで床をこすっていた。彼は寝室に入り、水着を着た。十分後に彼が出てくると、その女性はいなくなっていたが、J・B・ウィーラーの姿はまだなかった。つかの間の休息をうれしく喜び、彼は朝食テーブルでスポーツ欄だけを読んであった朝刊を読み、時間をつぶすことにした。

朝刊に彼の興味を大いに惹《ひ》くような内容はなかった。昨日はいつものように債券強盗が行われ、警察はこの金融操作の背後にいるとされる首謀者を追跡中だと報じられていた。ヘンリー・バブコックなる名前の使い走りが逮捕されており、内情が暴露されることが予測されていた。アーチーのように債券を所有したことがない者にとって、この話はほとんど興味をそそられぬものだった。彼はミネソタのとある紳士の活動に関する陽気な半段記事に、より一層興味をもって目を転じた。ダニエル・ブリュースター氏のことを思うにつけ、この紳士はかなりの才覚と公共精神の持ち主であって、近頃、一族伝来の肉斧《にくおの》を義理の父の脳天に叩《たた》きつけたのだった。やさしき是認《ぜにん》の精神にてこれを二度読み返した段になってようやく、J・B・ウィーラーがひどく遅いことに彼は気づいた。時計を見ると、彼がスタジオに着いてからもう四十五分が経過していた。

アーチーは落ち着かなくなってきた。辛抱強い男でありはしたが、これはちょっとあんまりだと彼は思った。立ち上がって階段の踊り場に出てみたが、ウィーラーの気配はなかった。何もなかった。今や何が起こったかがわかってきた。何らかの理由で、今日はこのクソ忌々《いまいま》しい芸術家野郎はスタジオに来ないのだ。おそらく彼はホテルに電話してその旨《むね》のメッセージを残し、アーチーがそれを受け取り損ねたのだろう。他の男なら自分のメッセージが目的地に届いているかどうかを確認したかもしれないが、ニューヨーク一番のんきな人物であるあの間抜けのウィーラーはそうではなかったのだ。徹底的に腹を立てたアーチーは、着替えて帰ろうとスタジオに戻ろうとした。

彼の前進は、分厚い樫《かし》の板に阻《はば》まれた。どういうわけか、彼が部屋を出てからドアが閉まってしまったのだ。

「なんてこった！」アーチーは言った。

この罵倒《ばとう》語の穏健さは、この状況の完全なる恐怖がただちには理解されていなかったことの証左《しょうさ》であった。最初の数分間、彼の頭の中はドアがどうやってあんなふうに閉まったのかという問題でいっぱいだった。彼にドアを閉めた記憶はない。おそらく無意識のうちに閉めてしまったのだろう。子供の頃、彼は慎重な年長者たちに、小さな紳士はいつも自分の後ろのドアを閉めるもの、と教えられてきた。そしておそらく彼の潜在意識的自我は依然その影響下にあるのだろう。そして突然、この邪悪で不快な潜在意識的自我のバカめが、自分を窮地《きゅうち》に落とし込んでしまってくれたことに彼は気づいたのだった。閉じられた扉の向こうには、若き日の野望のごとく手の届かぬ、彼のヘザー混の緑のツイルの紳士服があり、そして彼は、世界の只中《ただなか》にひとりぼっち、レモン色の水着姿でここにいるのである。

危機にあって人のとるべき道は、大別して二つある。今いる場所に留《とど》まるか、別の場所に行くかである。アーチーは階段の手すりにもたれながら、この二つの選択肢《し》を入念に検討した。もしこの場に留まるならば、彼はこのクソ忌々しい踊り場で一夜を過ごさねばならないだろう。もしこの格好でこの場を立ち去れば、一〇〇メートルも行かないうちに官憲に捕縛されるところとなるだろう。彼は悲観主義者ではなかったが、自分が八方ふさがりの窮地に追い込まれているという結論に到達せざるを得なかった。

緊迫した思いでそんな思考を巡《めぐ》らしていると、下から足音が聞こえてきた。しかし、これなるはかの人類の呪《のろ》い、J・B・ウィーラーかもしれないという希望は、ほぼ一瞬にして消え去った。誰かは知らねど階段を上ってくる者は走っていた。J・B・ウィーラーが階段を駆け上がることは決してない。彼は痩《や》せて、やつれて、スピリチュアルに見える天才たちのお仲間ではなかった。彼は筆と鉛筆で多額の収入を得、そのほとんどを飲食の快楽に費やしていた。こいつがウィーラーのはずはなかった。

そのとおりだった。それは見たことのない長身で痩せた男だった。その男はかなり急いでいるように見えた。彼は一階のスタジオに入り、ドアが閉まるのを待たずに姿を消した。

彼はほぼ記録的なタイムでやって来て去っていった。彼の出番は短かったが、アーチーの心を慰《い》撫《ぶ》するには十分だった。突然の明るい光明《こうみよう》がアーチーに降り注《そそ》ぎ、彼には今、悩み事を終わらせてくれる見事に熟した果実のごとく甘美な計画が見えていた。階段を一段ずつ降りていって、気楽で礼儀正しい態度で電話を使わせてくれと頼むくらい簡単なことがあるだろうか？　また、電話を掛けさえしたら、コスモポリスの誰かに連絡して、キットバッグにズボンを二、三本入れて届けてもらうより簡単なことがあるだろうか。これは最高の解決策だと、階段を降りながらアーチーは思った。気まずくすらない。こんなような場所に住んでいるからには、水着を着た男がこの界隈《かいわい》をうろついている光景を見たところで、あの男はまぶたを瞬《また》かせすらしないことだろう。二人してこの一件を大笑いすることになるだろう。

「あのですねえ、お忙しいところをお邪魔して申し訳ないんですが――きっとものすごくお忙しかったり色々なんじゃないかと思うんですが――ですが、ちょっとお宅にお邪魔させていただいて、電話を使わせてもらっていいでしょうか？」

このきわめて紳士的かつ見事に言葉を選んだセリフを、アーチーは男が現れた瞬間に発声するつもりだった。彼がそれを発声しなかったのは、男が現れなかったからだ。彼はノックしたが、何も起こらなかった。

「あのですねえ！」

今、アーチーはドアが少し開いているのに気づいた。また、ドア板に画びょうで留められた封筒には、「エルマー・M・ムーン」という名が書かれていた。彼はドアを押して少し開け、もう一遍言ってみた。

「あのですねえ、ムーンさん！　ムーンさん！」彼はしばらく待った。「あのですねえ、ムーンさん！　ムーンさん、いらっしゃいますか？」

彼は激しく赤面した。感受性豊かな彼の耳には、その言葉はまさしくヴォードヴィルのヒット曲のさわりの繰り返しのように聞こえたのだ。こういう不幸な姓の持ち主とは、直接対面してもう少し声をひそめて話せるようになるまで、これ以上セリフを無駄に繰り返すまいと彼は決意した。レモン色の水着姿でヒットソングを歌いながら男の家のドアの前に立つのは絶対的にバカげている。彼はドアを押し開けて中に入った。そして常に紳士たる彼の潜在意識的自我は、後ろ手にドアをそっと閉めたのだった。

「手を上げろ！」低く不吉で、厳《いかめ》しい、非友好的で不快な声が言った。

「へっ？」身体《からだ》をぐるりと回転させて、アーチーは言った。

二階に駆け上がってきたあわただしい紳士と自分が対峙《たいじ》していることに、アーチーは気づいた。この短距離走者は自動拳銃を取り出し、残忍な態度で彼の頭にそれを向けていた。アーチーはこの家の主人を見つめ、この家の主人はアーチーを見つめた。

「手を上げろ」彼は言った。

「ええ、よしきたホーですよ！　絶対的にです！」アーチーは言った。「でも、僕が言いたいのはですねえ――」

相手はかなり驚愕《きょうがく》した様子で彼を見つめていた。アーチーの衣装が、彼に強烈な印象を与えたようだった。

「いったい全体、お前は誰だ？」彼は訊《き》いた。

「僕ですか？　えー、僕の名前は――」

「お前の名前なんてどうだっていい。ここで何をしてる？」

「えー実はですねえ、おたく様の電話を借りたいと思って伺ったんです。ご覧のとおり――」

ある種の安堵《あんど》の念が、相手の視線の厳しさを和らげたように見えた。驚きではあったものの、アーチーは訪問者としては彼が予想したよりも良い人物だったようだ。

「お前をどうしたものかわからないな」彼は考え込むように言った。

「もしよろしければ、電話のところまで行かせていただいて――」

「おそらくこうだ！」男は言った。彼は決断したようだった。「こっちへ、あの部屋に入って」

彼は頭をぐいと動かして、スタジオの奥にある寝室らしき部屋の開いたドアを示した。

「きっと」アーチーは打ち解《と》けた様子で言った。「こんなことちょっと変に思われるかもしれませんが」

「行け！」

「僕はただこう言おうと――」

「ふん、聞いてる暇はない。さっさと行け！」

寝室はアーチーがこれまで見たこともないくらい雑然とした状態だった。相手は引っ越し中であるらしかった。ベッドも家具も床も、服で覆われていた。口を開けて佇《たたず》むアーチーの足首にはシルクのシャツがまとわりつき、さらに部屋の奥に進むと、ゆく道にはネクタイとカラーが敷きつめられていた。

「座れ！」エルマー・M・ムーンはぶっきらぼうに言った。

「よしきたホーです！　ありがとう」アーチーは言った。「僕からの説明はいらないんでしたね、どうです？」

「いらん！」ムーン氏は言った。「お前にかかずらわってる暇はない。手を椅子《いす》の後ろに回すんだ」

アーチーはそうした。するとたちまちシルクのネクタイらしきもので両手が固定されたのがわかった。それからこの家の勤勉な主人は彼の足首も同じように固定した。これが終わると、彼は自分に求められるすべてのことは成し終えたと感じたようで、窓際に置かれた大きなスーツケースのところへ荷造りに戻った。

「あのですねえ！」アーチーは言った。

ムーン氏は見落としていた何かを思い出したかのように、客人の口に靴下を押し込み、荷造りを再開した。彼は印象派の荷造り師とでも呼ばれるべき人物だった。彼の目的は整然さより、スピードにあるように見えた。彼は持ち物をまとめて押し込み、いささか苦労してスーツケースを閉めると、窓に向かい、それを開けた。そして非常階段によじ上り、スーツケースを引きずり行ってしまった。

一人残されたアーチーは、囚《とら》われの手足解放作業に取りかかった。その仕事は予想したよりずっと簡単だった。あのやり手のムーン氏の仕事はその場しのぎのやっつけで、永遠不朽《ふきゆう》のものではなかったのだ。実用主義者である彼は、逃走を邪魔だてされない時間がかせげるだけ訪問客を拘束《こうそく》することで満足した。ヘビのように激しく身もだえした後、十分もしないうちに手首に取り付けられた何かしらが緩《ゆる》んで手が使えるようになり、アーチーはうれしかった。彼は手をほどき、立ち上がった。

彼は今、悪から善が生まれる、と自分に言い聞かせ始めていた。うまいこと逃げ去ったムーン氏との出逢《であ》いは好ましいものではなかったが、それには大量の服のど真ん中に彼を置き去りにしてくれたという確かな利点があった。そしてムーン氏は、道徳的欠陥はともかくも、ほぼ自分と同サイズであるという優れた美質を持ち合わせていた。アーチーはベッドの上に広げられたツイードのスーツに貪欲《どんよく》な目をやり、ズボンを穿《は》こうとしていた。と、スタジオの外のドアを強くノックする音がした。

「ここを開けろ！」

6. 大爆発

アーチーは音なく跳び上がりもう一つの部屋に入ると、耳をそばだて、立ち尽くした。彼は生来不満の多い人間ではなかったが、この時には運命がいささか必要以上に厳しく自分を責め立てているように感じていた。

「法の名において！」

最善最高の人物といえどもバカなふるまいをする時はある。間違いなく、この時アーチーはドアのところに行ってそれを開け、自分がここにいることについて二、三のうまく選んだ言葉で説明し、すばやい機転ですべてをうまいことやり過ごすべきだった。しかし、現在のこのいでたちにて警察隊と対峙《たいじ》するとの思いは、彼に身を隠す場所を真剣に探させずにはいられなかったのだ。

向こうの壁際に、背もたれの高く反り返った長椅子《ながいす》があり、それはこの特別な目的がため特にと置かれたかのようだった。彼はこの後ろに身を潜《ひそ》めた。と、割れんばかりの音がして、法の番人達が拳《こぶし》でノックする儀礼的行為を終え、今や斧《おの》にて大忙しでいることを告げた。一瞬後、屈服したドアが開き、部屋中はどすどす踏みつける足音でいっぱいになった。アーチーは殻に抱かれた貝の静かなる集中をもって壁に身を寄せ、最善を願った。

彼の直近の未来は、良かれ悪しかれ警察隊の生まれ持った知性に全てかかっていると思われた。もし彼らがアーチーの願うとおりの聡明で機敏な男たちなら、寝室のガラクタをすべて見て、獲物が退席の席順にはこだわらず［『マクベス』三幕四場］とっとと出て行ったのだと推論し、おそらくは空っぽのアパートを探し回って時間を無駄にはしないことだろう。他方、もし彼らが、最も啓蒙《けいもう》された警察官階級にすら時としてまぎれ込む、愚鈍な扁平足《へんぺいそく》の連中だったとしたら、間違いなく長椅子を動かして彼を公共の場に引きずりだすだろうし、それを思うと彼の慎ましやかな魂は後じさりした。したがって数分後に胴間声《どうまごえ》が、奴《やっこ》さんは非常階段を降りて逃げたんだろうと発言するのが聞こえると、彼は歓喜した。ニューヨーク警察の捜査能力に対する彼の評価は一気に跳ね上がった。

それから短い軍事策謀会議が開催され、またそれは寝室で行われたからアーチーには遠くのうなり声にしか聞こえかった。言葉は一言も聞き取れなかったが、大きな靴がドア方向にどすどす歩く音がしてその後に沈黙が続くと、連中はスタジオを捜索してそこが空っぽなのを知り、別のもっと実入りのいい任務に戻ろうと決めたのだと彼は理解した。彼らが出て行ってから相応の時間を置き、彼は長椅子から慎重に顔を覗《のぞ》かせた。

すべては平和だった。誰もいない。静寂を乱す音もない。

アーチーは姿を現した。不穏な出来事が続いたこの朝初めて、神、天にしろしめし、すべて世は事もなしだと彼は感じはじめていた。ようやく物事はちょっぴり明るくなりはじめ、人生がいい奴的なものの見方をとりだしたと言えるかもしれない。彼は身体《からだ》を伸ばした。つまり椅子の下に寝そべるのは窮屈《きゅうくつ》だったからだ。そして寝室に行って、ふたたびツイードのズボンを手に取った。

アーチーは服が大好きだった。同じ状況に置かれた別の男なら、身繕《みづくろ》いを急いだことだろう。しかし、難しいネクタイの選択に直面していたアーチーは、むしろ必要以上に時間をかけていた。明らかに当代一の洒落者《しゃれ》の一人であるらしきムーン氏の趣味を大いに多とすべき逸品を選び取り、それがツイードのスーツのより深遠な意味とは調和しないと感じてそれを外し、別の品を選び、結び目を調整し、その効果に感嘆していた。と、半分は咳《せき》、半分は鼻をすするような小さな音がして彼の注意は逸《そ》らされた。そして振り返ると、制服姿の大柄な男の明るく青い目を覗《のぞ》き込んでいることに気づいたのだった。その男は非常階段からこの部屋に入ってきていた。彼は気楽な調子でごく大きな警棒を振りながら、陽気な親しみの完全に欠落した態度でアーチーを見た。

「ああ！」彼は所見を述べた。

「おや、そちらにいらしたんですか！」アーチーはタンスに弱々しく寄りかかりながら言った。彼はごくりと息を呑《の》んだ。「もちろん、あなたがこの件一切をだいぶ奇妙だと思ってらっしゃるのはわかります」彼はご機嫌をとるような声で続けた。

その警官はアーチーの感情をまったく斟酌《しんしゃく》しようとはしなかった。一瞬前には強力な重機の助力なしにはこじ開け不可能と見えた口を開け、彼は一言叫んだ。

「キャシディ！」

遠くからする声が応えて叫んだ。それはあたかも寂《さび》しい沼地の向こう側にいる仲間ワニに呼びかけるワニが咆哮《ほうこう》するかのようだった。

階段付近でどすどす足音が轟《とどろ》き、ただいま一つ目の見本よりもさらに大きな法の番人が入ってきた。彼もまた巨大な警棒を振り回し、同僚と同じくアーチーを冷ややかに見つめた。

「アイルランド万歳《ばんざい》！」彼は言った。

その言葉は本状況に関する実用的というよりはむしろ感嘆詞的性質のコメントであると思われた。そう発声すると、彼は巨像のごとく玄関を覆い、ガムを噛《か》んだ。

「どこでとっ捕まえた?」しばらくしてから彼は訊《き》いた。

「ここで変装しようとしてるのを見つけたんだ」

「俺は警部に、奴はどこかに隠れてるって言ったんだ。だが親爺《おやじ》さんはまんまと逃げ切ったんだろうって言いやがってさ」健全な助言が上司によって覆《くつがえ》された下っ端の憂鬱《ゆううつ》な勝利感と共に、ガム噛み男は言った。彼はその健康的な（あるいは不健康という者もあろう）食べ物を口の反対側に移動させ、初めてアーチーに直接話しかけた。「お前は逮捕された!」

アーチーは激しく動揺した。その言葉の荒涼《こうりょう》とした直截《ちょくせつ》さに、彼はそれまで陥っていた夢見るがごとき状態からパッと目を覚ました。こんなことは予想していなかった。ここ長らく彼の身体内部が切なくため息をついて求めやまない心地よいささやかな昼食を自由気ままに食べに行かれるまでには、退屈な説明の時間がしばらく必要になるだろうと思ってはいたものの、逮捕されるというのは計算外だった。もちろん、最終的にはすべてをきちんと筋道立てて説明できるだろうし、彼の人格とその意図の潔白さを証明する証人を呼ぶことだってできた。しかし当面は、破滅的な一件の全《ぜん》貌《ぼう》が新聞全紙に載るだろうし、その記事は新聞記者たちが隙《ひま》さえあれば陥《おちい》りがちな不快きわまる不真面目さで面白おかしく粉飾されたものとなるだろう。アーチーは恐ろしくバカみたいに見えることだろう。連中は恐ろしいまでに彼を誹謗《ひぼう》するだろう。ブリュースター家の名も公《おおやけ》になるだろうし、新聞に名前が載ることを何より嫌う義父が、日焼けした首の後ろよりもっとヒリヒリ怒ることだろうという事実に、彼は向き合わざるを得なかった。

「いや、あのですねえ、だからおわかりですよね！　つまりですね、つまりこうなんです！」

「逮捕だ！」やや大きい方の警官が繰り返して言った。

「また、お前の発言はすべて」やや小さい方の同僚《どうりょう》は付け加えて言った。「お前に不利な証拠として裁判で使用される」

「もし逃げようとしたら」最初の発言者は警棒をいじくり回しながら言った。「お前の頭をぶん殴ってやる」

そして、この見事に明確で構成の的確なシナリオの概要を説明すると、二人は沈黙に戻った。キャシディ巡査は口中でガムの行ったり来たりを再開した。ドナヒュー巡査は厳しく顔をしかめて自分の靴を見つめた。

「だけど、あのですねえ」アーチーは言った「全部間違いなんです。ねっ、まったくもって恐ろしい大間違いなんです、親愛なる警官の皆さん。僕はみなさんが追いかけてる犯人じゃあありません。お目当ての男は全然違う種類の男なんです。全然まったく別人です」

ニューヨークの警官は任務中は決して笑わない。おそらく禁止規定か何かがあるのだろう。しかしドナヒュー巡査は口の左端をわずかにゆがめたし、あたかも吹き過ぎる風が底なし湖の水面を揺らすかのように、キャシディ巡査の大理石のごとき身体の静謐《せいひつ》を、一瞬の筋痙攣《けいれん》が乱した。

「みんなそう言うんだ！」ドナヒュー巡査は所見を明らかにした。

「その手の話はしてもらっても無駄だ」キャシディ巡査は言った。「バブコックが吐いた」

「ああ。今朝方ゲロった」ドナヒュー巡査が言った。

アーチーの記憶がぼんやりと呼び起こされてきた。

「バブコックですって?」彼は言った。「ああそうか。　その名前になんとなく聞き覚えがあるんです。新聞か何かで読んだことがあるような気がします」

「もうよせ」うんざりしたふうにキャシディ巡査が言った。二人の警官は、厳かな非難の目を交わし合った。こういう偽善は苦痛だった。「新聞か何かで読んだだとさ！」

「なんてこった！　思い出しました。そいつは債券強盗ビジネスで逮捕された奴ですよ。なんてこった、親愛なる陽気な警官のお二人さん」驚愕《きょうがく》して、アーチーは言った。「まさか僕が新聞に書かれてた首謀者だと勘違いはされてらっしゃらないですよね？　なんて絶対的にバカげた考えだ！　つまりですね、お訊ねしますが、率直に言って、僕が首謀者に見えますか？」

　キャシディ巡査は深いため息をついた。それは彼の内側より、大竜巻の最初のゴロゴロ音のように湧《わ》き上がってきた。

「もしこいつが生意気なイギリス人だってことがわかってたら」彼は悔《くや》しげに言った。「警棒でぶっ叩《たた》いてやってたのになあ！」

　ドナヒュー巡査はその指摘をもっともだと考えた。

「ああ！」彼は理解あるげに言った。彼は敵意に満ちた目でアーチーを見やった。「その辺のことはよくわかってる！　貧乏人の顔を踏みつけにしてやがるんだ！」

「貧乏人の顔を踏みつけにしたっていい」キャシディ巡査は厳しく言った。「だがな、いつかそいつに足に噛《か》みつかれたからって驚くなよ」

「だけど、親愛なる警察官さん」アーチーは抗議した。「僕は踏みつけたことなんてありま――」

「いつかある日」ドナヒュー巡査は不機嫌そうに言った。「シャノン川【アイルランド最長の川】は血まみれになって海に流れ込むことだろう」

「そのとおり！　ですが――」

キャシディ巡査は快哉《かいさい》を叫んだ。

「ちょっと懲《こ》らしめにぶちのめしてやらないか」彼は明るく提案した。「署長には、こいつが公務執行妨害をしてきたって言えばいい」

ドナヒュー巡査の目に、たちまち承認と熱狂の光が兆《きざ》した。彼は自分でこういう冴《さ》えたひらめきを思いつける人物ではなかったが、だからと言って他人の発案を高く評価して、しかるべき賞賛を贈ることにはやぶさかでなかった。ドナヒュー巡査は狭量さや嫉妬《しっと》とは無縁な人物だった。

「お前は頭がいいなあ、ティム！」彼は感嘆の声を上げた。

「ちょっと思いついただけさ」キャシディ氏は謙虚に言った。

「最高にいい考えだぜ、ティミー！」

「たまたま思いついたんだ」キャシディ氏は恥ずかし気に謙遜《けんそん》してみせた。

アーチーは不安を募らせつつこの会話に耳を傾けていた。この二人の知己《ちき》を得てより初めてではないが、この二人が並外れた体格の持ち主であることを、彼は鮮明に意識していた。ニューヨーク警察は任官者の身長ならびに筋肉に非常な高水準を要求しているが、ドナヒューとキャシディが何の問題もなく一発合格しているのは明らかだった。

「あのですねえ」彼は不安げに述べた。

するとその時、外の部屋から鋭い命令調の声が聞こえてきた。

「ドナヒュー！　キャシディ！　これは一体どういうつもりだ？」

アーチーは一瞬、彼を助けるために天使が舞い降りてきたかのような印象を受けた。もしそうだとしたら、その天使は効果的な変装をしていた。すなわち警察署長の姿である。新しい到着者はその部下よりもはるかに小柄な男だった。あまりにも小さかったので、アーチーにとってその姿は眼福《がんぷく》だった。彼は長いこと、この二人のお仲間より少しでも特大でないものを眺めて目を休めたいと切に願っていたのだ。

「なぜ持ち場を離れた？」

キャシディ氏とドナヒュー氏に対するこの妨害は、喜ばしいほど瞬時の効果があった。彼らの身体はほぼ通常サイズに縮小したように見えたし、彼らの態度は魅力的な敬意に満ちたものに変わった。

ドナヒュー巡査は敬礼した。

「署長、申し訳ありませ――」

キャシディ巡査も同時に敬礼した。

「署長、こういう訳なので――」

署長はキャシディ巡査を一瞥《いちべつ》して凍りつかせると、彼を氷結させたまま、ドナヒュー巡査に向き直った。

「自分たちは非常階段の上に立っておりました、署長」ドナヒュー巡査はおもねるようにうやうやしい口調で言い、そのことはアーチーを喜ばせたのみならず、驚嘆させもした。彼がそんなふうに話せるとは思いもしなかったのだ。「ご命令どおりにであります。と、不審な物音が聞こえたのであります。自分は中にそっと入り、このアヒル野郎、いえ、本被疑者が鏡の前で格好を吟味《ぎんみ》しているのを見つけたのであります。自分はキャシディ巡査に助力を求め、我々二人でこの者をパクった、いえ、逮捕したのであります」

署長はアーチーを見た。アーチーには自分を見る彼の目が、冷たい軽蔑《けいべつ》の目と感じられた。

「こいつは誰だ?」

「首謀者であります」

「何だって?」

「被疑者であります、署長。我々の追っていた男であります」

「お前はこいつを追っていたのかもしれないが、わしは違うな」署長は言った アーチーはほっとしたものの、もっとうまい言い方があったのではないかと思った。「こいつはムーンではない。奴には少しも似ておらん」

「絶対にちがいますとも!」アーチーは心の底から同意した。「ぜんぶ間違いなんです、警察の皆さん。僕はただ――」

「黙れ!」

「よしきたホーです!」

「交番で写真を見ただろうが。どこか似ているとでも言いたいのか?」

「よろしければ、署長」キャシディ巡査は息を吹き返して言った。

「ふん?」

「見ても気付かれぬよう、変装しているのだと思ったのであります」

「お前はバカだ!」署長は言った。

「はい、署長」キャシディ巡査は弱々しく言った。

「お前もだ、ドナヒュー」

「はい、署長」

この人物に対するアーチーの尊敬の念はいや増すばかりだった。彼は一言で、この大型男どもの寿命を数年短縮できるようだった。まるで本で読むライオン遣いのようだった。アーチーはいつかドナヒュー巡査と彼の古い友人キャシディがジャンプして輪くぐりするのを見られる日のことを思い描いていた。

「お前は誰だ?」署長はアーチーに向き直り、訊《き》き質《ただ》した。

「えー、僕の名前は――」

「ここで何をしとる?」

「えー、ちょっと長い話なんです。ご退屈させたくはないんですが」

「わしは話を聞きに来たんだ。退屈はせん」

「そんなふうに言っていただいてありがとうございます」アーチーは感謝して言った。「つまり僕が言いたいのはですねえ、話が簡単になるとか、そういうことです。つまりですが、とんでもなく長い話をして、その間他方当事者がお前はだらだら話をするのはやめてとっとと家に帰ってくれって思ってるんじゃないかって心配するのはすごく嫌な気分がするものじゃないですか。つまりですねえ――」

「もし」署長は言った。「何か暗唱しているなら止めろ。ここでお前が何をしているかを話そうとしているなら、もっと短く簡単にするんだ」

アーチーは彼の言いたい趣旨《しゅし》を理解した。もちろん、時は金なり——現代のハッスルの精神であったりするわけだ。

「えー、この水着のせいなんです」彼は言った。

「どの水着だ？」

「僕のです。おわかりでしょ。レモン色の考案品です。ごく明るい色なんです。でも、適切な場所に行ったらそんなに悪い奴じゃないんです。えー、とにかくそもそも僕がクソ忌々《いまいま》しい台座の上にダイビングの格好で立つことから始まったんです。表紙用です。そういうことをご自分でされたことがおありかどうか知りませんが、背骨が恐ろしく痙攣《けいれん》してくるんです。でもそんなのはどうでもいいことだと思うんですが、なぜそんな話をしたのかわかりませんけど。とにかく今朝は彼がひどく遅刻したので、それで僕は外に出たんです——」

「いったい全体何を言ってるんだ？」

アーチーは驚いて彼を見た。

「僕の話は、はっきりしてませんか？」

「しとらん」

「水着のことは、わかりますよね？　古き良き水着のことはご理解いただけましたよね？」

「いいや」

「あー、そうですか」アーチーは言った。「それは困りましたね。つまりですがその水着っていうのは、皆さんがこのとんでもない状況の一番肝心要《かんじんかなめ》と呼ばれるところのものなんですよ。じゃあ表紙のことははっきりおわかりですよね？」

「何の表紙だ？」

「そりゃあ、雑誌のですよ」

「何の雑誌だ？」

「ええ、そこのところはよくわからないんです。書店の店頭のあちこちに並んでいる、ああいう明るい定期刊行物のことです」

「お前が何の話をしとるのかまったくわからん」署長は言った。彼は不信と敵意の表情でアーチーを見た。「それで正直に言わせてもらうが、わしはお前の顔が気に入らん。きっとあいつの友達なんだろう」

「もう違います」アーチーはきっぱりと言った。「つまりですねえ、人をクソ忌々しい台座の上に立たせて背骨の痛い思いをさせておいてですよ、それで自分はやって来ないで人を水着姿でこんな最果てじゅうをどんどこドアを叩《たた》かせて――」

水着モティーフの再導入は、署長に最悪の影響を与えたようだった。彼の顔は興奮で赤黒くなった。

「お前はわしをからかっとるのか？　ぶっ叩いてやることだってできるんだぞ！」

「ぜひお願いします」ドナヒュー巡査とキャシディ巡査は合唱で叫んだ。彼らの職業上の経歴において、上司が自分と意見を同じくする提案をするのを耳にすることは多くなかった。しかし二人の意見では、今彼は確かにそうした提案を口にしたのである。

「いいえ、皆さん、まったくそんなつもりはありません。思いもよらないことです――」

彼はさらに続けて話そうとしたが、しかしこの瞬間、世界は終わりを迎えた。少なくとも、そういう音がした。ごく近所のどこかで何かが大爆発を起こし、窓ガラスを粉々にし、天井の漆喰《しっくい》を剝《は》ぎ落とし、ドナヒュー巡査のおもてなしの心の欠落した腕の中へとアーチーをよろめき入らせたのである。

三人の法の守護者は互いに見つめ合った。

「よろしいでしょうか、署長」キャシディ巡査は敬礼し、言った。

「何だ？」

「発言をお許しいただけますか？」

「何だ？」

「何物かが爆発いたしました、署長」

その情報は親切心から発されたものだったが、署長の機嫌を害したようだった。

「いったい全体何が起きたとわしが思ったと思った？」彼は少なからず苛立《いらだ》った様子で聞き質した。

「爆弾だ！」

アーチーはこの診断を修正することもできた。つまり、ほのかながら魅力的なアルコール性の香りがすでに天井の穴から部屋の中に忍び入っており、彼の眼前にはJ・B・ウィーラーが前日の朝、二階スタジオで愛する樽《たる》を見やっていた姿が浮かび上がってきたからである。J・B・ウィーラーは速やかな結果を求め、それを手に入れたのだ。アーチーがJ・B・ウィーラーを社会システムの汚点《おてん》以外の何ものでもないと考えるようになって久しいが、今回は確かに善行を施してくれたと認めざるを得ない。すでにこれなる正直者の男たちは、この最新の出来事のより一層の魅力に心逸《そ》らされ、もはやアーチーの存在を忘れてしまったかのようだった。

「署長！」ドナヒュー巡査は言った。

「何だ？」

「上の階でした」

「もちろん上の階だ、キャシディ！」

「はい、署長？」

「表に出て予備隊を呼べ。正面入り口に立って、群衆を寄せ付けないようにするんだ。五分で街じゅう全員が集まってくるぞ」

「了解であります、署長」

「誰も入れるな」

「了解であります、署長」

「うむ、誰も入れるんじゃないぞ。来い、ドナヒュー。すばやくやれ」

「ただちに、署長！」ドナヒュー巡査は言った。

一瞬後、アーチーはスタジオに一人きりになった。二分後、彼は先のムーン氏同様、慎重に非常階段をつたい降りていた。アーチーとムーン氏との交際は長くはなかったが、ある種の危機にあって彼の手法が健全で模倣《もほう》されるべきだと知るには十分な程度ではあった。エルマー・ムーンは善人ではなかった。彼の倫理性は貧弱で、彼の道徳規範はあやういものだったが、危険かつ不快な状況からとっとと逃げ出すという問題において、彼に勝《まさ》る者はなかった。

7. ロスコー・シェリフ氏ひらめく

アーチーは長い煙草ホルダーに新しいタバコを挿入し、少し不機嫌そうに吸い始めた。それはJ・B・ウィーラーのアトリエでの不快な冒険から一週間ほど経《た》った時のことで、人生は無頓着《むとんちゃく》な享楽《きょうらく》であることをいっときやめていた。失われた自家製ビールのことを嘆き悲しみ、ニオベー［女神レートーの怒りを買って十四人の子を殺され、石に変わった］のごとく、慰めを拒否したウィーラー氏は、雑誌の表紙モデルの仕事を中断してアーチーからライフワークを奪った。ブリュースター氏の機嫌はこのところ良くなかった。その上、ルシールは学校の友人を訪問して留守だった。またルシールが留守にする時には、太陽の光も連れ去ってしまう。彼女が友人たちの間で人気で、需要が多いことにアーチーは驚かなかったが、だからといって彼女の不在に慣れることはできなかった。

彼はテーブルの向こう側の友人でペン&インク・クラブのもう一人の知り合い、プレスエージェントのロスコー・シェリフを切なげに見つめていた。二人はちょうど昼食を終えたところで、また食事中シェリフは、大抵の行動派の人物同様、自らの声の響きを聞くことを好み、またその声を自分自身の事柄について発言して披露することを好んだから、彼の職業上の過去に関する逸話をアーチーにいくつか語り聞かせていた。そこから後者はロスコー・シェリフの人生を、エネルギーと冒険に満ち、その上報酬《ほうしゅう》もたっぷり得られる華《はな》やかなものとして思い描いた。まさしく彼自身がそういう人生を送ることを享受したいような人生である、と。自分もこのプレスエージェントのように、「そっと情報を手渡し」たり「うまいこと信じこませ」たりしながら世渡りできたらと彼は願った。ダニエル・ブリュースターは、ロスコー・シェリフのような義理の息子にだったら笑顔を向けたことだろうと彼は感じた。

「アメリカを見れば見るほど」アーチーはため息をついた。「びっくりするよ。君たちは誰も彼もみんな、ゆりかごからまっすぐ右肩上がりで何かしてるみたいだ。僕にもそんなふうにできたらいいのになあ！」

「そうか、そうしたらどうだ？」

アーチーはタバコの灰をフィンガーボウルに払い落とした。

「うーん、わからないんだ」彼は言った。「どういうわけか、うちの一族は誰もそういうふうにはならない。どういうわけかはわからないんだが、ムーム家の者は何か始めると必ず穴ぼこに落っこちるんだ。中世のムームで急に気合が入って放浪の修道士の格好でエルサレムに向けて巡礼に出発した奴がいた。当時の面妖《めんよう》な思いつきだな」

「そいつは聖地に辿《たど》り着いたのか？」

「まるでダメだった！　玄関を出ようとしたところでたちまちかわいがってた猟犬がそいつを浮浪者と、いや悪党とか卑しいゴロツキとか、何であれ当時連中が呼ばれてた名前のモノと間違えて、足のふくらはぎに嚙《か》みついたんだ」

「そいつは少なくとも飛び上がりスタートはしたな」

「飛び上がりスタートすれば十分ってことか?」

ロスコー・シェリフは熟考するげにコーヒーを啜《すす》った。彼はエネルギー教の信者であり、アーチーを改心させ、いくらかよい施しをしてやれると思っていた。ここ数日というもの、彼の念頭を占めるささやかな問題について助けてもらえるアーチーのような人物を、彼は探し求めていたのだ。

「もしお前が本当に何かしようと思ってるなら」彼は言った。「今すぐ俺《おれ》のためにしてもらえることがあるんだ」

アーチーはほほえんだ。行動こそ彼の魂が求めるものだったのだ。

「何でもいいぞ、我が友よ、何だっていい! 話してくれ!」

「俺のためにヘビを預かってもらうことに、異議はないか?」

「ヘビを預かるだって?」

「一日か二日だけのことだ」

「だけどどういうことだ、我が友よ? どこで飼うんだって?」

「お前の住んでるところならどこだってだ。どこに住んでるんだ? コスモポリスだったっけ? もちろんだ! お前はブリュースターの娘と結婚したんだったな。その話を読んだのを覚えてる」

「だけどさ、我が友、君の一日を台なしにしてがっかりさせたりとかはしたくないんだけどさ、僕の義父は絶対にヘビを預からせてなんかくれないぞ。そんなことしたらただちに現行犯逮捕だ」

「わかりゃしないさ」

「ホテルで起こってることで、親爺《おやじ》さんの知らないことはまずないんだ」アーチーは疑《うたぐ》り深そうに言った。

「わかるはずがないさ。肝心なのは全面的絶対的に秘密にしなきゃならないってことだけだ」

アーチーはフィンガーボウルにもういっぺん灰を落とし込んだ。

「どうやら僕は、この件一切合切すべてを完全に把握してないようだ、と言っておわかりいただければだが」彼は言った。「つまり、まず第一に、僕が君のそのヘビをご接待したら君のその若き命を光り輝かせられる、ってのはどういうわけだ？」

「俺のじゃない。ブルドフスカ夫人のだ。もちろん彼女の名前は聞いたことはあるな？」

「ああ、知ってる。ヴォードヴィルか何かの舞台に出てるヘビ遣いのご婦人だったか、そんなような何かだったかな？」

「かなり近いが、大当たりじゃあない。彼女はこの文明世界のありとあらゆる舞台における、高踏《こうとう》的な悲劇の第一人者だ」

「そのとおり！　今思い出した。妻に引きずられてある晩彼女の舞台を見に行ったんだ。ぜんぶ思い出した。何が何だかわからないうちに、妻が僕をS席に押し込んで、後はもはや遅しだったんだった。どこかの雑誌か何かで、彼女がペットのヘビを飼っていると読んだ覚えがある。ロシアの皇太子か何かに賜《たまわ》ったものだったっけか？」

「そいつは新聞に記事を送った時に」シェリフは言った。「俺が伝えようとした印象だ。俺は彼女のプレスエージェントなんだ。実を言うと、ピーターを買ってきたのは――そいつの名前はピーターっていうんだが――俺なんだ。イーストサイドでな。俺はいつだって動物の持つプレス効果を信じてるんだ。大抵は良好な結果が得られる。だが彼女に対して、俺にはハンデがある。いわば手枷《てかせ》足枷《あしかせ》だ。俺様の天才が抑圧されていると言えるかもしれない。いや、絞め殺されてるって言ったっていい」

「君の言うとおりなんだろう」アーチーは礼儀正しく同意した。「だけど、なぜ君のなんとかかんとかがどうしたこうしたってことになるんだ？」

「彼女は俺を束縛《そくばく》するんだ。刺激的なことは何もさせてくれない。俺がすごい提案をしたって二十回は断られっぱなしだ。自分ほどの立場にある芸術家として品位に欠けるって言うんだ。そういうことじゃチャンスは得られない。だからこっそり彼女のために善行を積んでやろうって決心したんだ。俺は彼女のヘビを盗む」

「盗むだって？　くすね盗《と》るってことか？」

「そうだ。新聞のでっかいネタになる。彼女はピーターのことが大好きになってるからな。ピーターは彼女のマスコットだ。彼女はロシアの皇太子様の話を、信じ込んだつもりになってるんだと思う。あいつを捕まえて一日か二日隠しておけば、後は彼女がやってくれるだろう。散々大騒ぎして新聞はその話で埋め尽くされるはずだ」

「なるほど」

「とにかく、普通の女性なら俺様と仕事をしたがるんだ。だが彼女は違う。安っぽいとか品位が下がるとか色々言うだろう。正真正銘《しょうしんしょうめい》の盗みじゃないといけないし、捕まったら俺はクビになる。そこでお前の出番だ」

「だけど、その陽気で素敵な爬虫類《はちゅうるい》くんはどこで預かったらいいんだ？」

「いや、どこだっていい。帽子箱にいくつか穴を開けて、中に入れておけばいいさ。いっしょにいたら楽しいぞ」

「聞くべきところは多そうだ。今ちょうど妻が留守で夜は寂《さび》しいんだ」

「ピーターがいれば、寂しくなんかない。あいつはものすごくいい奴なんだ。いつだって陽気で明るい」

「嚙《か》んだり、刺したりはしないんだろうな？」

「たまにはそういうこともあるかもしれない。天候にもよるだろう。だが、その他はカナリアみたいに無害だ」

「いや、カナリアってのはとてつもなく危険なんだ」アーチーは思慮深げに言った。「連中はつっ突いてくる」

「気弱になるんじゃない！」プレスエージェントは嘆願した。

「ああ、わかった。僕が連れていこう。ところで、鯨飲馬食《げいいんばしょく》問題についてだが、何を食べさせたらいい？」

「何でもいい。パンとミルクとか果物、半熟卵、犬用ビスケット、アリの卵、何でもありだ。自分で食べるようなものなら何だっていい、分かるだろ。さてと、お前のもてなしに感謝だ。また別の機会にでも、お返しさせてもらおう。それで実際的な仕事の話を確認させてもらわないといけない。ところで、彼女もコスモポリスに住んでるんだ。とても便利だな。じゃ、そういうことで。また会おう」

一人残されたアーチーは、初めて深刻な疑問を抱き始めた。シェリフ氏の人を惹《ひ》きつけてやまぬ人間性の磁力に振り回されてしまったが、今シェリフ氏が姿を消したところで、この計画に共感し協力することは本当に賢明だったろうかと彼は疑問に思い始めていた。これまで彼がヘビと親密な関係性を築き上げたことはない。だが子供の時にはカイコを飼ったことがあったし、その時は手間も不快もものすごくあったのだ。サラダの中に入り込まれたりとか、そんなようなことだった。何かが彼に大声で、むざむざ面倒事を引き受けることになるぞと言っているように思われたが、しかし自分は約束をしたのだから、それを貫《つらぬ》くしかないのだろう。

彼はもう一本、タバコに火を点け、五番街を歩き出した。いつもは滑《なめ》らかな彼のひたいには、不安のしわが寄せられていた。シェリフがピーターについて発した称賛の言葉にもかかわらず、疑念が募るばかりなのを彼は意識していた。ピーターは、あのプレスエージェントが述べたように、ものすごくいい奴なのかもしれない。だがコスモポリス・ホテル五階の彼の小さなエデンの園は、ヘビの中でも最高に愛想が良くて最高に愛すべきものの登場によって改善される次第となるのだろうか？　しかし――

「ムーム！　親愛なる友よ！」

後ろから突然耳に飛び込んできたその声は、没入していた思考の中からアーチーを目覚めさせた。実際、その声は彼をあまりにも効果的に目覚めさせたから、彼は地面から二センチくらい飛び上がって舌を噛《か》んでしまったくらいだ。回れ右してみれば、彼は馬みたいな顔の中年男とご対面していた。その男は旧世界風の服装をしていた。彼の衣装には英国風のカットが施されていた。彼は灰色の口ひげを垂らしていた。また彼はてっぺんの平らな灰色のボウラーハットを被《かぶ》っていた。だが、誰が彼を責められよう？

「アーチー・ムーム！　朝じゅうずっと貴君《きくん》を探しておったのじゃ」

今や彼が誰かはわかった。マニスター将軍には、ここ数年会っていなかった――彼の甥《おい》のシークリフ卿の家でよく会っていた頃以来だ。アーチーはイートンとオックスフォードでシークリフといっしょだったから、長期休暇の間によく彼のもとを訪ねていたのだ。

「こんにちは、将軍！　ヤッホー、ヤッホーですよ！　いったい全体ここで何をしてらっしゃるんです？」

「このやかましい場所から抜け出すとしよう」マニスター将軍はアーチーを脇道に連れ込んだ。「だいぶマシになった」彼はきまり悪げに一、二度咳払《せきばら》いをした。「シークリフを連れてきたんじゃ」とうとう彼は言った。

「親愛なるスクイッフィーの奴がこっちにいるんですか？　わあ、何てこった！　最高ですよ！」

マニスター将軍は彼の熱狂を共有してはいないようだった。彼の顔は秘密の悲しみを抱えた馬のようだった。彼は三回も咳払いをした。秘密の悲しみを抱えるのみならず、喘息《ぜんそく》持ちでもある馬のようにだ。

「貴君はシークリフが変わってしまったことに気づくじゃろう」彼は言った。「さて、貴君があやつと会われてからどれくらい経《た》ちますかな？」

アーチーは思い返した。

「僕が復員してちょうど一年になります。パリで彼に会ったのはその一年前でした。足にちょっと被弾したんじゃなかったでしたっけ？　とにかく、家に帰されたと記憶してます」

「足はもう完全に回復した。だが残念ながら、除隊の結果は悲惨じゃった。貴君はきっとシークリフには常に――あーそういう傾向が、つまりその――弱点があったことを覚えておいでじゃろう

――それはまあ一族の欠点で――」

「大酒飲みってことですか？　底なしの？　陽気な杯を手放すことなしとか、そういうことですか？」

「まさしく左様《さよう》」

アーチーはうなずいた。

「親愛なるスクイッフィーはいつだって乾杯好きの呑《の》み助だったんです。パリで会った時も、かなり泥酔《でいすい》してましたした」

「まさしく左様。また残念ながら、戦争から戻って以来、その弱点は顕著になるばかりじゃ。哀れな妹は大層心配しておる。実を言うと、要するにわしがあやつを無理やりアメリカに連れてきたんじゃ。わしは今、ワシントンの英国公使館に所属しておりましてな」

「あ、そうなんですか？」

「シークリフをワシントンに連れて行きたいんじゃが、あやつはニューヨークに残ると強く主張しておる。こう言っておった。ワシントンで生活すると思うと、ほら、あれ何と言ったか、何とかに襲われるんだそうじゃ」

「イラつきですか？」

「イラつきじゃ、まさしく」

「でも、どうして彼をアメリカに連れて来ようだなんて思われたんです？」

「禁酒法様々で、わしの考えるところ、アメリカはあやつのような若者にとって理想的な場所になりましたのじゃ」将軍は時計を見た。「たまたま貴君に出会えて幸運じゃった。あと一時間でワシントン行きの汽車が出る。荷造りもせねばならんでな。わしの留守中、哀れなシークリフを貴君に預けたいんじゃ」

「なんと！」

「貴君ならばあやつの面倒を見てくださることじゃろう。今もニューヨークには、意志堅固な若者がその——あー、ブツを手に入れられる場所があると聞いておる。あやつを見守ってくださるならば、わしも妹も無限大に恩義に感じ、感謝いたしますぞ」彼はタクシーを呼び止めた。「今夜、シークリフをコスモポリスに送りましょう。貴君ができる限りのことをしてくださると信じておりますぞ。さらば、青年。ではさらばじゃ」

アーチーは歩みを続けた。こいつはちょっとあんまり過ぎなことになってきたぞと彼は感じていた。自分も何かすることがある人たちの仲間入りをしていないことを残念がった時からまだ三十分も経《た》っていないことを思って、彼は苦い笑いを浮かべた。あれから運命は彼に存分に仕事を与えてくれた。就寝時間までに、彼は窃盗《せっとう》の共犯者、一度も会ったことのないヘビの従者兼遊び相手となり、また——自分の職務範囲を理解できた限りでは、親愛なるスクイッフィーの奴の看護師と私立探偵を兼任するわけだ。

コスモポリスに戻った時には四時を過ぎていた。ロスコー・シェリフは小さなハンドバッグを持って、ホテルのロビーを神経質に行ったり来たりしていた。

「やっと来たか！　いったい全体どういうわけだ。二時間も待ってたんだぞ」

「すまない、親友よ。ちょっと考え事をしていて、時間を忘れてしまったんだ」

プレスエージェントは注意深く辺りを見回した。声の聞こえる範囲には、誰もいなかった。

「奴はここだ！」彼は言った。

「誰だって？」

「ピーターだ」

「どこだって？」ぽかんと見つめながら、アーチーは言った。

「このバッグの中だ。奴が俺《おれ》と腕を組んでロビーを歩いているとでも思ったのか？　さあここだ！　連れてってくれ！」

彼は行ってしまった。アーチーはハンドバッグを持ち、エレベーターに向かった。バッグは彼の手の中でそっと揺れた。

エレベーターに乗っていたのは派手な印象の外国人風の女性だけだった。彼女はアーチーに何者かに違いないと思わせる、あるいは何者かに見せたがっているかのような服装をしていた。彼女の顔もまた、何となく見覚えがあるように思われた。彼女はティールームのある二階でエレベーターに乗り、心ゆくまでお茶を飲み終えた人の満足げな表情をしていた。彼女はアーチーと同じ階で降りると、しなやかなヒョウのような歩き方で、廊下の角を素早く回った。アーチーはもっとゆっくり後に続いた。自室のドアに着いた時、周囲に人の姿はなかった。彼はドアに鍵を差し込み、鍵を回し、ドアを押して開け、鍵をポケットに入れた。部屋に入ろうとしたとき、バッグが再び彼の手の中で再びそっと揺れた。

パンドラの時代より青ひげの妻時代を経て現在に至るまで、人類の主たる弱点とは、閉じていた方が良いものを開けようとする傾向性であった。もう一歩踏み出して、自分と世界との間をドアで仕切るのはアーチーには簡単なことだっただろうが、たった今、三秒後ではなく、今すぐバッグの中を覗《のぞ》きたいという抗《あらが》いがたい欲求が湧《わ》き上がってきたのだ。彼はエレベーターを上がる途中ずっとその誘惑と戦っていたが、今、それに屈した。

そのバッグは、なんとか言ったところを押すだけの単純なバッグだった。アーチーはそこを押した。そしてそれが開くと、ピーターの頭がひょいと覗いた。彼の目がアーチーの目と合った。彼の頭の上に目に見えない尋問対象がいるかのようだった。彼のまなざしは好奇心に満ちていたが、優しかった。彼は「僕は友達を見つけたのかな？」と言っているかのようだった。

百科事典によると、ヘビとはトカゲ科ヘビ亜目《あもく》の爬虫類《はちゆうるい》で、細長い円筒形で手足がなく、うろこに覆われた形状をしているのが特徴で、下あごの半分（rami）があごで固定されておらず、弾力性のある靭帯《じんたい》で連結されている点がトカゲと異なる。椎骨《ついこつ》の数はきわめて多く、胃下垂性であり、前伸腹節性である。そして、もちろん、百科事典にこうあることから、ただヘビを見るだけで何時間でも娯楽と利益を綜合《そうごう》して過ごせることがただちにわかるのである。

アーチーも間違いなくそうしていたことだろう。しかし、新しい友人の下あごの半分（rami）を実際に観察し、その弾力性のある構造にゆっくり感心する暇ができるよりはるか前に、また、椎骨の胃下垂性と前伸腹節性という特徴が彼に本当に感銘を与えられるよりもはるか前に、すぐ肘《ひじ》のあたりで突き刺すような悲鳴がして、科学的夢想の中から彼を飛び上がらせたのだった。向かい側のドアが開き、エレベーターでいっしょだった女性が、ナイフのごとく刺し貫く恐怖と怒りの表情で彼を見つめ立っていた。その表情こそ、他の何よりブルドフスカ夫人に職業上今日ある地位獲得を可能たらしめたものであった。深い声としなやかな歩き方との合わせ技でもって、この表情が彼女に週給千ドルを稼《かせ》がしめたのである。

その事実は彼にほとんど喜びを与えなかったものの、実際のところ、アーチーはこの瞬間、戦時税込二ドル七五セント相当の偉大なる感情派スターを無料体験したことになる。つまり彼女は、恐怖と怒りの表情で彼を無料にておもてなしした後、今度はしなやかな歩き方で彼に向かって移動し、それが求められる途轍《とてつ》もない山場が第一幕にない限り、第二幕の幕が開く前には滅多《めった》にみずからに使用を許すことのない音質の声で発声したのである。

「泥棒！」

それがこう発声したときの彼女の言葉であった。

アーチーは眉間《みけん》をぶん殴られたかのように後ろによろめき歩き、自室の開いたドアを通り抜け、空飛ぶ足でドアを蹴《け》り、ベッドの上に崩れ落ちた。どしんと音たてて床に落ちたヘビのピーターは、一瞬驚きと苦痛の表情を見せたものの、根っからの哲学者であるからして、気を取り直すと書き物机の下でハエ捕りを開始したのだった。

8．親愛なるスクイッフィーの混乱の一夜

危険は知性を研ぎ澄ます。アーチーの頭はいつも気だるくのんびりした調子で活動していたが、今や急速にぶんぶん動きだした。彼は部屋を見回した。こんなにも満足ゆく隠し場所のない部屋は見たことがなかった。それから彼に思いついた計画というか策略があった。それは逃亡のチャンスを与えてくれる、実際、なかなかの策略だった。

ヘビのピーターは絨毯《じゅうたん》の上で満足げにくつろいでいたが、百科事典に「膨張性の咽喉《いんこう》」と記される箇所を摑《つか》まれていることに気づき、責めるような目で見上げた。次の瞬間、彼は再びバッグの中にいた。アーチーは音なく浴室に飛び込むと、ガウンの帯を抜き取った。

ドアを激しく叩く音がした。厳しい声が言った。今度は男の声だった。

「おい！　ドアを開けるんだ！」

アーチーは素早くガウンの帯をハンドバッグの持ち手に取りつけ、窓のところに跳んでゆき、窓を開け、帯を窓敷居の鉄製の突起物に結わえつけ、ピーター入りのバッグを降ろすと、再び窓を閉めた。すべては数秒で終わった。将軍たちは戦場でこれほどの機転を発揮することなく自国から感謝されてきたものだ。

彼はドアを開けた。外には悲しみに暮れる女性が立っており、その横には頭の後ろにボウラーハットを載せた銃弾形の頭の紳士がいて、彼がホテルの探偵であることをアーチーは知っていた。ホテルの探偵もアーチーを認め、厳しかった彼の表情は緩《ゆる》んだ。彼は弱々しい、しかしご機嫌をとるようなほほえみすら浮かべていた。彼はアーチーがこのホテルのオーナーの義理の息子であることから、この紳士に対する影響力があると——誤って——思っており、自分の仕事を危うくしないよう慎重に話を進めようと決意していたのだ。

「おや、ムーム様でしたか！」申し訳なさそうに彼は言った。「あなた様のお邪魔をしていたとは存じませんでした」

「おしゃべりならいつだって歓迎しますよ」アーチーは心を込めて言った。「何か問題がおありですか？」

「ヘビよ！」悲劇の女王は叫んだ。「あたくしのヘビはどこ？」

アーチーは探偵を見た。探偵はアーチーを見た。

「こちらのご婦人は」探偵は乾いた咳《せき》をしながら言った。「ご自分のヘビがあなたのお部屋にいるとお考えなのです、ムームさん」

「ヘビですって？」

「ヘビだとおっしゃっておいでです」

「あたくしのヘビ！　あたくしのピーター！」ブルドフスカ夫人の声は感情の昂《たかぶ》りに震えていた。

「あの子はここに、この部屋にいるんですわ」

アーチーは首を横に振った。

「ここにヘビはいません！　絶対にいません！　入って来た時、そこのところに気づいたのを覚えてます」

「ヘビはここにいますわ――この部屋の中にいるの。この男がバッグに入れて持っていたわ！　あたくしは見たんですの！　この人は泥棒よ！」

「落ち着いてください」探偵は抗議して言った。「こちらの紳士はボスの義理の息子さんです」

「そんなことはどうだっていいの。この人があたくしのヘビを持っているんですわ！　ここに、この部屋の中に！」

「ムームさんはヘビを盗んで回ったりはなさらないんですよ」

「そうですとも」アーチーは言った。「僕は人生で一度もヘビを盗んだことなんかありません。ムーム家の者は決してヘビを盗まないんです。一族の伝統です！　金魚を飼ってた叔父《おじ》はいましたが」

「あの子はここよ！　ここにいるわ！　あたくしのピーター！」

アーチーは探偵を見た。探偵はアーチーを見た。「彼女の機嫌を取らないといけない！」二人の視線は言っていた。

「もちろんですよ」アーチーは言った。「部屋を調べたいなら、いかがです？　つまりですねえ、ここは自由の館ですよ。どなたでも歓迎します！　ガキどもだって連れてこいです！」

「あたくしが部屋を捜索いたしますわ！」ブルドフスカ夫人は言った。

探偵は申し訳なさそうにアーチーをちらっと見た。

「私を責めないでくださいよ、ムームさん」彼は言った。

「責めるもんですか！　お二人にお立ち寄りいただいて嬉《うれ》しいですよ！」

アーチーは窓に背を向けてくつろいだ姿勢をとり、感情ドラマの女帝が捜索する様を見ていた。ただいま彼女は困惑した顔で捜索をやめた。ほんのしばらくの間、彼女はまるで何かを言おうとしているかのように動きを止め、それから部屋を出て行った。一瞬後、廊下の向こうのドアがバタンと閉まる音がした。

「どうしたらあんなふうでいられるんですかねえ？」探偵は訊《き》いた。「さてと、失礼します、ムームさん。お邪魔して申し訳ありません」

ドアが閉まった。アーチーはしばらく待ってから窓のところに行って、紐《ひも》を引っ張りあげた。と、ただいま窓枠の端に件《くだん》のバッグが現れた。

「なんてこった！」アーチーは言った。

ここ最近の混乱と喧騒《けんそう》の中で、彼はバッグの留め具がちゃんと閉まったかどうかを確認しなかったに違いない。というのはつまり、バッグの中には何もいなかったのだ。

アーチーは自殺しないで済む限り最大限大きく窓から身をのり出した。彼のはるか下では、交通はいつもどおり流れ、歩行者たちは舗道《ほどう》を行ったり来たりしていた。大混雑も大興奮もなかった。しかし、わずか数分前には、三百本の肋骨と、膨張性の咽喉、胃下垂脊椎《せきつい》を持つ緑色の長いヘビが、慈雨《じう》が天より下界に降り注《そそ》ぐがごとく、その通りへと降り注いだに違いないのだ。だのに誰も興味を示さなかった。アメリカに来て初めてのことではないが、アーチーは何事にも驚かないニューヨーカーたちの冷笑的無関心に驚嘆した。

彼は窓を閉め、重たい心でそこを去った。彼はピーターと長期交際する光栄に与《あずか》りはしなかったが、このヘビの素晴らしい資質に気づくのに十分なくらいは彼と付き合った。ピーターの三百本の肋骨《ろっこつ》の下のどこかには、金のハートがあった。アーチーは彼の喪失を嘆いた。

アーチーはその夜、夕食と観劇の約束があり、ホテルに戻るのは遅くなった。彼は義父がロビーを落ち着きなく行ったり来たりしているのを見た。ブリュースター氏の頭の中は何事かで占められているようだった。彼はその四角い顔を物憂《ものう》げにしかめ、アーチーに近づいてきた。

「シークリフという男は誰だ？」彼は何の前置きもなく詰問した。「お前の友人だと聞いたが」

「ああ、奴に会われたんですか？」アーチーは言った。「いっしょに楽しくおしゃべりをなさったんですね？　あれやこれやの話をしたんでしょう、違いますか？」

「一言も話してない」

「本当ですか？　まあ、親愛なるスクイッフィーは気が強くて無口な奴なんです。無口だけど気にしないでください。口数は少ないんですが、色々考えてるんだってクラブで噂《うわさ》されてます。一九一三年の春に、もうちょっとで気の利いたことを言いそうだったって噂なんですが、結局その発言はされぬまま終わりました」

ブリュースター氏は自らの感情と苦闘していた。

「あいつは誰だ？　知り合いのようだが」

「ええ。スクイッフィーは親友です。いっしょにイートン校とオックスフォード大学と破産裁判所を卒業しました。おかしな偶然の一致なんですが、僕が審理された時、僕には資産がありませんでした。それでスクイッフィーが審理された時、奴も無資産だったんです！　ものすごい偶然ですよ、どうです?」

ブリュースター氏は偶然の一致について議論する気分ではないようだった。

「お前の友人だとわかっとるべきじゃった!」彼は苦々《にがにが》しげに言った。「そいつに会いたいなら、うちのホテルの外で会ってくれ」

「えー、奴はここに泊まるんだと思ってたんですが」

「今夜だけじゃ。明日には別のホテルを探してもらう」

「なんてこった! スクイッフィーの奴はホテルを壊したんですか?」

ブリュースター氏はふんと鼻を鳴らした。

「お前の大切なご友人は八時にうちのグリルルームに入ったと聞いておる。すでに完全に酔っぱらっておったに違いないが、ウェイター長はその時は何も気づかなかったと言っておる」

アーチーは納得したようにうなずいた。

「親愛なるスクイッフィーはいつもそうなんですよ。天賦《てんぷ》の才なんですね。どんなにへべれけに酔っ払っていても肉眼では検知不能なんです。僕はあいつが眉毛《まゆげ》の上まで酒に浸かりながら、大司教様みたいにシラフに見えるのを何度も見てきました。いや、大司教様よりシラフなんです! グリルルームの連中があいつがへべれけだって気がついたのはいつなんです?」

「ウェイター長が言うには」ブリュースター氏は冷たい怒りを込めて言った。「そいつが突然自分のテーブルから立ち上がって部屋中を一周して全テーブルクロスを引っ張り抜いて上に載ったありとあらゆる物を壊して回った時に、そいつの状態をおぼろげながら察知したそうじゃ。奴はその後、食事客にパンを投げつけ、出て行ったそうじゃ。まっすぐベッドに向かったようじゃ」

「それはまた賢明ですねえ、どうです？　スクイッフィーは健全で実際的な男なんですよ。だけど、あー、ブツは、どこで手に入れたんでしょう？」

「自分の部屋からじゃ。調べてみた。部屋には大きなケースが六箱もあった」

「スクイッフィーはいつだって無限の機知機転の持ち主なんですよ！　とはいえ、こんなことになってしまって、大変残念に思います」

「お前がいなければ、あいつはここに来なかったんじゃ」ブリュースター氏は冷たく考え込んだ。「なぜかはわからんが、お前がこのホテルに来てから問題ごとばかりじゃ」

「本当に申し訳ないです！」アーチーは同情的に言った。

「ガルルル！」ブリュースター氏は言った。

アーチーはもの思いつつエレベーターに向かった。義理の父親の態度の不公正さが、彼には苦痛だった。それは絶対的にクソ忌々《いまいま》しい、ホテル・コスモポリスでうまくいかないすべてのことについて彼を非難するものだった。

この会話の進行中、シークリフ卿は四階の部屋でさわやかな快眠を楽しんでいた。二時間が過ぎた。下の通りの交通の騒音は消えた。時折遅れたタクシーのガタゴト走る音が静寂を破るだけだった。ホテルでは、すべてが静まり返っていた。ブリュースター氏は就寝した。アーチーは部屋で瞑《めい》想《そう》にふけりながらタバコを吸っていた。あたりを平和が支配していたと言えよう。

二時半にシークリフ卿は目覚めた。彼の就寝時間はいつも不規則だった。彼はベッドに身を起こすと明かりをつけた。彼はぼさぼさ頭の青年で、赤ら顔と熱い茶色の目をしていた。彼はあくびをし、身体を伸ばした。彼の頭は少し痛んだ。部屋は彼にはやや狭くるしく思われた。彼はベッドを出て窓を開けた。そしてベッドに戻り、本を手に取って読み始めた。彼は自分が少し神経質でいるのを意識していたが、読書はいつも彼を眠りに誘ってくれた。

ベッドで読む本については、多くのことが論じられてきた。一般的な意見の決着点としては、穏やかでゆったり進む物語が最善の睡眠薬になるというものである。であるならば、スクイッフィーの文学の選択は、かなり賢明さを欠いたものだった。彼の本は『シャーロック・ホームズの冒険』で、熟読しようと彼が選んだのは「まだらの紐《ひも》」と題された短編だった。彼は読書家ではなかったが、読む時には少しスリルのあるものを好んだ。

スクイッフィーは夢中になった。この話は前に読んだことがあったが、ずっと昔のことで、その複雑状況は彼には新鮮だった。ご存じかもしれないが、その物語はヘビを飼っていて、保険金を受け取るための前段階として、そのヘビを人々の寝室に放ったという、創意工夫に満ちた紳士の活動を描いたものである。スクイッフィーはヘビが苦手だったので、その話は快いスリルを与えてくれた。子供の頃は動物園のヘビ館に行くのを嫌がったものだ。その後成長していっぱしの男となって子供じみたことはやめ、イギリス中のアルコールを飲み干《ほ》すという自ら任じた使命に本格的に取り組むようになってからも、ヘビ亜目に対する嫌悪の念は消えず残った。本物のヘビへの嫌悪感に、彼の想像中にしか存在しないヘビに対するもっと大人向きの嫌悪の念が付け加わったのだ。ほんの三ヶ月ほど前、彼の同時代人の大多数がそこにはいないと断言した緑色の長い長いヘビを見てしまった時の感情を、彼は今でも思い出すことができた。

スクイッフィーはさらに読書を続けた。

「突然、別の音が聞こえてきた。非常に穏やかで、心鎮めるような、やかんから絶え間なく噴き出す小さな蒸気のような音だった。」

シークリフ卿は、びっくりして本から目を上げた。想像力が彼に悪戯《いたずら》をし始めたのだ。彼は実際にそれと同じ音を聞いたと誓って言えた。それは窓から聞こえてきたようだった。彼は再び耳を傾けた。いや違う！　すべては静かだった。彼は本に戻り、読書を続けた。

「目に飛び込んできたのは異様な光景だった。テーブル脇の木製の椅子《いす》には、長いガウンを着たグリムズビー・ロイロット医師が座っていた。彼のあごは上を向き、彼の目は恐怖に硬直した視線で天井の隅に向けられていた。ひたいの周りに茶色いまだら模様の奇妙な黄色の紐を巻きつけており、それは頭の周りにきつく縛《しば》り付けられているようだった。

私は一歩前に出た。一瞬にして彼の奇妙な頭飾りがうごめき出した。そして彼の髪の毛の間から、恐るべき蛇のひし形の頭とふくらんだ首が立ち上がってきたのだ……」

「うわっ！」スクイッフィーは言った。

彼は本を閉じて置いた。彼の頭はかつてないほど痛んだ。何か別の本を読めばよかったと彼は思った。こんなものを読んで眠れる者はいない。人はこんなものを書くべきではない。

彼の心臓は飛び上がった。またもや、あのシューシューいう音がした。今度はそれが窓から発していることを彼は確信した。

彼は窓を見、凍《こお》りついたように目を瞠《みは》った。窓敷居の上を、優雅でのんびりした動きで、緑色のヘビが這《は》っていたのだ。這いながらそれは頭を上げ、近眼の男が眼鏡《めがね》を探すように、左右を覗《のぞ》き込んでいた。それは窓敷居の端で一瞬躊躇《ちゅうちょ》し、それからくねくねと床に降りて部屋を横切りだした。スクイッフィーはそれをじっと見つめていた。

ピーターは著しく強い感受性を備えたヘビだったから、自分の侵入がこの部屋の住人をどれだけ動揺させたかを知ったら、深く苦しんだことだろう。彼自身は窓を開け、いささか寒さが身に堪《こた》える夜の外気から室内に入れてくれた人物への感謝以外の感情を何ら覚えてはいなかった。バッグが開いてアーチーの部屋の下の窓枠に放り出されて以来、彼はこの種のことが起こるのを辛抱強く待っていた。彼は物事をあるがままに受け入れるヘビで、必要とあらば少々手荒な真似をする覚悟もありはした。しかしこの一、二時間というもの、誰かが自分を寒さから解放するため何か実用的なことをしてくれはしまいかと願っていたのだ。家にいるときは自分用の羽毛布団があったが、窓敷居の石は、決まり正しい生活を送るヘビにはいささか辛《つら》いものだった。彼はうれしげに床を横切り、スクイッフィーのベッドの下に這い入った。そこにはズボンがあった。というのは彼の招待主は自分の服をきちんとたためる気分でないときに服を脱ぎ、それを椅子の上に置いたのである。ピーターはそのズボンをしげしげと見た。それは羽毛布団ではなかったものの、布団の用はなしてくれそうだった。彼はその中で丸まって眠りに就いた。刺激的な一日を過ごした彼は、眠れてうれしかった。

十分ほどした後、スクイッフィーの態度の緊張は緩《ゆる》んできた。作動停止したかと思われた彼の心臓は、再び鼓動を開始した。理性が戻ってきた。彼は慎重にベッドの下を覗《のぞ》き込んだ。何も見えなかった。

スクイッフィーは確信した。彼は生き物としてのピーターの存在を信じないと自分に言い聞かせていた。この部屋にヘビがいるはずがないと考える方が理にかなっている。窓の外には何もない。彼の部屋は地上数階にある。ベッドから起き上がったスクイッフィーの顔には、厳《おごそ》かな、こわばった表情があった。それは新たなページをめくり、新しい人生を始める男の表情だった。彼はなすべき行為を実行するための道具を探して部屋中を見回し、ついにカーテンレールを一本引っ張り出してきた。これを梃子《てこ》にして、部屋の隅に置かれた六つの箱の、一番上の箱を開けた。柔らかい木はバラバラに割れた。スクイッフィーは藁《わら》で覆われた瓶《びん》を取り出した。一瞬、彼はそれを死の淵《ふち》に立つ友人を見つめる男のように見つめながら立っていた。そして、突如決意を固めると、浴室に入っていった。ガラスの割れる音とドクドク流れる音がした。

三十分後、アーチーの部屋の電話が鳴った。

「おーい、アーチー、親友よ」スクイッフィーの声が言った。

「ハローア、旧友！　お前か？」

「なあ、ちょっとここに来てくれないか？　ちょっと動揺してるんだ」

「もちろんだとも！　どの部屋だ？」

「四四一号室だ」

「すぐ行く」

「ありがとう、友よ」

「何か問題でもあったのか？」

「あー、実を言うと、ヘビを見た気がしたんだ」

「ヘビだって！」

「降りてきてくれたら話す」

アーチーが到着すると、シークリフ卿はベッドに座っていた。飲み物の強い香りが、あたりに立ち込めていた。

「おい！　どうした？」アーチーは息を吸い込んで言った。

「大丈夫だ。手持ちの酒を捨ててたんだ。最後の一本を流し終えたところだ」

「でもどうして？」

「言っただろ。俺はヘビを見たと思った！」

「緑色のか？」

スクイッフィーは少し震えた。

「恐ろしいくらい緑色だった！」

アーチーは躊躇《ちゅうちょ》した。沈黙が最善の策である時もあると彼は悟《さと》った。彼は友人の不幸な事件を心配していたが、今や運命が解決策を提示してくれたようだ。こいつの心を安らげるだけのために余計なことを言うのは軽率というものだ。もしスクイッフィーが想像上のヘビを見たと思って改心しようとしているなら、そのヘビが本物であることは知らさぬ方がいい。

「深刻な話だ！」アーチーは言った。

「途轍《とてつ》もなく深刻な話だ！」スクイッフィーは同意して言った。「俺は酒はやめる！」

「素晴らしい計画だ！」

「もしかして」希望を込めるように、スクイッフィーは訊《き》いた。「本物のヘビだったって可能性はないか？」

「管理側がそういうものを用意してるとは、聞いたことがない」

「ベッドの下にいるように思うんだ」

「じゃあ、見てみるんだ」

スクイッフィーは激しく震えた。

「俺はいやだ！　とにかく友よ、俺はこの部屋じゃあ眠れない。どこかに寝場所を用意してもらえないかと思ったんだ」

「もちろんだ。僕の部屋は五四一号室だ。このすぐ上だ。上がっていてくれ。これが鍵だ。ここをちょっと片付けてから、すぐに行くよ」


スクイッフィーはガウンを着て姿を消した。アーチーはベッドの下を見た。ズボンの中からピーターの頭が覗《のぞ》いて、いつもの人懐《ひとなつ》っこいもの問う表情で彼を見た。アーチーはうれしげにうなずくと、ベッドの上に腰を下ろした。彼の小さな友人の当面の将来の問題には再考が必要だった。

彼はタバコに火を点《つ》け、しばらく考え込んだ。それから立ち上がった。見事な解決策が思い浮かんだのだ。彼はピーターをつまみ上げると、ガウンのポケットに入れた。そして部屋を出ると、七階まで階段を上った。廊下の途中の部屋の前で、彼は立ち止まった。

部屋の中から、開いた仕切り窓をとおして、一日の労働を終えて休息をとる善良な男の、リズミカルないびきが聞こえてきた。ブリュースター氏はいつも熟睡する人物だった。

「いつだって方途はある」アーチーは哲学的に考えた。「そいつを思いつきさえすればさ」

義父のいびきは、より深い音色を帯びた。アーチーはポケットからピーターを取り出すと、仕切り窓からそっと落とした。

9．パーカーからの手紙

月日が経《た》ち、ホテル・コスモポリスに馴染《なじ》んでくると、アーチーは周りを見渡してみて従前の判断を修正し、身近な人たちの輪の中で、ダニエル・ブリュースター氏の細身で威厳ある従者、パーカーこそ最も尊敬できる人物だと思うようになった。ニューヨークじゅうで最も気難しい人物と密接に接触して生活しながらも、外見からわかる限り常に首をうなだれることなく、だいたいのところ陽気な性格を維持していた。いかなる基準からしても偉大な男である。正直に暮らしを立てる稼ぎの途を切望していたとはいえ、たとえ映画スター並みの給料をもらったとて、アーチーはパーカーと立場を入れ替える気にはならなかったろう。

ポンゴの隠れた美質を、アーチーに最初に気づかせてくれたのはパーカーだった。ある朝アーチーは、より友好的な関係を築こうと義父の部屋にふらりと立ち寄ったのだが、そこにはこの従者が、古風な笑劇の幕が上がった時の男性召使のように、家具や古い装飾品に羽根ばたきをかけているばかりだった。礼儀正しい挨拶《あいさつ》の交換の後、アーチーは座ってタバコに火を点《つ》けた。パーカーは羽根ばたきをかけ続けた。

「旦那《だんな》様は」沈黙を破って、パーカーが言った。「結構なオブジェイダーをお持ちでいらっしゃいます」

「結構な何だって?」

「オブジェイダーでございます」

アーチーに光明が射し込めた。

「もちろんそうだ。オブジェ・ダール、フランス語でガラクタってことだ。君の言いたい意味はわかった。言うなれば、君の言うとおりだ、ご友人。僕自身はあまりそういうことには詳しくないんだが」

パーカーは マントルピース上の花瓶《かびん》に、鋭い鑑賞眼を送った。

「旦那様のお品物には、たいそう貴重なものがございます」彼は槍《やり》を持った戦士の小さな陶器像を手に取り、眠れるヴィーナスからハエをはたき落とすがごとく、これ見よがしに手入れしていた。彼はこの像に愛情に満ちた尊敬のまなざしを注《そそ》いでいたが、それはおよそふさわしからぬものとアーチーには思えた。アーチーの芸術の趣味はまったく大層なものではなかった。素朴な彼の目には、それは義父の日本の木版画に比べればまだいくらか不愉快でないというだけに見えた。彼は常々これら木版画を、もの言わぬ嫌悪の思いを抱きつつ眺めやっていた。「さてと、こちらは」パーカーは続けて言った。「たいそう高価なものでございます。ええ、高価でございますとも」

「なんと、ポンゴがか?」アーチーは信じられないというように言った。

「さて、旦那様?」

「僕はいつもそのおかしな見てくれの奴をポンゴと呼んでるんだ。他に何か呼びようがあるだなんて知らなかった」

この従者はこうした不真面目さを好ましくなく思ったようだった。彼は首を横に振ると、その像をマントルピースの上に置いた。

「たいそう高価なものでございます」彼は繰り返して言った。「しかしながら、これ一つのみでは価値がございません」

「ああ、それ一つでは価値がないのか？」

「さようでございます。かようものは対《つい》になっておるのでございます。どこかにこちらと対をなす像がございます。もし旦那様がそちらを入手できましたならば、たいそう価値のあるものをお手に入れることとなりましょう。コヌーザーと申しますか目利きの方々が大金を差し出すようなものでございます。しかしながら、一方だけでは無意味でございます。両方を所有せねばならぬのでございます。わたくしの申し上げたき趣旨をご理解いただけましたならば」

「なるほど、ストレート・フラッシュを作るのと同じだな？」

「まさしくさようでございます」

アーチーは再びポンゴを見つめた。無頓着《むとんちやく》な観察者にはただちにわからぬ美質を発見しようという、ぼんやりした希望を抱きつつである。しかし、うまくはいかなかった。ポンゴを見ても彼の心は冷え切ったままで、凍えるほどだった。瀕死《ひんし》の友人のためにだって、ポンゴを贈り物にすることはあるまい。

「二つ揃《そろ》いならいくらなんだ？」彼は訊いた。「二〇ドルくらいか？」

パーカーは厳粛で人を見下ろすような笑《え》みを浮かべた。「それよりは少々お高くなりましょう。数千ドルと言ったところでございましょうか」

「君はまさか」アーチーは率直に驚いて言った。「ポンゴみたいな奇っ怪なシロモノにそんな金を払うようなバカ連中が野放しにされてると、問答無用で野放しになっていると、そういうことを言っているのか？」

「間違いなきことでございます。かようなアンティーク陶器像は蒐集家《しゅうしゅうか》の間にて非常な需要がございます」

アーチーはもう一遍ポンゴを見て、首を横に振った。

「さてさてさて。蓼食《たでく》う虫も好き好きとはよく言ったものだな、まったく！」

ポンゴの復活、重要なものという地位へのポンゴの復帰とも言える出来事は、数週間後、義父が夏用にブルックポートに借りた家で休暇を過ごしていた時に起こった。八月の夜の涼気の中、ゴルフ場から歩いて帰ってくるアーチーの姿にて第二幕は幕を開けたと言えよう。時折り小声で歌いながら、ルシールが迎えに来て帰り道をいっしょに歩いてくれることで、このすべて世はこともなし感に点睛《てんせい》の一筆を加えてくれないかなあと、彼はぼんやり考えていた。

この瞬間、白いスカートに淡いブルーのセーターを着たほっそり小柄な彼女の姿が見えた。彼女はアーチーに手を振った。そしてアーチーはいつも彼女の姿を見ると覚える、心臓のあたりがびくつくような、どきどきした感覚を意識した。それを言葉に翻訳すると、「いったい全体、これほどの女の子がどうして自分みたいなバカタレと恋に落ちてくれようがあるんだろう？」という疑問文となる。それは彼が常に自問していた疑問であり、義父のブリュースター氏の頭の中にも常にあった疑問でもあった。アーチーがルシールの夫にふさわしくないという件は、この二人の意見が一致したほぼ唯一の問題だったのである。

「ハローハローハロー！」アーチーは言った。「君に会えた、ねえ！　君が地平線上を漂ってきてくれたらいいのになあって、たった今思ってたところだったんだ」

ルシールは彼にキスした。

「ダーリン」彼女は言った。「そのスーツを着てるあなたってギリシャの美神みたいだわ」

「君が気に入ってくれてうれしいな」アーチーは胸の奥で自己満足して目を細めた。「スーツにいくら払うかは問題じゃないんだ。それが正しいものであるかぎりね。君のお父上にもそう思ってもらえるといいんだがなあ」

「お父様はどこ？　どうしていっしょに帰ってこなかったの？」

「実を言うと、僕といっしょにいるのがあんまり嬉《うれ》しくなかったようなんだ。ロッカールームで葉巻を噛《か》んでるところで、別れてきた。何か考え事があるみたいだった」

「まあ、アーチー！　またお父様に勝ってしまったんじゃないわね？」

アーチーは居心地悪そうに見えた。彼はきまり悪げに、海の方に目をやった。

「あー、実は、本当に率直に言うと、勝っちゃったんだ」

「大勝ちしたんじゃないわね？」

「あー、そうなんだ！　僕は血気盛んさと、少なからぬ迫力をお父上にぶつけちゃったみたいなんだ。完全に正確に言うと、十八打差だった」

「だけど、今日はお父様に勝たせてあげるって約束したでしょ。そしたらどれだけ喜ぶかわかるでしょう」

「わかってる。でも我が魂の光よ、君の陽気な親御さんにゴルフで負けるのがどれだけ大変か、わかるだろう?」

「ん、もう!」ルシールはため息をついた。「きっと、仕方ないのよね」彼女はセーターのポケットを手で探った。「そうそう、あなたに手紙が届いてるわ。わたし、手紙を届けにきたの。誰からの手紙かわからないけど。その筆跡、吸血鬼のみたい。なぐり書きって感じね」

アーチーは封筒を手にとって見た。何の解答も得られなかった。

「おかしいなあ! 誰が僕に手紙をよこすっていうんだ?」

「開けてみて」

「実に冴《さ》えた思いつきだ! 開けてみよう。ハーバート・パーカーだと。いったい全体、ハーバート・パーカーって誰だ?」

「パーカー? 父の従者の名前がパーカーだったわ。お父様のシャツを着ているのを見つかって、解雇されたのよ」

「まさか君は、真っ当な頭の持ち主で君の父上が着ているようなシャツを喜んで着る奴がいるって言ってるのかい? いや、つまりさ、何かの間違いに違いないよ」

「手紙を読んでご覧になって。あなたの影響力を利用して、お父様にとりなして欲しいってお願いだと思うわ」

「僕の影響力だって? 君のお父上に? いや、参ったな。だとすると、楽観的な男ってことだな。さてと、彼はこう言ってる。ああそうだ、もちろんだとも、パーカーは覚えてるよ。僕の親友だ」

親愛なる旦那様——末尾に署名いたしました者があなた様とお話しする光栄に浴しますのはいささか久しゅうございます。しかしながら、わたくしがあなた様の義理のお父上、ブリュースター様に最近まで従者としてお仕え申しておりましたと申し上げたならば、わたくしのことをご想起いただけるものと、敬意を込めて信ずるところでございます。不幸な誤解ゆえ、わたくしは同職を解雇され、ただいまは一時的に失業中でございます。「汝いかにして天国より墜ちしか、おおルシファー、朝の息子よ！［『イザヤ書』14の12］」

「なんとまあ」アーチーは感心して言った。「こいつは見上げた人物だ！　たいした文章を書くじゃないか」

しかしながら、あなた様のお手を煩《わずら》わせたきことはわたくし自身のことではございません。わたくしに関しましてすべては解決し、スズメのごとく地に落ちることはなしと確信いたしております。「私はかつて若く今は年老いている。しかしこれまで義人が見捨てられたのを見たことも、その子孫がパンを乞うのを見たこともない。［『詩篇』38の25］」。あなた様に手紙をしたためるわたくしの目的は以下のとおりでございます。ある朝ブリュースター様のスイートにてあなた様とお目にかかる光栄に浴し、その折旦那様のオブジェダールに関する興味深き対話をいたしましたことをご想起いただけようかと存じます。あなた様は小さな陶器像に格別ご興味をお持ちでいらっしゃいました。ご記憶を促《うなが》しますならば、わたくしがただいま言及しております像とは、あなた様が気まぐれにポンゴと呼んでおいでであったものでございます。ご記憶でいらっしゃいますでしょうか、わたくしはそれと対《つい》をなす像が確保されるならば、二体はきわめて価値あるものとなるだろうとお知らせ申し上げました。

　このことが実現し、ウエスト四十五番街のビールズ・アートギャラリーにて展示中であり、明日二時半ちょうどに開始されるオークションにて売却されるところであるとお伝え申し上げますことは、わたくしの喜びといたすところでございます。もし二時半ちょうどにブリュースター様にご出席いただきますれば、適切価格にて確保することは難事ではないと拝察申し上げます。告白いたしますが、前雇用主様に本件をお知らせ申し上げることをわたくしは手控えようとも存じたところでございましたが、キリスト教徒的感情が勝利いたしました。「汝の敵が飢えているならば、彼を養い、彼が渇いているならば、彼に飲ませなさい［『ローマ人への手紙』12の20］」。また本件に関するわたくしの行為によって、ブリュースター様が過去を忘れ去りわたくしを前職に復職させることになりはすまいかとの思いに全く影響されていないわけではないと、告白いたさねばなりません。しかしながら、その点につきましてはあの方のご良心に委ねるところでございます。

敬具

ハーバート・パーカー

ルシールは手を叩いた。

「まあ素敵！　お父様も喜ぶわ！」

「ああ、確かに友達のパーカーはお父上を喜ばせる方法を見つけてくれた。喜ばせられるといいなあ！」

「できるわよ、おバカさんね！　あの手紙を見せたら喜んでくれるわ」

「パーカーにだろう。ハーバート・パーカーの首に、お父上は抱きつくだろう。僕のじゃない」

ルシールは考え込んだ。

「わたしは……」彼女は言おうとして、言葉を止めた。彼女の目が輝いた。「ねえ、アーチー、ダーリン、いい考えがあるわ！」

「話しておくれよ」

「明日こっそりニューヨークへ行って、それを買ってサプライズでお父様に差し上げたらいいんじゃない？」

アーチーは彼女の手を優しくなでた。彼は彼女の少女じみた白日夢を台なしにするのは嫌だった。

「ああ」彼は言った。「だけど考えてごらん、我が心の女王よ！　僕は今日の午後にお父上から奪った、たった二ドル五〇セントしか持ってない。僕たちは一ホール二五セントで遊んでたんだ。お父上は喜んでこれだけ手放したんじゃない。実を言うと、いやな音を出しながら渋々だった。でもこいつは手に入れた。だけど僕が持ってるのはこれで全部なんだ」

「大丈夫よ。わたしの指輪とブレスレットを質に入れればいいわ」

「なんと、何を言ってるんだ？　一族の宝石を質入れするだって？」

「一日か二日だけよ。もちろんそれを手に入れさえしたら、お父様がわたしたちにお金を返してくださるわ。何に遣《つか》うか知ったら、わたしたちがお願いするだけのお金をいくらだってくださるはずよ。でもわたし、お父様を驚かせたいの。もしあなたが、何に遣うか言わないで千ドルくださいってお願いしたら、断られるかもしれないでしょ」

「断られるかもしれない！」アーチーは言った。「そうかもしれない！」

「全部うまくいくわ。明日は招待ハンディキャップで、お父様は何週間も楽しみにしてらしたの。出場しないで街に出かけなきゃいけなくなったら嫌がるはずよ。でもあなたならお父様に何も知られずに、そっと抜け出してそっと戻って来られるわ」

　アーチーは考え込んだ。

「立派な計画みたいだな。そうだな、甘熟フルーティーな名案の匂いがプンプンする！」アーチーは考え込んだ。「うん、そいつはフルーティーな名案だ！　タマゴだ！」

「タマゴですって？」

「いいタマゴってことさ。おっと、追伸があった。読んでなかった」

追伸
もしあなた様がわたくしの心よりの敬意をムーム夫人にお伝えくださいますならば、大変うれしく存じます。今朝、ブロードウェイにてたまたま下船されたばかりのウィリアム様にお目にかかったとお伝えください。ウィリアム様よりよろしくと、また一両日中にはブルックポートにて皆様と合流される旨お伝えするよう申しつかっております。ブリュースター様はご子息様ご帰還をお喜びあそばされることでございましょう。「賢明な息子は父に喜びをもたらす」『箴言』10の1」

「ウィリアム様って誰だい？」アーチーは訊《き》いた。

「もちろん兄のビルよ。お兄様のことは全部話したでしょ」

「ああ、もちろんそうだった。君のお兄さんのビルだ。会ったこともない義理の兄がいるだなんて不思議だな」

「わたしたちはとっても急に結婚したのよ。わたしたちが結婚した時、ビルはイェールにいたの」

「ジェイル《刑務所》だって！　何てこった、何をやったんだい？」

「刑務所じゃないわイェールよ。大学よ」

「ああ、そうか」

「それからお兄様は見聞を広げるためにヨーロッパに行ったの。わたしたち、明日ニューヨークに戻ったら、お兄様に会わなきゃいけないわ。絶対クラブにいるはずよ」

「そうしよう。パーカーに感謝の一票だ！　これは僕の人生において、君の厳格なお父上に初めて手から餌やりできた記念すべき日になるように思えてきた」

「ええ、まさしくタマゴだわ、ねえ！」

「我が魂の女王よ」アーチーは熱狂的に言った。「こいつはオムレツだ！」


ニューヨークに到着したアーチーは、ブレスレット並びに指輪関連ビジネス交渉が長引いたため、昼食前に兄のビルに会いに行くことができなかった。アーチーは、義理の兄弟同士の感動的な出逢《であ》いはもっと都合の良い時期に延期することに決め、コスモポリスのグリルルームのお気に入りのテーブルに行って、オークションの疲労に備えランチをいただくことにした。いつもどおりいそいそと歩き回っているサルヴァトーレを見つけた彼は、ミニッツステーキを持って救援に来るよう指示した。

サルヴァトーレは浅黒い陰険な顔をしたウェイターで、グリルルームの一番奥のアーチーがいつも座るテーブルの担当だった。数週間の間、アーチーとサルヴァトーレの会話はメニューとその内容に関するものだけだった。しかし少しずつ、彼は心を許してくれるようになっていった。戦争とそれによる民主化の影響を受ける前ですら、アーチーには多くのイギリス人を特徴づける控えめさが欠けていた。また戦後になると彼は出逢ったほぼ全員を兄弟と見なした。だいぶ前から、親しいおしゃべりの連続を通じて、彼はサルヴァトーレのイタリアの家、母親が七番街で経営する小さな新聞タバコ売店のこと、その他百もの個人的な詳細をすべて聞いてきた。アーチーは人間同胞に対する飽くなき好奇心の持ち主だった。

「ウェルダンで」アーチーは言った。

「さて、旦那様?」

「ステーキのことだ。あまりレアすぎないように」

「かしこまりました、旦那様」

アーチーはこのウェイターをしげしげと見た。彼の口調は活気を欠き、悲しげだった。もちろん、ミニッツステーキを頼んだからといって、ウェイターが顔中に笑みを浮かべて万歳《ばんざい》三唱をするとは期待しないが、それでもサルヴァトーレの態度にはアーチーを不安にさせる何かがあった。この男には何か心配事があるようだった。彼がたんにホームシックに陥って陽光輝く生まれ故郷の失われた喜びについて考え込んでいるだけなのか、それとももっと明確な悩みなのかは、聞き取り調査によらねば確定しようがない。アーチーは訊いてみた。

「どうしたんだい、我が友よ?」彼は同情的に言った。「何か心配事でもあるのかい?」

「さて、旦那様?」

「いや、何か心配事があるように見えるんだ。何があったんだい?」

ウェイターは肩をすくめた。あたかもチップ支払い階級の方々に自分の不平不満をぶつける気はないとでもいうかのようにだ。

「おいおい話してくれよ!」アーチーは励ますように言った。「ここにいるのは友達だぞ。ゆけゆけどんどんだ、我が友よ」

こう諭《さと》されると、サルヴァトーレはヘッドウェイターを片目で見やりながら、早口の小声で己《おの》が魂をさらけ出した。彼の言うことはあまり要領を得なかったが、それが長時間労働と不満足な給与という悲しい話であることをアーチーが理解するには十分だった。彼はしばらく考え込んでいた。ウェイターの過酷な状況は彼の心を動かしたのだ。

「僕が言ってやろう」とうとう彼は言った。「ブリュースターが街に戻ってきたら——今は留守中なんだが——僕が君を彼のところに連れて行って、敢然と立ち向かってやる。僕が君を紹介するから、君は今僕に歌い上げてくれたイタリア・オペラの抜粋を歌ってくれれば、ぜんぶ大丈夫になるさ。親爺《おやじ》さんは僕の最大の賞賛者だとは言えないが、だがみんなが言うとおり公明正大な人だし、君をバカにしたりはしないさ。それじゃあステーキの件を頼む」

ウェイターは大喜びで姿を消し、アーチーが振り返ると、友人のレジー・ヴァン・トゥイルが入ってくるのが見えた。アーチーは彼に手を振り、いっしょにテーブルに着くよう誘った。彼はレジーが好きだったし、長年ニューヨークをほっつき回ってきたヴァン・トゥイル家の跡取りのような世知に長《た》けた人物なら、彼自身まるで知識のないオークションの手続きについて必要な情報を教えてくれるかもしれないと思ったのである。

10. 父上のためなら

レジー・ヴァン・トゥイルはもの憂《う》げにテーブルに近づき、椅子《いす》に座り込んだ。彼はあたかもヴァン・トゥイル家の何百万ドルの財産の重荷が、か弱いこの身には支えきれないとでもいうような、活気のない、自信なさげな顔をした長身の青年だった。たいていのことは彼を疲労させた。

「なあ、レジー、わが友よ」アーチーは言った。「お前こそまさしく僕が会いたかった男だ。成熟した知性を持った奴の助けを借りたいんだ。教えてくれ、若者よ、セールについて何か知っているか?」

レジーは眠たげに彼を見た。

「セールだって?」

「オークション・セールだ」

レジーは考えた。

「まあ、セールだな」彼はあくびを止《と》めた。「オークション・セールだ。わかるだろ」

「そうだ」アーチーは励ますように言った。「何か——名前か何かだ——からするとそのようだな」

「連中は物を売りに出す、わかるな。すると別の連中が——別の連中が入ってくるんだ——それを買うんだ、俺《おれ》の言ってることがわかってもらえればだが」

「そうだ。だが手順はどんななんだ？　つまり、僕はどうすればいい？　そこが聞きたい。今日の午後ビールズで買わなきゃならない物があるんだ。僕はどうすればいいんだ？」

「うむ」レジーは眠たげに言った。「入札にはいくつか方法がある。叫んでもいいし、うなずいてもいいし、指をくるくるさせてもいい――」集中しようという彼の努力は限界に達した。彼はぐったりと椅子の背にもたれかかった。「わかった。今日の午後は何もすることがないんだ。いっしょに行って見せてやろう」


数分後にアートギャラリーに入ったとき、アーチーにはレジー・ヴァン・トゥイルのような頼りない葦《あし》の心の支えですらありがたかった。オークション会場には初心者に重くのしかかる何かがあった。静まり返った室内は薄暗い、宗教的な光に包まれていた。小さな木製の椅子に座った信徒たちは敬虔《けいけん》な静寂の中で説教壇を見つめていた。そこでは堂々たる存在感と光り輝く鼻メガネをした紳士が詠唱《えいしょう》らしきものを行なっていた。部屋の一番奥にある金色のカーテンの向こう側では、謎めいた形状のものが行ったり来たりしていた。かつて、いつも以上に熱気に満ちたムードの時のニューヨーク証券取引所を訪問する光栄に浴することのあったアーチーは、そこのようなものを期待していたのだが、むしろその雰囲気は圧迫感ある教会的なものだった。彼は座って周りを見渡した。

大司祭は詠唱を唱え続けていた。

「十六――十六――十六――十六――十六――三百ドル以上の価値があります――十六――十六――十六――十六――十六――五百ドル以上のお値段をいただくべきです――十六――十六――十

七――十七――十八――十八――十九――十九――十九」彼は声を止め、ギラついた非難の目で参拝者たちを見た。彼らは彼を失望させたようだった。彼の唇はゆがめられ、また彼は脚がガタつきそうで金色の塗料がたっぷり塗られた気味の悪い座り心地の悪そうな椅子に向かって手を振った。「紳士の皆さん！　紳士淑女《しゅくじょ》の皆さん！　皆さんは私の時間を無駄にしにいらしたのではありません。私は皆さんのお時間を無駄にしに参ったのではございません。ここ数ヶ月間ニューヨークで販売された椅子中で最高のお品物と言われるこの十八世紀製の椅子を十九ドルで売れと、本気でおっしゃるのですか？　私は――二〇ドル？　ありがとうございます。二〇――二〇――二〇――二〇――二〇。絶好の機会でございますよ！　値段のつけようのないほど貴重なお品物です。現存するものは稀少でございます。二五――五――五――五――三〇――三〇。まさしくあなた様が探しておいでのお品物でございます。ニューヨーク市でただ一つのものでございます。三五―五――五――五。四〇――四〇――四〇――四〇。この脚をご覧ください！　脚にライトを当てて、ウィリー。脚にライトが当たるようにするんだ！」

見習いらしきウィリーは指示どおり椅子を動かした。絶望したようにあくびをしていたレジー・ヴァン・トゥイルが、初めてちらりと興味を示した。

「ウィリーは」少年に非難というよりは同情の目を向け、彼は所見を述べた。「犬顔の少年ジョジョみたいな顔をしてると思わないか？」

アーチーは短くうなずいた。まったく同じ批評が、彼の念頭にも浮かんでいたのだ。

「四五――五――五――五――五――五」大司祭は詠唱した。「四五が一回。四五が二回。三回目が最後のコールになります。四五で売却。五列目の紳士様」

アーチーは鋭い目で五列目を隅から隅まで見回した。あんな恐ろしいシロモノに四五ドルも出すようなアホが誰か知りたくてたまらなかったのだ。と、犬顔のウィリーが自分に向かって身をかがめているのに気がついた。

「お名前をお願いいたします」犬顔のウィリーは言った。

「えっ、何だい？」アーチーは言った。「ああ、僕の名前はムームだ」大勢の人々の目が向けられているのを見て、アーチーは少し神経質になっていた。「あー。お目にかかって嬉《うれ》しいですし、色々です」

「保証金一〇ドルをお願いいたします」ウィリーは言った。

「何を言っているのかぜんぜんわからない。この背後にある深遠な思想は何なんだ？」

「椅子の保証金一〇ドルをお願いいたします」

「何の椅子だ？」

「あなた様が四五ドルにて落札された椅子でございます」

「僕が？」

「あなた様はうなずかれました」ウィリーは非難するように言った。「もし入札されたくなかったのでしたらば」彼はきっちりと言い聞かせるように言った。「なぜうなずかれたのでございましょう？」

アーチーは困惑していた。無論、彼はこの相手の顔が犬顔の少年ジョジョに似ているという発言に、うなずいたに過ぎないと指摘することもできた。しかし純粋主義者ならその言い訳を配慮不足と考えるかもしれないと、何かが彼にささやいたかのようだった。彼は一瞬躊躇《ちゅうちょ》した後、ウィリーの感情の価格として一〇ドル札を手渡した。ウィリーは、獲物の死体のもとをこっそり逃げ出すトラのように、その場を立ち去った。

「なあ、友よ」アーチーはレジーに言った。「こいつはちょっとあんまり過ぎるぞ。こんな底抜けに持ってかれちゃあ、どんな財布だって耐えられない」

レジーはこの問題を考察した。彼の顔は精神的緊張にやつれたように見えた。

「二度とうなずいちゃダメだ」彼は忠告した。「注意してないと、癖が出ちまうぞ。入札したい時は、指をくるくる回すんだ。そう、それだ。指をくるくるさせるんだ！」

彼は眠たげにため息をついた。オークション・ルームの空気は蒸し暑く、喫煙は禁止されていた。そして総合的に、彼はここに来たことを後悔し始めていた。礼拝は続いた。多種多様な魅力のない物が来ては去り、司式司祭は賛美したものの、会衆の反応は冷たかった。前者と後者の関係はますます冷え込んでいった。会衆は大司祭の賛辞には隠れた動機が潜《ひそ》んでいるのではないかと疑っているらしく、また大司祭は会衆が彼の時間を無駄にしてやろうという軽薄な欲望を持っているのではないかと疑っているように見えた。彼は、そもそもなぜ彼らがここにいるのかについて、公然と思《おも》惑《わく》を巡《めぐ》らせ始めていた。一度、特別に不快の念を催させる不健康な緑色の肌の女性裸身像が二ドルで売り出され、入札者が出なかったとき――会衆はこの種のものは新大陸でただ一体であるという大司祭の発言に、静かに感謝しているように見えた――大司祭はただ座って足の疲れを取る目的だけでオークション・ルームに入ってきたとして彼らを非難した。

「お前のブツが――お前の何とかいうやつだ――すぐに出てこないなら、アーチー」レジーは眠気をこらえながら言った。「俺はとっとと失礼しようと思う。お前は何を買いに来たんだ？」

「説明するのはちょっと難しいんだ。陶器か何かでできたおかしな見てくれの何かしらだ。僕はポンゴって呼んでる。少なくとも、そいつはポンゴじゃあなくって、わかるだろ、そいつの弟なんだが、おそらくありとあらゆる点で同じようにいやらしいものだと思う。ちょっと複雑な話なんだけどさ――やあ、ハロー！」彼は興奮して指差した。「なんてこった！　出動だ！　あいつだ！　見てくれ！　ウィリーが今そいつを取り出した！」

金色のカーテンを通り抜けて姿を消していたウィリーは今戻ってきて、台座の上に小さな陶器製の繊細な細工の像を置いていた。それは鎧《よろい》に身を包んだ戦士が槍《やり》を振り上げ敵に向かっている像だった。アーチーの身体をスリルが走った。パーカーは正しかった。こいつは間違いなくおそるべきポンゴの対《つい》の一体である。二人はまったく同一だった。アーチーの席からですら、台座の上の像の顔かたちに、同情を寄せ付けぬ元祖ポンゴの我慢ならない自己満足の表情と同じものを看《み》て取ることができた。

大司祭はこれまでの反発に屈することなく、会衆にはまったく共有されぬ満足と熱狂のまなざしにてその像を見ていた。しかし会衆たちはポンゴの弟を、これまでと同じようなものもう一つと見なしていた。

「こちらは」声を震わせながら彼は言った。「ごく特別なものでございます。明代《みん》にまで遡《さかのぼ》ると言われる中国の像です。二つとないものでございます。大西洋のどちらの側にもこのようなものはございません。もしこれをロンドンのクリスティーズで売りましたならば」彼は意地悪げに言った。「すなわちあちらには美しきもの、稀少なるもの、卓越したものに対する教養ある評価眼を備えた方々が集っておいでなのですが、私は千ドルから入札を開始することでございましょう。本日午後の体験より、それがおそらく高すぎることを私は知りました」無表情な群衆を見つめる彼の鼻メガネは、戦闘的に輝いた。「どなたかこの唯一無二の像に一ドルでも値をつけてくださるお方は？」「飛びつけ、友よ」レジー・ヴァン・トゥイルは言った。「指をくるくるひねくるんだ、我が友、ひねくれ！ 一ドルはいい値段だ」

アーチーは指をひねくってみた。

「一ドルの付け値がありました」大司祭は苦々しげに言った。「こちらの紳士様は機を見るに敏でいらっしゃる。こちらの紳士様は、良いお品物を見ればそれとお分かりでいらっしゃる」彼は優しく皮肉を言うのをやめ、鋭い直接的な非難の言葉に変えた。「さあさあ、紳士の皆様がた、我々はここに時間を無駄にしに参ったわけではございません。どなたか百ドル、この素晴らしいお品物に値をつけようという方は……」彼は言葉を止め、一瞬、ほとんど怯《おび》えたように見えた。彼はアーチーの前の席に座る人物をじっと見つめた。「ありがとうございます」息を呑《の》みながら彼は言った。「百ドルの付け値がありました！ 百──百──百──」

アーチーは驚愕《きようがく》した。この突然の途轍《とてつ》もない値段の跳ね上がり、この完全に予期せぬポンゴブームは、こう言ってよければ、少なからず不快だった。ライバルが誰かはわからなかったが、この場にご参集の皆さまの中に少なくとも一人、戦わずしてポンゴの弟を手に入れることを許すつもりがない者がいるのは明らかだった。アーチーは助言を求め、無力にもレジーを見たが、レジーはもはや闘争を諦《あきら》めていた。疲労困憊《こんぱい》した自然が最大限に力を揮い、今彼は目を閉じて身を椅子の背にもたれ、鼻で静かに息をしていた。自分一人で考えることを余儀なくされ、アーチーには指を再びひねくる以外に良い方途が思いつかなかった。彼がそうすると、大司祭の詠唱は肯定的な高揚を帯びた。

「二〇〇ドルの付け値がありました。大変結構！　台座を回すんだ、ウィリー。皆さんにご覧いただくんだ。ゆっくり！　ゆっくりだ！　ルーレットを回してるんじゃないぞ。二〇〇、二――二――二――二――二」彼は突然情熱的になった。「トゥー・トゥー・トゥー・トゥー。ルゥーという名の娘がいた。トゥー・トゥー、二時二分の列車に乗るところだった。ポーターが言った。トゥー・トゥーまではあと一、二分、アミニット・オア・トゥー・トゥー・トゥー・トゥー！　トゥー・トゥー・トゥー・トゥー・トゥー！」

アーチーの不安はますます大きくなった。彼は誤解の大海原《おおうなばら》の向こうのこの多弁な男相手に指をひねくっているようなのだ。指をひねくるくらい正確な解釈が難しいものはないし、またアーチーの考える指のひねくりと大司祭の考える指のひねくりは、一マイルもかけ離れているかのようだった。大司祭はアーチーが指をひねくると数百ドルで入札することを意図したものと考えるようだったが、実際にはアーチーは前回の入札額を一ドルだけ上げることを意味しようとしていた。時間が与えられれば、この点を大司祭に明らかに示せると思ったのだが、しかし後者は彼に時間を与えなかった。彼は聴衆たちの心を、いわゆるだが、鷲掴《わしづか》みにしてしまい、また彼らに回復の機会を与える前に売りつけてしまおうとしていた。

「二〇〇――二〇〇――二――三、ありがとうございます。三――三――三――四――四――五――六――六――七――七――七――」

アーチーは木製の椅子にぐったりして座っていた。彼は人生で二度しか体験したことのない感情を覚えていた。一度目は車の運転を初めて習ったときにブレーキの代わりにアクセルを踏んだとき、二度目はもっと最近の、高速エレベーターに初めて乗って下降したときだった。彼は今、制御不能なマシンに乗せられてしまったという感覚と、内臓の大部分を身体の残りの部分とは少々離れたところに置いてきてしまったという感覚を、まったく同じように味わっていた。この感情の渦の中から立ち上がってきたのは、対抗する入札者がどんなに競《せ》り合ってこようと、自分は獲物を確保しなければならないという明確な事実だった。ルシールはそのために彼をニューヨークに送ったのである。この大義がため、彼女は自分の宝石を犠牲にしたのだ。彼女は彼を信頼している。アーチーにとってこの仕事はほぼ神聖なものになっていた。アーチーは聖杯を求め進む昔の騎士のような気分だった。

彼は再び指をひねくった。指輪とブレスレットは一二〇〇ドル近くになった。その数字まで、彼の帽子はリング上にあった。

「八〇〇の付け値がありました。八〇〇。八――八――八――八――」

部屋の後ろのどこかから声がした。静かで、冷たく、意地悪で、決意に満ちた声だ。

「九！」

アーチーは席から立ち上がると、さっと振り返った。背後からのこのいやらしい攻撃は彼の闘争精神に突き刺さった。彼が立ち上がると、すぐ前に座っていた若い男も立ち上がって、同じように見つめた。彼はがっちりした体格の、意志堅固らしき顔つきの若者で、アーチーが前に見たことのある誰だったかをぼんやり思い起こさせた。しかしアーチーは後ろの男の居所を探すのに忙しくて、彼にあまり注意を払ってなどいられなかった。部屋にいた全員の目が彼に釘付けにされていたという事実ゆえに、ついに彼はそいつを見つけた。彼は小柄な中年男で、べっ甲縁のメガネをかけていた。教授か何かかもしれない。何者であるにせよ、明らかに彼は侮《あなど》れない強敵だった。彼は裕福そうな顔をしており、また彼の態度物腰はたとえ夏中かかろうとも、この線で戦い続ける覚悟をしている男の態度物腰だった。

「九〇〇のお値段をいただきました。九――九――九――九――」

アーチーは挑戦するように、メガネ男を睨《にら》みつけた。

「千！」彼は叫んだ。

午後市場の平穏ななりゆきへの大量資金の異常流入は、信徒たちを興奮させ倦怠《けんたい》を吹き飛ばした。興奮したささやきが交わされた。首は伸び上げられ、脚はもぞもぞ動かされた。大司祭について言えば、陽気さ加減は今では回復したどころかそれ以上で、同胞市民への信頼は、どん底から高度はるか彼方《かなた》にまで上昇していた。大司祭は賞賛の笑《え》みを浮かべた。褒《ほ》めそやしぶりの熱さにもかかわらず、ポンゴの弟が二〇ドルで落札されたとて、彼は満足していたことだろう。入札価格がすでに千ドルに達し、自分の手数料が二〇％であることを思うにつけ、晴れやかな幸福感はあたり一面に横溢《おういつ》するばかりだった。

「付け値は千ドルとなりました！」彼は歓声をあげた。「さて、紳士の皆様、私はこちらのお品物につき、皆様をお急がせするつもりはございません。この場にご参集の皆様は目利きでいらっしゃり、明朝の貴重な陶器像が出血価格にて手放されるのをご覧になりたくはないことでございましょう。おそらくここにあっては皆様全員にこちらをご覧いただけないのでは？　ウィリー、それを持って皆様にご覧に入れて回ってくれ。この素晴らしい像をじっくりご覧いただく間、少し休憩を入れるといたしましょう。さあ急げ、ウィリー！　足を上げろ！」

アーチーは茫然《ぼうぜん》として座っていたが、レジー・ヴァン・トゥイルが麗《うるわ》しき眠りより目覚め、前の席の青年に話しかけているのに気づいた。

「やあ、こんにちは」レジーは言った。「戻ってきてたとは知らなかった。俺を覚えているだろう？　レジー・ヴァン・トゥイルだ。君の妹さんのことはよく知ってる。アーチー、我が友よ、俺の友人のビル・ブリュースターを紹介するよ。ああ、なんてこった！」彼は眠たげに笑った。「忘れてたよ。もちろんだとも！　こいつはお前の――」

「やあ、こんにちは」青年は言った。「妹と言えばだけど」彼はレジーに言った。「お前はまだ妹の夫には会ってないよな？　妹がどこかのひどいアホ野郎と結婚したのは知ってると思うが」

「僕だ」アーチーは言った。

「それがどうした？」

「僕が君の妹さんと結婚した。僕の名前はムームだ」

若い男はだいぶびっくりしたようだった。

「すみません」彼は言った。

「いえ」アーチーは言った。

「父が手紙に書いてたことを言っただけで」青年は情状酌量《しやくりよう》事由を説明した。

アーチーはうなずいた。

「残念ながら、君のお父上は僕のことを買ってくれてないんだ。だけど僕は最善を期待している。犬顔のジョジョの少年が客に見せて回ってる、あの奇っ怪な見ったくれの小さい陶器の像を僕が捕まえたら、親爺《おやじ》さんは僕に夢中になるはずなんだ。つまり、親爺さんもう一つ同じようなものを持っていて、もしフルハウスが揃えられれば、大喜びして、大喝采して、元気一杯にすらなってくれるんだと理解している」

青年は目を見開いた。

「俺を相手に競《せ》り合ってたのは、あんたか？」

「え、なんだって？　君が僕と競り合ってたのか？」

「あれを父のために買いたかったんだ。父との関係を修復するためにあれを手に入れる特別な理由がある。あんたも父のために、あれを買おうとしてるのかい？」

「そのとおり。サプライズ・プレゼントだ。ルシールのアイデアなんだ。親爺さんの従者のパーカーって名前の奴が、あれが売りに出るって教えてくれたんだ」

「パーカーだって？　なんてこった！　俺に情報をくれたのもパーカーだ。奴にブロードウェイで会って、この話を聞いた」

「手紙にそんなことは一切書いてなかった。全くなんてこった、二人で入札してれば、二ドルで落札できたのに」

「うーん、今すぐ二人で入札することにして、後ろにいる不快な奴を消そう。俺は一一〇〇ドル以上は無理だ。それしか持ってない」

「僕も一一〇〇ドル以上は無理だ」

「一つだけ頼みたいことがある。親爺さんにブツを渡すのは俺にさせて欲しい。機嫌を取りたい特別な理由があるんだ」

「もちろんだとも！」アーチーは気前よく言った。「僕にとっては同じことさ。僕はただ、要するに、親爺さんに大体のところ上機嫌でいてもらいたいだけなんだ」

「ものすごく親切なことだ」

「ちっともそんなことはない、我が友。全然まったくそんなことはないさ。大喜びでそうさせてもらおう」

ウィリーは美術愛好家たちの間の逍遥《しょうよう》を終え戻ってきて、ポンゴの弟は台座へと還《かえ》った。大司祭は咳払《せきばら》いをすると、説教を再開した。

「さてとご参集の皆皆様にこの素晴らしい像を見ていただきましたところで、私は千ドルをご提示いただいておりました。一千――一千――一千――一千――一千――一千百。ありがとうございます、旦那様。一千百ドルをご提示いただきました」

大司祭は今や熱狂的に大喜びしていた。彼が頭の中で数字を弾《はじ》いているのが目に見えた。

「あんたが入札してくれ」兄のビルは言った。

「よしきた、ホーだ！」アーチーは言った。

彼は挑戦的に手を振った。

「十三だ」後ろの男が言った。

「十四、コン畜生だ！」

「十五！」

「十六！」

「十七！」

「十八！」

「十九！」

「二千！」

大司祭は歌う以外のことは全部やった。彼は善意と博愛の輝きを放っていた。

「二千ドルの付け値をいただきました。これ以上出そうという方はいらっしゃいませんか？　さあ、紳士の皆様、私はこの素晴らしい像を安値で手放したくはございません。二千一百。二千――一――一――一――一。私が慣れ親しんで参った様子となって参りました。ロンドンのサザビーズ・ルームにおりました時には、かような入札は当たり前でございました。二千――二――二――二――二――二。誰も気になどいたさなかったものでございました。三――三――三。二千――三――三――三。二千三百ドルの付け値をいただきました」

彼は期待するようにアーチーを見つめた。あたかも曲芸をするようにと呼び出したお気に入りの犬を見るかのように。しかしアーチーはもう限界だった。これまであれほど何度もあれほど勇敢にひねくり回されてきた手は、ズボンの横にだらんと降ろされ、力なくヒクついていた。アーチーは終わった。

「二千三百」大司祭は恩着せがましく言った。

アーチーは動かなかった。緊張した間があった。大司祭は美しい夢から覚めたかのように、小さなため息をついた。

「二千三百」彼は言った。「一回目の二千三百。二回目の二千三百。三回目、最後の、ファイナルコール、二千三百。二千三百で落札です。お祝いを申し上げます、旦那様。本当にお得なお買い物をなされました！」

レジー・ヴァン・トゥイルはまた居眠りしていた。アーチーは義理の兄の肩を叩《たた》いた。

「さてと、とっとと立ち去るとしようか?」

二人は悲しげに人ごみの中を通り抜け、通りに出た。

二人は沈黙を破ることなく、五番街に入った。

「まったくクソ忌々《いまいま》しい」ようやくアーチーは言った。

「腐れだ!」

「あの野郎は誰だと思う?」

「たぶんどこかのコレクターだろう」

「ふん、仕方ないな」アーチーは言った。

兄のビルはアーチーの腕に身を寄せ、おしゃべりになってきた。

「ヴァン・トゥイルの前では言いたくなかったんだ」彼は言った。「あいつはおしゃべりマシーンだし、夕食の前にはニューヨーク中に広まってるだろうからな。あんたは家族の一員だから、秘密は守れるな」

「もちろんだとも! 物言わぬ墓石、とか何とかさ」

「あのクソ忌々しいシロモノを俺が欲しがったのは、イギリスで女の子と婚約したからなんだ。それで片手であの陶器像を父に渡して、もう片方の手でこのニュースを伝えれば、いくらか役に立つかと思ったんだ。彼女は最高の女性なんだ!」

「そうに決まってるさ」アーチーは心を込めて言った。

「問題は、彼女はあっちでレヴューのコーラスをやっていて、父は蹴《け》とばしそうな具合だってことだ。それで俺は――ふん、もう心配したって仕方ない。どこか静かな所に来てくれ、そしたら彼女の話を全部しよう」

「最高だ」アーチーは言った。

11. サルヴァトーレ、時宜《じぎ》悪し

翌朝、アーチーは一族の宝石を一時的棲家《すみか》より取り戻し、それからのんびりコスモポリスに戻ってきた。ロビーに入ると驚いたことに、義父に出逢《であ》った。さらに驚いたことに、ブリュースター氏は明らかに途轍《とてつ》もなく親切さに満ち満ちたご機嫌でいた。また、その後後者が彼に向かって陽気に手を振った時、アーチーは自分の目を——さらに彼に向かって「我が息子」と呼び掛けながら元気かどうか訊ね、今日は暖かい日だったなあと言ったときには、自分の耳を信じられなかった。

明らかにこの陽気な心のありようを利用しない手はない。またアーチーが最初に考えたのは、前日同情的にその不幸話を聞いた窮地にあるサルヴァトーレのことだった。潮の干満がダニエル・ブリュースターから人間的優しさの甘露《かんろ》を流し去る前の今こそまさに、このウェイターが自分の苦境を訴えるべき時だった。義父方向に素早く「チェーリオ！」を投げかけると、アーチーは飛ぶようにグリルルームに入っていった。サルヴァトーレは、昼食時間がすぐ迫ってはいたものの、まだ始まってはいないため、奥の壁を背に、考え事をするかのように立っていた。

「我が友よ！」アーチーが叫んだ。

「若旦那様《わかだんな》？」

「途轍もないことが起こったんだ。愛すべきブリュースター親爺《おやじ》が檻《おり》をとっとと抜け出して今ロビーにいる。それでもっと奇妙なことに、親爺さんは明らかにご機嫌なんだ」

「若旦那様？」

「大喜びなんだ、わかるだろ。ピンク色なんだ。何かに大喜びしてる。今君の話を親爺さんの所へ持っていけば、失敗するわけがない。親爺さんは君の両方のほっぺにキスして君に札束とカラー留め鋲《びょう》をくれるはずだ。ウェイター頭《がしら》に十分だけ休みをくれって頼むんだ」

サルヴァトーレは指名された権限者を探しに消え、アーチーはいつにない陽光を浴びにロビーへと戻った。

「さてさてさて、何と！」彼は言った。「父上はブルックポートにいらっしゃるものと思ってました」

「今朝、友人に会いに戻ってきたんじゃ」ブリュースター氏は愛想よく答えた。「ピンステッド教授じゃ」

「僕の知らない方だと思いますが」

「非常に興味深い人物じゃ」ブリュースター氏は、相変わらずの愛想の良さで言った。「彼は大層多くの事柄に精通しておる――科学、骨相学、骨董《こっとう》品じゃ。昨日のオークションで、わしのために入札してくれるよう頼んだんじゃ。小さな陶器像があって――」

アーチーのあごが落っこちた。

「と、陶器像ですか？」彼は弱々しくどもりながら言った。

「そうじゃ。二階のわしのマントルピースの上に置いてあるのに気づいたかもしれんが、あれの対《つい》になる像だ。長年その対を手に入れようとしてきたんじゃ。従者のパーカーがいなければ、知らずにいたところじゃった。わしが彼をクビにしたことを思えば、知らせてくれたのは見上げたことじゃ。ああ、ビンステッドが来た」彼はロビーを急いで横切ってきたべっ甲縁のメガネをかけた小柄な中年男性に挨拶《あいさつ》しにいった。

「さてとビンステッド、あれは手に入れてくれたな？」

「ああ」

「値段は法外に高くはなかったと思うが？」

「二三〇〇ドルだ」

「二三〇〇だと！」ブリュースター氏はその場でよろめいたように見えた「二三〇〇ドル！」

「君は私に白紙委任状を与えたろう」

「そうだが、二三〇〇ドルだと！」

「数ドルで買えたはずなんだが、残念ながら少し遅れてしまい、到着した時には、バカな若者が千ドルまで競《せ》り上げておった。最終的に二三〇〇ドルで振り切るまで、そいつは私にしがみついて離れなかった。なんと、まさしくこの男だ！　こちらは君のご友人かね？」

アーチーは咳払《せきばら》いをした。

「友人というよりは家族です。義理の息子ですよ！」

ブリュースター氏の上機嫌は消え失せていた。

「いったい全体、お前は今までどんな馬鹿な真似をしておったんじゃ？」彼は訊《き》き質《ただ》した。「わしはお前につま先をぶつけずには、一歩も動けんのか？　いったい全体どうしてお前は入札なんぞしでかしたんじゃ？」

「僕らはそいつがなかなかいい計画だと思ったんです。僕らは話し合ってそいつはうまい話だって結論に達したんです。その奇っ怪な小さいブツを手に入れて、あなたを驚かせようと思ったんです」

「僕らとは誰じゃ？」

「ルシールと僕です」

「だがいったい全体、どこからこの話を聞いた？」

「従者のパーカーが、手紙で報《しら》せてくれたんです」

「パーカーだと！　あの像が売りに出ると、わしに話したと奴は言わなかったのか？」

「全然言いませんでした！」アーチーのうちに突然疑念が湧《わ》き上がってきた。普段は謀略とは無縁な若者ではあったが、ハーバート・パーカーの演じた役柄の途轍《とてつ》もない胡散《うさん》くささが、彼にすら明らかになってきたのである。「どうやら友人のパーカーは僕らをペテンにかけていたようですね、どうでしょう？　つまり、息子さんに――つまりビルですが――彼に入札に行くよう報せたのはハーバートの奴だったって僕は言おうとしてたんです」

「ビルじゃと！　ビルがそこにいたのか？」

「いたどころじゃありません！　僕らは話をしてお互いが誰だか知るまで、競り合いをしてたんです。そこへこの野郎が――こちらの紳士が割り込んできて、僕らに競りかけ始めたんです」

ビンステッド教授はくっくと笑った。自分は傷一つ負わずに、周りの人々全員がポケットのどん底まで打ちのめされたと知った男の、屈託のないくっくっく笑いだ。

「実に巧妙な悪党だなあ、そのパーカーとやらは、ブリュースター。彼の手法は単純だが見事なものだ。間違いなく彼か共犯者のどちらかがあの像を手に入れて、競売人に託したんだろう。そして我々全員に競り合わせて結構な価格を確保したんだ。実に巧妙だ！」

ブリュースター氏は自らの感情と格闘した。そして、それを克服し、明るい面を見るよう自らに強《し》いているようだった。

「まあ、とにかく」彼は言った。「対の陶器像は手に入れたことじゃし、わしはそれが欲しかったんじゃ。そいつはその包みの中にあるのか？」

「これだ。配送屋じゃあ信用できない。君の部屋に行って、並べたらどんな具合か見るとしよう」

一同はロビーを横切りエレベーターに向かった。エレベーターを降り、彼のスイートルームに向から時にも、ブリュースター氏のひたいにはまだ雲がかかっていた。貧困から血の滲《にじ》むような努力をして富裕に至った男たちの大半と同じく、ブリュースター氏は不必要に金を支払うことに反発した。二三〇〇ドルのことが今だ胸に疼《うず》いているのは明らかだった。

ブリュースター氏はドアの鍵を開け、部屋を横切り歩いた。そして突然、彼は立ち止まり、目を瞠《みは》り、また目を瞠った。彼は跳び上がってベルを押し、それから無言でごぼごぼと咽喉《のど》を鳴らし、立ち尽くした。

「何かおかしなことでも、親爺さん？」アーチーは心配げに訊ねた。

「おかしい！　おかしい！　消えておる！」

「消えたですって？」

「陶器像じゃ！」

ベルに応えてこの階のウェイターが静かに姿を現し、入り口に立っていた。

「シモンズ！」ブリュースター氏は乱暴に彼の方に向き直った。「わしの留守中に、誰かこの部屋に来たか？」

「いいえ、旦那様」

「誰もか？」

「あなた様の従者のパーカー以外はどなたもです。何か荷物を取りにきたと申しておりました。あなた様のご指示を受け、参ったものと存じておりました」

「出ていけ！」

ビンステッド教授は包みを解《と》き、テーブルの上にポンゴを置いた。重たい沈黙が続いた。アーチーはその小さな陶器像を手に取り、手のひらの上でバランスをとってみた。それは小さなものだが、世界を大いに揺るがせてくれた、と、彼は哲学的に考えていた。

ブリュースター氏はしばらくの間、何も言わずふつふつと発酵《はっこう》していた。

「すると」とうとう彼は、自己憐憫《れんびん》に震える声で言った。「わしは、これだけの大騒ぎを――」

「これだけの出費もだ」ビンステッド教授は優しく言った。

「わしから盗まれた物を買い戻すためだけに！　そして、お前のクソ忌々《いまいま》しいでしゃばりな真似のせいで」彼は振り返り、アーチーに向かって叫んだ。「わしはこいつのために二三〇〇ドル支払う羽目になった！　わしは連中がヨブのことであんな大騒ぎするわけがわからん。ヨブの周りにお前のようなモノがいたためしはないんじゃからな！」

「ですが、もちろん」アーチーは反論した。「彼にはかなり腫《は》れ物があったんですよ［『ヨブ記』2の7－10］」

「腫れ物！　腫れ物が何じゃ？」

「ものすごくすみませんでした」アーチーはつぶやいた。「最善の意図からしたことなんです。良かれと思ったり、その他いろいろです！」

ビンステッド教授の頭は本件の他のすべての側面を排除し、不在のパーカーの巧妙さのことで一杯なようだった。

「狡猾《こうかつ》な計画だ！」彼は言った。「実に狡猾な計画だ！　このパーカーという男は、必ずや最上級の頭脳の持ち主に違いない。彼の頭蓋骨《ずがいこつ》隆起に触れてみたいものだ」

「ぶん殴ってさらに隆起させてやりたいものだ！」苦悩に打ちのめされたブリュースター氏は言った。彼は深呼吸した。「ああ、まあ、そうだな。わしのような立場に置かれた者は、つまりイカサマ従者と低能義理息子を抱え込んで、それでもまだ自分の所有物を自分で持っていることに感謝しなければなるまいな。たとえそれを維持する特権のために二三〇〇ドル支払わねばならないとしてもだ」彼は向き直ってアーチーを見た。アーチーは思索にふけっていた。不幸なビルのことがアーチーの念頭をよぎったのだ。ブリュースター氏が愛の若き夢の話に共感を持って耳を傾ける気分になるまでには、数多《あまた》の月、数多の疲弊《ひへい》した月を要することだろう。「その像をよこせ！」

アーチーは相変わらず心ここにない体《てい》にてポンゴを弄《もてあそ》んでいた。彼は今、この悲しい出来事をどうルシールに伝えたものかと考えていた。かわいそうな彼女はがっかりすることだろう。

「その像をよこせ！」

アーチーは激しく跳び上がった。ポンゴがモハメッドの棺《ひつぎ》のように、天と地の間に宙吊りになったかに見える瞬間があった。そして重力が力を行使した。ポンゴは鋭い破裂音とともに落下し、ばらばらに崩壊した。その瞬間、ドアをノックする音がして、中に入ってきたのは、激怒したダニエル・ブリュースター氏の燃える目には秘密結社ブラックハンド団の幹部スタッフに関係した何かしらに見える、浅黒い胡散《うさん》くさげな人物だった。不幸なサルヴァトーレは、自らの訴えを告げるためによりによってこの瞬間を選んだのである。

「出ていけ！」ブリュースター氏は大音響で叫んだ。「ウェイターは呼んでおらん」

アーチーはこの大惨事に動揺するばかりだったが、調停役を務めるべく気を取り直した。サルヴァトーレがそこにいるのは彼が勧めたからで、商談交渉にもっと有利な時を選んで欲しかったと切に願いはしたものの、彼を応援するため最善を尽くさずにはいられなかったのだ。

「あのう、あのですねえ、ちょっと待ってください」彼は言った。「おわかりでいらっしゃらないようですが、実のところ、彼は抑圧されてたり虐《しいた》げられてたり色々たいへんなんですよ。それで僕が、貴方《あなた》を捕まえて、選び抜かれた言葉で話をするよう提案したんです。もちろん、その方がよろしければ――いつか別の機会に――」

しかし、ブリュースター氏に対談延期の余地はなかった。彼が息をつく前に、サルヴァトーレが話し始めたのだ。彼は力強い、雄弁な話し手で、彼の話を中断するのは困難だった。またブリュースター氏が言葉を発するのに成功するまでには、だいぶ時間がかかった。しかし、言葉を発した時、彼は要点を押さえた。言語学者ではないものの、これなるウェイターが本ホテルにおける自らの状況に不満を持っていることを理解するのに十分なくらいには、彼は話の内容をしっかり理解できていたのだ。

「お前はクビだ！」ブリュースター氏は言った。

「えっ、あのですねえ！」アーチーは抗議した。

サルヴァトーレはダンテの一節らしき言葉をつぶやいた。

「クビだ！」ブリュースター氏は断固として繰り返した。「そして、わしは天に願いたい」悪意に満ちた目で義理の息子を見据《みす》えながら、彼はこう付け加えた。「お前をクビにできたらなあ！」

「さてと」この感情の爆発に続いた不快な沈黙を破り、ビンステッド教授は陽気に言った。「ブリュースター、小切手をもらえれば、私はお暇《いとま》させていただくとしよう。二三〇〇ドルだ。もしよければ、普通小切手にしてくれ。それなら昼食前に角を回って現金化できる。大変結構！」

12・輝く瞳とハエ

エルミタージュ（他の追随《ついずい》を許さぬ絶景、極上の料理、ダニエル・ブリュースター経営）は、山々の緑のただ中にある絵のように美しい夏のホテルで、アーチーの義父がコスモポリスの経営権を獲得してまもなく建てられたものだった。ブリュースター氏本人はめったにそこに行くことはなく、ニューヨークのホテルに関心を集中することを好んだ。それゆえ前章で記録された事件から十日ほど後、広々した食堂で朝食をいただいていたアーチーとルシールは、同ホテルの広告する三つの魅力のうち二つのみにて満足する次第となった。二人の横の窓は、他の追随を許さぬ絶景をどっさり切り取って見せていたし、極上の料理のいくつかはすでにテーブル上に置かれていた。そしてアーチーには、見渡す限り経営者、ダニエル・ブリュースター氏が不在であるという事実は、心を痛みうずかせる喪失とは、いかなる意味でも感じられなかった。彼はそれを冷静に、前向きにすら受け止めていた。アーチーの考えでは、任意のある場所が地上の楽園となるため必要なのは、ダニエル・ブリュースター氏がおおよそ七十六キロは離れた場所にいてくれることだった。

二人がエルミタージュに来たのはルシールの提案だった。決して人間太陽光システムではないブリュースター氏は、ポンゴ事件の後、世界全体、とりわけ義理の息子に対してあまりにも冷たく暗い表情を向けてきた。そのせいでルシールが、父親とアーチーは少なくともしばらくの間は離れていた方がいいと考え――また彼女の夫は心の底からそれに同意したのだった。彼はエルミタージュでの滞在を楽しんでおり、ただいまは永遠に続く丘の連なりを、しっかり朝食をとった健康な男の心地よい愛情もて打ち眺めていた。

「今日も最高の一日になりそうだな」彼は所見を述べ、朝霧が力ないタバコの煙のようにすぐ千切《ちぎ》れて消えてゆく、ゆらめき光る光景を眺めていた。「君がここにいてくれたらいい日なのに」

「そうね、残念だけど行かなきゃならないの。ニューヨークはオーブンみたいに熱いでしょうね」

「延期したら」

「残念だけど、それはできないわ。フィッティングがあるの」

アーチーはそれ以上の言い争いはしなかった。彼はフィッティングの重要性がわかるくらいには長く結婚していた。

「それに」ルシールは言った。「わたし、お父様に会いたいの」アーチーは驚愕《きょうがく》の悲鳴を押し殺した。「明日の夜には戻るわ。きっと楽しいわよ」

「我が魂の女王、君がいなけりゃ僕は幸せになんかなれないんだ。わかってるだろ――」

「そうなの?」ルシールは称賛するげにつぶやいた。彼女はアーチーがこの種のことを言うのを聞くことに決して飽きることはなかった。

アーチーの声が途《と》切《ぎ》れた。彼は部屋の向こう側を見ていた。

「何てこった!」彼は叫んだ「なんてものすごい美人なんだ!」

「どこ?」

「あそこだよ。今入ってきたところだ。なんて素敵な目だろう！　あんな目は見たことがない。彼女の目を見たかい？　きらきら光ってた！　ものすごくきれいな女性だ！」

その朝は暖かかったが、朝食テーブルには疑惑の寒気が漂いだしていた。ルシールの顔には、ある種の冷気が入り込んだようだった。彼女はアーチーの新鮮で若々しい情熱を常に共有できるわけではなかった。

「あなた、そう思うの？」

「姿も素晴らしい！」

「そう？」

「いや、僕が言いたいのは、まあまあ中くらいってことだ」アーチーは言った。人間を野獣より上位に引き上げる一定量の知性を回復しながらだ。「もちろん僕自身が礼賛するようなタイプじゃないが」

「あなた、彼女をご存じでらっしゃるでしょ？」

「絶対に知らないし、全然まったく知らない」アーチーはあわてて言った。「生まれてこのかた一度も会ったことはない」

「舞台で見たことがあるでしょ。彼女の名前はヴェラ・シルヴァートンよ。わたしたち、彼女が……」

「もちろん、そうだ。そうだった。ねえ、彼女はここで何してるんだろう？　ニューヨークでリハーサルをやってるはずだ。何て名前だったっけ――ほら、わかるだろ、劇とか色々書いてる奴だ――ジョージ・ベンハムだ――ジョージ・ベンハムに会って、彼女が奴の作品――なんて名前だったか名前は忘れたけど、何とかいった名前だったはずだ――そこでリハーサルをしてるって聞いたのを覚えてる。なぜ彼女はニューヨークにいないんだい？」

「たぶんかんしゃくを起こして契約を破棄《はき》して飛び出したんでしょ。彼女はいつもそういうことをしているの。それで有名なのよ。恐ろしい女性にちがいないわ」

「そうだね」

「彼女の話はしたくないわ。以前は誰かと結婚していたけど、彼女の方から離婚したの。それから別の誰かと結婚して、今度は彼の方から離婚したのよ。わたし彼女の髪は二年前にはああいう色じゃなかったって確信してるし、女性はあんなふうなメイクをするべきじゃないと思うし、それに彼女のドレスはこういう田舎《いなか》にはふさわしくないし、それにあの真珠は本物じゃありえないし、ああいうふうに流し目するのってわたし嫌いだし、それに彼女にピンクは全然似合わないわ。わたし、あの人、ひどい女性だと思うし、あなたが彼女の話をし続けるのはやめてほしいわ」

「よしきた、ホーだ！」アーチーは従順に言った。

　二人は朝食を終え、ルシールは荷物をまとめに部屋に戻った。アーチーはホテルの外のテラスに出て、そこでタバコを吸い、大自然と親しみ、ルシールのことを思った。彼は一人でいるときはいつだってルシールのことを思っていた。ホテル・エルミタージュを取り囲む他の追随《ついずい》を許さぬ絶景のような詩的な環境の中にたまたまいるときにはとりわけだ。彼女との結婚生活が長くなればなるほど、この神聖な制度は自分にとってものすごくいい奴みたいに思えてきた。ブリュースター氏はこ二人の結婚を世界で最も不幸な出来事の一つだと考えているかもしれないが、アーチーにとってそれは、またそれまでもずっと、ものすごくいいことだった。考えれば考えるほど、ルシールのような女性が自分みたいなC級人間と運命の糸を結び合せて満足していることに彼は驚嘆した。実際、彼の黙考は、まさしく幸せな結婚をした男が黙考すべきことに他ならなかった。

肘《ひじ》のすぐ脇である種の叫び声というか悲鳴が聞こえ、彼はその黙考から覚め、振り返った。と、隣に華やかなミス・シルヴァートンが立っていることに気づいたのだった。彼女の疑わしい髪は日光に照らされて輝き、批判された目の片方はしかめられていた。もう片方の目は訴えかけるような表情でアーチーを見つめていた。

「あたしの目には何か入ったの」彼女が言った。

「えっ、本当ですか!」

「よろしければ取っていただけないかしら? ご親切に!」

アーチーはこの場を失礼したいところだったが、その名に値する男たる者、窮地《きゅうち》にある女性を助けに駆け寄ることを謝絶できるものではない。そのレディーの上まぶたをひねり上げて目の中を覗《のぞ》き込み、ハンカチの隅でさっと拭《ぬぐ》い取る以外に、彼のとるべき道はなかった。彼の行動は非難可能性がないばかりか、明らかに賞賛に値するものと分類されよう。アーサー王の騎士たちもしょっちゅうこういうことをしていたが、人々が彼らをどう考えているかを見よである。したがってこの処置が終了した直後にホテルから出てきたルシールは、こんなふうに不快を覚えるべきではなかったのだ。しかし、無論、女性の目からハエを取り出している男の態度には、ある種の表面的な親密さがあるものだから、それが彼の妻の感受性を傷つけたとしても仕方のないことではあろう。それはある種のラプロシュマンないし外交接近、あるいはカマラデリーないし同志意識、あるいはアーチーならばこう言ったであろうように、なんとかかんとかを暗示する態度であった。

「本当にありがとう！」ミス・シルヴァートンは言った。

「いいえ、全然かまいませんよ」アーチーは言った。

「目に物が入るって本当にイヤよね」

「そのとおりですよ！」

「あたし、いつもこうなの！」

「運が悪いですねえ！」

「でもあなたみたいに上手な人は、滅多《めった》にいないわ」

ルシールはこの理性の饗宴《きょうえん》魂の交歓に割って入らねばと感じた。

「アーチー」彼女は言った。「クラブを持ってきてくだされば、列車が出る前にいっしょに歩いて回れるわ」

「えっ、ああ！」アーチーは初めて彼女に気づいて言った。「えっ、ああ、よしきたホーだ、ああそうだ、そうだ、そうだね！」

最初のティーグラウンドに向かう途中、アーチーはルシールの様子が心ここになく注意散漫であるように思った。そして、人生において初めてではないが、一点の曇りなき良心とは、危機の時にあって何と貧弱な支えであることかと思い至ったのだった。コン畜生《ちくしょう》だ。他にどうしようがあるものか彼にはわからなかった。ハエの一個連隊が眼球に突き刺さった状態で、可哀《かわい》そうな女性がよろめき歩いているのを放っておくわけにはいかない。とはいえ——

「ハエが目に入るのって、いやだよな」とうとう彼は言った。「ものすごく厄介だ、ってことだ」

「それとも好都合かしら」

「へっ？」

「うーん、紹介の手間を省略するすごく結構な方法ってことよ」

「あのねえ！　君はそんなふうに考えてるわけじゃないよね――」

「彼女、恐ろしい女性よ！」

「本当にそうだ！　人々が彼女のどこが好きなのかわからないよ」

「彼女のために大騒ぎして、あなた楽しそうだったわ」

「違う、違うよ！　全然そんなことはない。彼女の絶対的な何とか言ったやつにその気にさせられたんだ。何って言ったっけ――男がその気にさせられるものだ、わかるだろ」

「あなた、顔じゅうで笑ってたわ」

「そんなことはない。太陽が目に入ってきたから、顔をしかめてただけだ」

「今朝はいろんなものが人の目に入るみたいね！」


アーチーは悲しかった。この種の誤解がこんなにも素敵な日に、それも二人が三十六時間も離れ離れにならなきゃならない瞬間に起こったということは、彼にかく思わしめた。すなわち――いや、彼をイラつかせたのである。言葉の使いようですべての誤解は解《と》けるとも思われたが、しかし彼は雄弁な青年ではなかったし、そんな言葉は見つけられなかった。彼は不当な扱いに傷ついていた。自分がきらきら輝く目と実験的な色に染められた髪をした女性にはびくともしないのだということを、ルシールはわかってくれて然《しか》るべきだと彼は考えた。まったくコン畜生だ、彼は一方の手でクレオパトラの目から、もう一方の手ではトロイのヘレンの目から同時にハエを取り除きながらも、彼女たちのことなど一顧《いっこ》だにしないだろう。彼は憂鬱《ゆううつ》な気分でナインホールをプレーした。また二時間後、ニューヨーク行きの列車で発ったルシールを見送ってホテルに戻ってきたときにも、彼の人生は明るくならなかった。今まで二人は喧嘩《けんか》らしきものをしたことがなかった。人生はいささか色あせてしまったと、アーチーは感じた。彼の心は乱れ、不安だった。そしてロビーの隅の椅子《いす》に座って誰かと話しているミス・シルヴァートンの姿を見ると、彼は直角に折り返し、フロント係が座っていた机の後ろにどしんとぶつかって止まった。

いつもおしゃべり好きなフロント係は彼に何か話しかけたが、アーチーは聞いていなかった。彼は機械的にうなずいた。それは何か自分の部屋に関することだった。彼は「ご満足いただける」という言葉を聞き取った。

「ああ、わかった、よし！」アーチーは言った。

フロント係ときたら、うるさい奴だ。彼はアーチーが自分の部屋に満足していることをよくよく知っていた。こういう連中はこういうことを、経営側はあなたに個人的な関心を持っていますよと感じさせるために延々と話しかけてくるものなのだ。それも彼らの仕事のうちなのである。アーチーは心ここにない風情《ふぜい》で笑い、ランチをいただきに部屋に入った。ルシールのいない席が彼を悲しげに見つめ、彼のわびしい思いをいや増していた。

彼は昼食を半ば終えようとしていた。と、そのとき、向かいの椅子がもはや空席ではなくなった。アーチーが窓の外の景色から視線を移すと、友人の劇作家ジョージ・ベンハムがどこからともなく現れ、彼の真ん前にいるのに気づいたのだった。

「ハロー！」彼は言った。

ジョージ・ベンハムは陰気な青年で、メガネのせいで悲しみに暮れるフクロウみたいに見えた。彼はひたいに垂らした黒い髪の毛のかたまりを芸術的にほぐしているのみならず、何かもの思うことがあるように見えた。彼は疲れ切った様子でため息をつき、フィッシュパイを注文した。

「ついさっき、ロビーを通ってくるのを見かけたと思ったんだ」彼は言った。

「ああ、じゃあソファでミス・シルヴァートンと話してたのはお前だったのか？」

「彼女が俺に話してたんだ」劇作家は陰気に言った。

「お前、ここで何をしてるんだ？」アーチーは訊《き》いた。ベンハム氏がどこか別の場所にいてくれればいいのにと思った。つまり、彼はアーチーの憂鬱の邪魔をするからだ。とはいえこいつがこの場にご参集の皆々様の中にいるのであれば、礼儀正しくあるためには話をするしかない。「お前の陽気な劇のリハーサルを見て、ニューヨークにいるんだと思ってた」

「リハーサルは中止になった。劇はなしってことになりそうだ。なんてこった！」ジョージ・ベンハムは率直な熱を込めて叫んだ。「世の中にはどこを向いたっていろんなチャンスが開《ひら》けてるっていうのに――人生は両手で褒美《ほうび》を差し伸べてるっていうのに――石炭運搬人が週給五〇ドル稼ぎ、ドブ掃除人がしあわせ一杯で自分の仕事を歌にして歌って回ってるのを見るにつけだ――なぜ人は劇を書くみたいな仕事をわざわざ選ぶんだろう？　これまで生きてきた者の中でヨブだけが、本当に劇を書く資格のあるただ一人の男だ。もし主役の女優がヴェラ・シルヴァートンみたいな人物だったら、奴だって人生はかなりつらいって思ったはずだ」

アーチーは――そして間違いなくこの事実が、彼がかくも大きく多様な友人の輪を持つ理由であろう――いつだって自分の悩みを棚上げにし、他人の悲しい身の上話を聞くことができる男だった。

「ぜんぶ話してくれ、わが友よ」彼は言った。「映画を大公開するんだ！　彼女に見捨てられたのか？」

「俺たちをぺしゃんこにしてだ！　どうやって知ったんだ？　ああ、もちろん彼女から聞いたんだな？」

アーチーは大慌てで、自分がミス・シルヴァートンと何かしら親密な関係にあるという考えを一《いっ》掃《そう》しようとした。

「ちがうちがう！　彼女が朝食に入ってくるのを見たとき、僕の妻が何かしらそういう性質のことが起こったに違いないと思うと言ったんだ。つまり」アーチーは論拠を詳《つまび》らかにした。「女性がここに朝食を食べに入ってきて、同時にニューヨークでリハーサルをしてるなんて不可能だろ。どうして彼女は三行半《みくだりはん》を突きつけたんだ？」

ベンハム氏はフィッシュパイをいただきながら、湯気越しに気だるそうに話した。

「あー、こういうことなんだ。お前くらい彼女をよく知ってる男なら……」

「僕は彼女を知らない！」

「いやまあ、とにかく、こうだ。知ってのとおり、彼女は犬を飼っている――」

「彼女が犬を飼ってるだなんて僕は知らない」アーチーは抗議した。世界が自分とこの女性を結びつけようと陰謀を企んでいるかのように思われてきた。

「彼女は犬を飼ってるんだ。野獣みたいに巨大なブルドッグだ。で、彼女はそいつをリハーサルに連れてくるんだ」ベンハム氏の目に涙があふれた。感情の昂《たか》ぶりの中、彼は見た目より二十八度以上熱いフィッシュパイを呑《の》み込んでしまったのだ。この大惨事によってもたらされた中断の間、彼の俊敏な頭脳は物語の数章を読み飛ばし、再び話ができるようになると、こう言った。「それからどっさりトラブルがあった。何もかも滅茶苦茶《めちゃくちゃ》になった！」

「なぜだ？」アーチーは困惑した。「リハーサルに犬を連れてくることに運営が反対したのか？」

「そんなことで、どうにもなるもんか！　彼女は劇場で好きなようにするんだ」

「じゃあ、どうしてトラブルになった？」

「聞いてなかったのか」ベンハム氏は非難するように言った。「言っただろう。その犬が俺《おれ》の座ってるところに鼻をくんくんさせて近づいてきて――劇場の中は真っ暗だったからな――俺は舞台上で起こっていることについて何か言おうと立ち上がった。そしてどういうわけか俺の脚でそいつを押しちまったらしい」

「なるほど」アーチーは言った。話の筋を理解し始めながらだ。「お前は彼女の犬を蹴《け》とばしたんだな」

「押したんだ。たまたま、脚でだ」

「わかった。そしてその蹴りをやめた時――」

「押したんだ」ベンハム氏は厳格に言った。

「蹴とばしたにせよ、押したにせよだ。お前がその蹴とばしなり押しなりを遂行した時――」

「むしろ軽く押しやったと言ったほうがいい」

「ふむ、どう言うにせよお前がそいつをやった時、そのトラブルは始まったんだな？」

ベンハム氏は少し震えた。

「彼女はしばらく話をして、それから出ていった。犬を連れてだ。こんなことは今回が初めてじゃない」

「なんてこった！　お前はそんなことに時間を費やしてるのか？」

「最初は俺じゃなかったんだ。舞台監督だった。奴は誰の犬か知らなかった。それでそいつが舞台までよたよた歩いてきた。で、さすってやった、ちょっとピシャッと――」

「叩《たた》いたんだな？」

「叩いたんじゃない」ベンハム氏はきっぱりと否定した。「トントンやった――プロンプターの台本でトントンやったと言うべきかもしれん。ああ、その時は彼女をなだめるのに苦労したさ。とにかく俺たちでなんとかなだめすかして、でもまたこういうことが何かあったら、役を降りるって彼女は言ったんだ」

「彼女は犬が好きなんだろうな」初めてこの女性に好意と共感を覚え、アーチーは言った。

「彼女は犬に夢中なんだ。それで俺がたまたま――ついうっかり――そいつを思いがけなく押してしまって、ひどくまずいことになっちまったんだ。その日はずっと彼女を捕まえようとアパートに電話し続けてたんだが、とうとう彼女がここに来たって聞いたんだ。それで俺は次の電車に乗って、戻ってきてくれるよう彼女を説得しようとしてるわけだ。彼女は聞く耳を持たない。とまあ、こういう状況だ」

「途轍《とてつ》もなく困ったな！」アーチーは同情的に言った。

「ああ、途轍もなく困ってる――俺にとっては、ってことだ。あの役は他の誰にも演《や》れないんだ。バカみたいな話だが、俺はあの役を彼女のために特別に宛て書きした。だから彼女が演らないなら劇は上演されないってことだ。だからお前が俺の最後の希望なんだ！」

タバコに火をつけていたアーチーは、もうちょっとでそいつを呑《の》み込むところだった。

「僕が？」

「お前なら彼女を説得できると思ったんだ。彼女が戻ってくるかどうかに、どれほど多くのことが懸かっているかって指摘してやるんだ。彼女を喜ばせてやるんだ。お前はそういうことはよく知ってるだろうが！」

「でも我が友よ、僕は彼女のことは知らないって言ったろ！」

ベンハム氏の目が開いた
「いいや、彼女はお前を知ってる。さっきお前がロビーを通り過ぎた時、彼女はこれまで会った人の中で本物の人間はお前しかいないと言っていた」

「うーん、実は僕は彼女の目からハエを取ってやった。だけど――」

「そうなのか？　ふん、じゃあ全部簡単だ。お前は彼女の目の具合を聞いて、あなたの目はこれまで見た中で一番美しいと言って、ちょっぴりクークー甘くささやくだけでいいんだ」

「だけど親愛なる我が友！」友人が描き出した恐ろしい計画はアーチーを愕然《がくぜん》とさせた。「僕にはできない！　何でもしてやりたいしあれこれ色々なんだけど、甘くクークー言うとなると、絶対にダメだ！」

「バカ言うな！　クークーささやくなんて難しいこっちゃない」

「お前はわかってないんだ、友よ。お前は結婚してない。つまりだ、お前が結婚に賛成したり反対したりして何と言おうとだ――僕としては結婚に大賛成だし、めちゃくちゃすごくいいモノだと思ってる――だがクークーささやく件については、こいつが男をほぼご用済みにするって事実は残る。

お前を困らせたくないんだ、我が友よ、だけど僕はクークーささやくのはきっぱり、断固として拒否しなきゃならない」

　ベンハム氏は立ち上がり、時計を見た。

「そろそろ帰らないと」彼は言った。「ニューヨークに帰って報告しないといけない。自分では何もできなかったが、この件は信頼できる人物の手にまかせたと伝える。お前が最善を尽くしてくれることはわかってる。頑張ってくれ」

「だけど、友よ！」

「考えてみるんだ」ベンハム氏は厳粛に言った。「どれだけ多くがかかっているかを。他の役者のことを考えるんだ。仕事から放り出される端役《はやく》の役者のことを！　俺のことだって――いやダメだ！　この件に俺が絡《から》んでることについてはごく軽く触れるか、あるいは一切触れない方がいい。じゃあ、どうしたらいいか、お前ならわかるな。お前にまかせとけば大丈夫だ。がんばれよ！　さようならだ、親愛なる友人よ。ありがとうを千回だ。いつか俺がお前に同じことをしてやろう」彼はアーチーをその場に立ち尽くさせたまま、ドアに向かった。途中まで行ったところで彼は回れ右して、戻ってきた。「そういえば」彼は言った。「俺の昼食だが。お前の会計につけといてくれるな？　ここでゆっくりしてる時間がないんだ。じゃあな！　さらばだ！」

13. パーシーがため全員集合

人生の青く輝かしき空がどれほど急速に、また予期せず、曇ってしまうものか、また自分の足が磐石《ばんじゃく》の大地についていると思い込んでいた男が、気がつけばどれほど突然に運命のシチューの中に浸ってしまっていることかと、長い午後の間じゅうアーチーは驚くばかりだった。こうしたことを思い出すときに付き物の苦い思いとともに、その朝自分が世界中に何の憂《うれ》いもなくベッドから起き上がったことを、彼は思い出していた。彼の幸福はルシールがまもなく彼のもとを去るという思いによってすら揺らがなかった。彼は浴槽で歌った。そう、彼はまるでクソ忌々《いまいま》しいリネットみたいにさえずっていたのだ。そして今――

ジョージ・ベンハム氏の不幸な状況を、自分には関係ないことだと念頭から追い払ってしまう者もあるだろうが、アーチーにそういう厳しさ強さは金輪際《こんりんざい》なかった。ベンハム氏がニューヨークで時々昼食を共にする気の合う仲間だという他に彼に対して何の負い目もないという事実が、アーチーに影響するところはほぼなかった。彼は仲間が困っているのを見るのが嫌いだったのだ。他方、彼に何ができるというのだ？　ミス・シルヴァートンを探し出して彼女に懇願することは――たとえクークーささやくこと抜きでやったとしても――間違いなく二人の間に親密な関係を築くことになり、またルシールが戻ってきた後、ミス・シルヴァートンの態度に、物事を厄介なものにしてくれる「あなたの心から古き昔は消え果ててしまうのでしょうか」的雰囲気をほんのり加えてしまうかもしれないと、本能が彼に告げていた。

女性の芸術的気質が暴走しがちな方向でミス・シルヴァートンに一インチたりとも近づくことを、彼の全身全霊が拒絶していた。そして夕食をいただこうと部屋を出たちょうどその時、彼はロビーで彼女と会ってしまい、彼女は陽気に彼にほほえんでよこし、目は今や完全に回復したと告げた。そして彼はびっくりした大草原の野生馬みたいに後じさって、この友好的すぎる生き物と同じ部屋で本日のおすすめをいただく次第となるのを恐れて喫煙室によろめき去り、サンドウィッチとコーヒーで精一杯しのいだのだった。

なんとか十一時まで時間を潰《つぶ》すと、彼はベッドに向かった。

彼とルシールが管理者から割り当てられた部屋は二階にあり、昼間は日当たりよく快適で、夜には涼しく心和《なご》ませる松の芳香《ほうこう》に包まれた。これまでアーチーは森を見下ろすバルコニーで一日最後の一服を楽しむのが常だった。しかし今夜は精神的ストレスから、ドアを閉めるや否やすぐさまベッドに入るつもりだった。彼はパジャマを取りに戸棚に向かった。

二度目の精査の後ですらパジャマが見つからなかった時、彼が最初に考えたのは、これは人生がうまくいかない日に起こることどもの一つに過ぎないということだった。彼は困ったような目で戸棚内の三度目の捜索を試みた。どのフックにもルシールのさまざまな衣類が掛けられていたが、パジャマはなかった。彼は行方不明の所有財産の大捜索を開始するに先立って、静かな呪《のろ》いの言葉を吐いた。と、戸棚の中の何かが彼の目に留まり、一瞬困惑した。

ルシールはモーヴ色のネグリジェを持っていないとアーチーは断言できた。だってルシールは何度も何度もモーヴ色は嫌いだと言っていたのだ。アーチーは困惑して顔をしかめた。そして、そうしていると、窓のそばからもの柔らかな咳払《せきばら》いが聞こえてきた。

アーチーはぐるっと回れ右をして、戸棚に向けたのと同じくらい厳密な精査を部屋全体に施した。何も見えなかった。バルコニーに通じる窓が大きく開いていた。バルコニーは明らかに空っぽだった。

「ガルルル！」

今回は間違いのはずはなかった。咳は窓の直近から発されていた。

慎重に部屋を横切りながら、アーチーは短く刈り込まれた後頭部の生え際にチクチクする刺激を覚えていた。事態は不気味な様相を帯びてきた。また窓に向かい忍び足で歩いていると、明るい部屋の陽気な暖炉の火の前で読み聞かせられた昔々の幽霊譚《たん》の数々が彼の脳裡《のうり》を駆け巡《めぐ》った。彼は、そうした物語に登場するすべての連中が感じたのとまさしく同一の、自分は一人きりではないという感覚を覚えていた。

確かに彼は一人きりではなかった。アームチェアの後ろのバスケットの中に丸くなり、大きなあごを籐《とう》細工の縁につけ、見事なブルドッグが横たわっていたのである。

「ガルル！」ブルドッグは言った。

「なんてこった！」アーチーは言った。

長い沈黙があった。その間ブルドッグはアーチーを真剣に見、アーチーは真剣にブルドッグを見ていた。

普段なら、アーチーは犬好きだった。どんな急用も、路上で立ち止まって出会った犬すべてに自己紹介をする彼を止めるほどではなかった。初めて訪問した家で、彼の最初の行動は一家の愛犬連隊を全員集合させて仰向けに転ばせ、みぞおちにパンチをくれてやることだった。少年の頃、彼の生涯最初の野望は獣外科医になることだった。そして歳月の経過とともにその道を断念はしたものの、彼は犬のすべて、すなわち犬の特質、犬のマナー、犬の習慣、疾病時ならびに健康時の犬の世話、を知っていた。要するに、彼は犬を愛しており、もしもっと幸せな状況で出逢《であ》っていたら、間違いなくこの犬とたちまち良好な関係を築き上げたに違いなかった。しかし、事態はこういう状況であったわけだから、彼は友好関係樹立を手控え、口もきけずに目を瞠《みは》っていた。

それから横にさまよった彼の目は、下記物件と正面衝突した。すなわち、椅子《いす》の背に掛けられたふわふわしたピンク色のガウン、全く見覚えのないスーツケース、そして書き物机上には銀の額縁に入った、今まで一度も会ったことのない夜会礼服姿のがっしりした紳士の写真が置かれていた。

幼い頃住んでいた家に戻ってきて、そこが見る影もなく変わり果ててしまったことを知った放浪者の心情については数多《あまた》のことどもが記されてきた。しかし詩人たちは——はるかに痛烈な——ホテルの自分の部屋に戻ってみたらそこが他人のドレスやらブルドッグやらで満員盛況であることを知った男の心情という主題を無視してきた。

ブルドッグ！　アーチーの心臓はピクピク動きながら横にも縦にも跳ね上がり、二回宙返りをして鼓動を止めた。ゆっくりとコンクリートを貫通しようとしていた恐るべき真実が、ついに彼の脳裡に浸み入ったのだ。彼は誰か他人の部屋にいるだけでなく、女性の部屋にいるのである。彼はミス・ヴェラ・シルヴァートンの部屋にいるのだ。

彼には理解できなかった。自分がドアの数字を間違えていなかったことに、義父から借りられる最後の一セントを賭けてもいいと思った。しかし、それでもなお、それが事実であり、現時点で彼の思考能力は平均以下になっていたものの、自分に撤退義務があることを認識するのに十分なくらい頭は回っていた。

彼はドアに飛びついた。と、同時に、ハンドルが回り始めた。

アーチーの頭脳にかかっていた雲が突如晴れた。一瞬で、彼はいつものゆったりした状態より百倍の速さでものを考えられるようになった。幸運なことに、彼は電灯のスイッチに簡単に手が届くところにいた。彼がスイッチを押すと、あたりは暗闇になった。そして、音なく速やかに床《ゆか》に飛び込み、ベッドの下にもぐりこんだのである。彼の頭が、いつかそういう機会が来るようにと製作者のプラクティカルジョークか何かでそこに仕掛けられたのでなければ、梁《はり》か支柱か何かであるらしき何ものかにぶつかって立てたどしんという音には、ドアを開けるきしみ音が重なった。そして再び明かりが点《つ》けられ、隅にいたブルドッグが歓迎の声をあげた。

「ママのだいじな天使ちゃんのご機嫌はいかが?」

その発言が自分に向けられたものではなく、社会的義務は彼になんら返答を要求しないと正しく判断し、アーチーは頬《ほお》を板に押し付けて何も言わずにいた。質問は繰り返されなかったが、部屋の反対側から、なでられた犬の音がした。

「ママさんが倒れて死んじゃってもう帰ってこないと思った?」

この言葉が思い起こさせる美しい絵は、アーチーを、常にとてもつらい「だったかもしれない」という切望で満たした。彼は自分の立場が肉体的にも精神的にも苦痛に満ちたものであることに気づきつつあった。ベッドの下は窮屈で、板は今まで遭遇したことがないほど硬かった。また、ホテル・エルミタージュのハウスメイドたちはベッド下の空間をカーペットから掃き出した埃《ほこり》の保管所として使う習慣らしく、その多くが彼の鼻や口に入り込んできた。その瞬間にアーチーが最もしたかったのは、第一にミス・シルヴァートンを殺害すること――可能ならば苦痛を与えるような方法で――そしてもう一つが、残る人生はくしゃみをしながら過ごすことだった。

長時間の後、彼は引き出しが開く音を聞き、その事実を前途有望と感じた。既婚男性であるからして、彼はそれがヘアピンを片付けることを意味するのではなかろうかと推測した。今頃この忌々《いまいま》しい女性は髪を下ろし鏡の中の自分を見ていることだろう。そして髪を梳《と》かす。それから髪の毛をくるくるひねってなんとかいうものにする。それにはおそらく十分ほどかかる。それからベッドに入り、電気を消す。そうすれば、彼女に寝るまで少し時間を与えた後、こっそり這《は》い出して、とっとと逃げ出すことができる。控えめに見積もっても四十五分くらいで――

「出てらっしゃい！」

アーチーは硬直した。一瞬、この発言が他の発言と同じく、犬に向けられたものではないかというかすかな希望を彼は抱いた。

「ベッドの下から出てらっしゃい！」厳しい声がした。「どうやって入り込んだの！　あたしはピストルを持ってるのよ！」

「いや、僕が言いたいのはですねえ、つまり」アーチーはご機嫌をとるような声で言った。リクガメのようにねぐらから這《は》い出し、ベッドの脚にたった今頭をぶつけたばかりの男にできる限り魅力たっぷりに微笑《ほほえ》みながらだ。

「神様、なんてことでしょ！」ミス・シルヴァートンは言った。

その指摘は適切で、この状況に関するこのコメントも見事な表現だったとアーチーは感じた。

「あたしの部屋で何してるの？」

「えー、そのことでしたら、あなたが世間話一般の中でその件を持ち出してらっしゃらなかったら、僕からこんなこと言うべきじゃないんですが――あなたは僕の部屋で何をしてらっしゃるんですか？」

「あなたのですって？」

「えー、どうやらどこかで何かしらヘマがあったようですが、ここは昨夜僕が使った部屋です」アーチーは言った。

「でもフロント係が言ってけど、あたしに譲ってもいいかどうか訊《き》いたら、あなたはイエスと返事したってことだったわ。あたし毎夏ここに来るの。仕事がない時はね。それでいつもこの部屋を使ってるのよ」

「何てこった！　今思い出した。あいつは確かに部屋のことで何か言っていた。だけど僕は別のことを考えていて、上《うわ》の空だったんだ。するとあいつが言ってたのはそのことだったんだな？」

ミス・シルヴァートンは眉《まゆ》をひそめていた。映画監督が彼女の顔を見れば、彼女は失望を表現しているのだと理解したことだろう。

「この忌々しい世界で、あたし、うまくことが運ぶってことが何もないの」彼女は残念そうに言った。「ベッドの下からあなたの足が突き出てるのを見たとき、本物の広告がお膳立てされてるって思ったの。目を閉じると新聞の見出しが見えたくらいよ。一面に写真入りで『勇気ある女優、泥棒をお縄』って。コン畜生《ちくしょう》だわ！」

「ものすごくすみません！」

「ちょうどそういうのが必要なところだったの。プレスエージェントはいるのよ。その人よく食べてよく寝て、どうして銀行に来たんだっけって忘れないで毎月の小切手を現金化できるくらいの知性は持ちあわせてるんだけど、それ以外はまるっきり万国の労働者じゃないの！　野心ある女の子にとって、肋骨《ろっこつ》の下の痛みくらいに役立たずだわ。あたしのことが活字になってからもう三週間も経つのよ。それであの人に考えついた一番冴《さ》えたネタが、あたしが朝食に好きな果物はリンゴです、ですって。ねえ、どうよ！」

「ろくでなしですね！」アーチーは言った。

「とうとうあたしの守護天使が仕事に戻ってきてくれて、あたしのために何かしてくれたんだと思ったのに。『舞台スターと深夜の略奪者』ミス・シルヴァートンは切なげにつぶやいた。『フットライトの女王、悪党に立ち向かう』」

「ちょっとあんまりすぎますね！」アーチーは同情するげに同意して言った。「まあ、あなたはおやすみになりたかったり何かと色々でしょうし、僕はとっとと失礼します。じゃあ、チェーリオ！」

ミス・シルヴァートンの抗しがたい目に、突然きらめきが射し入った。

「待って！」

「へっ？」

「待って！　いいことを思いついたわ！」彼女の態度から切なげな悲しみが消えた。彼女は利口で賢明だった。「座って！」

「座る？」

「そう。座って肘掛《ひじか》け椅子《いす》の冷たさを和らげてあげて。思いついたことがあるの」

アーチーは指示どおり座った。彼の肘脇ではブルドッグがバスケットから厳かに彼を見つめていた。

「あなたってこのホテルで知られてるの？」

「僕を知ってるかですって？　うーん、ここに来て一週間くらいですが」

「つまり、あなたが誰だか知ってる？　あなたが善良な市民だってことは知られてるの？」

「えー、そういうことでしたら、知らないだろうなあ。ですが――」

「素敵！」ミス・シルヴァートンはうれしげに言った。「だったら大丈夫。それでいきましょ！」

「それでいくんですって！」

「ええ、そうよ！　あたしはこの件が新聞に載るだけでいいの。後になって間違いだったってわかって、あなたがあたしの宝石を盗もうとした泥棒じゃなかったってことが判明したとしてもよ。どっちにしたって良い記事になるわ。なぜ今まで気づかなかったのかしら。あなたが本物の泥棒じゃないって言って蹴《け》とばしてたけど、あなたが泥棒でもそうじゃなくても、全然関係ないの。あたしがしなきゃいけないのは大慌てで出て行って叫んで、ホテル中の目を覚ますことだけで、そしたらみんながやってきあなたを捕まえて、それであたしは新聞社に話をする。それですべてうまくいくわ！」

アーチーは椅子から跳び上がった。

「ちょっと、なんですって！」

「どう思う?」ミス・シルヴァートンはやさしく訊いた。「気の利いた計画だと思わない?」

「気が利いてるですって！　とんでもない！　恐ろしい計画です！」

「何がいけないのかわからないわ」ミス・シルヴァートンは不平を言った。「あたしがニューヨークに長距離電話をかけて新聞社に取材させた後で、あなたは説明すればいいんだし、そしたら無罪放免で釈放してくれるわ。あたしへの個人的な好意として留置場で一、二時間過ごすことに、まさか反対するわけはないでしょ?　そうよ、この辺りに刑務所なんてないんだから、あなたは部屋に閉じ込められるだけのことよ。十歳の子供が逆立ちしたってできるわ」ミス・シルヴァートンは言った。「六歳の子供ね」訂正して彼女は言った。

「だけど、いい加減にしてください——つまりですねえ、僕は結婚してるんです！」

「そう?」ミス・シルヴァートンはごくわずかな興味を覚えたふうに礼儀正しく言った。「あたしも結婚したことがあるわ。まあお好きな人には全部が全部悪いことじゃないんだけど、でもまあ長持ちするのはわずかかね。あたしの最初の夫は」彼女は回想するように続けて言った。「旅行をする人だったの。彼には二週間の試行期間をあげて、それから旅行を続けてって言ったの。二人目の夫は——そうね、彼はありとあらゆる意味で紳士じゃなかったわ。一度だけ覚えてるのは——」

「要点を理解されてないようです。愉快な肝心要《かなめ》の要点です！　あなたはそいつがおわかりじゃあない。もしこのとんでもないことが表沙汰《おもてざた》になれば、僕の妻はものすごく気分を害するんです！」

ミス・シルヴァートンは傷ついたように驚いて彼を見つめた。

「あなたまさかそんな小さいことのせいで、あたしが新聞全紙の一面に――写真入りでよ――載るのを邪魔だてするっていうの？　あなたの騎士道精神はどこへ行ったのよ？」

「僕のクソ忌々しい騎士道精神のことはお構いなく！」

「それに彼女が少し怒ったからって何だっていうの？　すぐ直るわよ。あなたならなんとでもできるわ。キャンディを一箱買ってあげて。あたしはキャンディ好きってわけじゃないけど。いつも言うんだけど、食べればおいしいかもしれないけど、お尻がどうなるか見て、ってことよ！　正直な話、キャンディをやめた時、最初の一週間で三百グラム痩《や》せたのよ。あたしの二番目の夫が言ったんだけど――ちがったわ、あたしったら嘘つきね。三番目の夫が言ったんだけど――。ねえ、何考えてるの？　どこへ行くの？」

「外ですよ！」アーチーはきっぱりと言った。「外ですってば！」

ミス・シルヴァートンの目に危険な光がちらついた。

「じゃあ仕方ないわ！」彼女はピストルを振り上げて言った。「そこを一歩も動いちゃだめよ。さもないと撃つわ！」

「よしきたホーですよ！」

「本気よ！」

「親愛なるご友人」アーチーは言った。「フランスでの最近の不快事の間、五年間近く毎日一日中のべつ連中はそういうものを僕に向けてきたんです。それでも今僕はここにいる。どうです！　つまりですねえ、もし僕がここにこのまま残って地元の警察官にとっつかまってその件が新聞に載ってありとあらゆるトラブルが起こって、それで妻が怒ってそれで――つまりですよ、僕が選ばなきゃいけないとするなら――」

「のど飴《あめ》をなめてもう一回やってちょうだい！」ミス・シルヴァートンが言った。

「えー、僕が言いたいのは、僕はそんな目に遭《あ》うなら、このオツムに弾丸を撃ち込まれた方がマシだってことです。だからそいつを下ろしてください。幸運を祈りますよ！」

ミス・シルヴァートンはピストルを下ろすと、椅子に沈み込んでわっと泣き出した。

「あなたってこれまで会った中で最低の男だわ！」彼女は泣きじゃくった。「発砲音であたしが気絶しちゃうって、あなたよくよく承知してるんだわ」

「そういうことなら」アーチーはほっとして言った。「チェーリオ、幸運を祈ります、ピッピー、プップー、そしてサヨナラです！　失礼します！」

「そうよ、あなたはそうするんでしょ！」ミス・シルヴァートンは強烈に叫び、虚脱状態から驚くばかりの速さで急回復した。「そうよ、そうするんだわ。そうなんでしょ！　あたしがピストルの王者じゃないからってだけで、あたしが無力だと思ってるのね。待ちなさい！　パーシー！」

「僕の名前はパーシーじゃありません」

「そんなこと言ってないわ。パーシー！　パーシー、ママの所に来て！」

肘掛け椅子の後ろからきしむようなカサカサ音がした。重い身体《からだ》がカーペットの上にどすんと降り立った。睡眠のせいで関節が硬くなったとでもいうかのように身体をうねらせ、ひしゃげた鼻でいびきをするように息をしながら、見事なブルドッグが部屋の中に出てきた。開けた場所で見ると、バスケットの中にいた時よりさらに手ごわい姿に見えた。

「彼を警戒して、パーシー！　いい子ね、警戒して！　あら、どうしたの！　この子どうしたっていうの？」

これらの言葉とともに、この感情的な女性は悲嘆の泣き声をあげながら、この動物の脇の床に身を投げ出した。

実際、パーシーの状態は明らかに悪かった。彼は手脚を動かして部屋を横切れないようだった。彼の背中はおかしな具合に盛り上がっており、女主人が触れると、彼は悲しげな吠《ほ》え声をあげた。

「パーシー！　まあ、この子どうしたの？　鼻が火照《ほて》ってるわ！」

さて、敵軍の両陣が占拠された今こそ、アーチーがそっと部屋を抜け出すべき時だった。しかし、齢《よわい》十一歳のみぎり、びしょ濡《ぬ》れで泥だらけで足を腫《は》らした大型テリアを五キロも運んで母の居間の一番良いソファに寝かせた日以来、困っている犬の姿を彼が無視できたためしはなかったのである。

「具合が悪そうですね！」

「死んじゃうわ！　ねえ、この子死んじゃうわ！　ジステンパーかしら？　この子ジステンパーはやってないの」

アーチーは専門家の厳粛な目で、この患者を見た。彼は首を横に振った。

「違いますね」彼は言った。「ジステンパーの犬は、くんくん嗅《か》ぐような音を出すんです」

「でもこの子、くんくん嗅ぐような音を出してるわ！」

「いや、鼻をふんふん鳴らしているだけです。くんくん嗅ぐのとふんふん鳴らすのは大違いなんです。全然別のものです。つまり、くんくん嗅いでる時はくんくんいうし、ふんふん鼻を鳴らしてる時はふんふんいうんですよ。そうやって見分けるんです。お訊ねいただければ」彼は犬の背中に手を回した。パーシーはもういっぺん叫び声をあげた。「どこが悪いのか、僕にはわかります」

「野蛮な男がリハーサルの時にこの子を蹴《け》ったの。内臓が傷ついたんだと思う?」

「リウマチですね」アーチーは言った。「昔ながらのリウマチです。それが問題すべてです」

「確かなの?」

「絶対的にですよ!」

「でもどうしたらいいの?」

「熱いお風呂に入れて、よく乾かしてあげてください。そうすればよく眠れるし、痛みもなくなります。それで明日の朝一番にサリチル酸ソーダを飲ませてください」

「そんなの覚えられないわ」

「書いておきます。一日三回、十粒から二十粒を一オンスの水に入れ飲ませなきゃいけません。それと良い塗り薬でこすってやってください」

「この子、死んだりしないわね?」

「死ぬですって! あなたと同じくらいの歳まで長生きしますよ! いえ、つまり——」

「あなたにキスするわ!」ミス・シルヴァートンは感情的に言った。

アーチーは急いで後じさった。

「いえ、ダメです。絶対にダメです! そんなことは全然必要ありません!」

「あなたって素敵!」

「はい。いえ、違います。全然本当に違います!」

「何て言っていいかわからないわ。何て言ったらいいの？」

「おやすみなさい」アーチーは言った。

「何かあたしにできることがあればいいのに！　あなたがいなかったら、頭がおかしくなってたところだわ！」

アーチーの脳裏に素晴らしいアイデアが浮かんだ。

「本当に何かなさりたいんですか？」

「何だってするわ！」

「それなら是非、明日はニューヨークにまっすぐ戻ってリハーサルを続けていただきたいです」

ミス・シルヴァートンは首を横に振った。

「それはできないわ！」

「ああ、そうなんですか！　でも大したお願いじゃありませんよ、どうです！」

「大したお願いじゃないですって！　あたし、パーシーを蹴った男は絶対に許せないの！」

「ねえ、聞いてください、親愛なるご友人。あなたは誤解してらっしゃる。実を言うと、あのベンハムの奴は僕に直接、自分はパーシーをものすごく尊重し尊敬しているし、絶対に蹴ったりなんかしてないって話してくれたんです。あなただってあれが蹴ったというより、優しく押したっていった方がふさわしいってことはわかってらっしゃるでしょう。実際、劇場は真っ暗だったんです。それで彼は何らかの理由で横歩きしていて、きっと最善の動機からですよ、そしてたまたま不幸にもこのかわいそうな子の頭につま先が当たっちゃったんですよ」

「だったらどうしてあの男はそう言わなかったの？」

「僕の知る限り、あなたが彼にその機会を与えなかったからです」

ミス・シルヴァートンはためらった。

「ショーを飛び出した後で戻るのは、いつも大嫌いなの」彼女は言った。「とても弱気に見えるでしょ！」

「全然そんなことはありません！　みんなあなたのことを万歳三唱して歓迎して、最高だって思ってくれますよ。それにどっちにしたってニューヨークには行くんです。パーシーを獣医に連れて行くんですから！」

「もちろんだわ。あなたの言うとおりよ！」ミス・シルヴァートンは再び躊躇した。「あたしがショーに戻ったら、あなた本当に嬉《うれ》しい？」

「僕はホテル中を歌って回りますよ！　ベンハムは僕の親友なんです。とっても陽気な奴で、この件じゃあほんとに困ってました。それに、仕事を放り出された連中のことを考えてください――なんていいましたっけ――なんとかいった連中ですよ！」

「わかったわ」

「戻るんですね？」

「ええ」

「いやあ、あなたは最高です！　お母さんの手作りみたいだ！　いいじゃないですか！　じゃあ、おやすみなさい。それと、本当にありがと！」

「おやすみなさい」

「ああ、いいえ、いいんですよ！」

アーチーはドアの方に移動した。

「あ、ところで」

「何?」

「僕があなたでしたら、ニューヨーク行きの一番早い列車に乗りますね。だって、おわかりでしょ、できる限り早くパーシーを獣医に連れて行くべきですから」

「あなたは本当に何もかも考えてらっしゃるのね」ミス・シルヴァートンは言った。

「そうなんですよ」アーチーは思いに耽《ふけ》りつつ、言った。

14. ルーニー・ビドルの悲しき事件

アーチーは単純な人間だった。また、大抵の単純な人間がそうであるように、彼はたやすく感謝の気持ちを覚えた。彼は親切な対応に感謝した。したがって翌日、笑顔と愛情いっぱいでルシールがエルミタージュに戻ってきて、「美女の目」ならびにその中に入り込んだハエについては何の言及もしなかった時、彼はこの寛大な行為をしっかり称賛したいという強い欲求を覚えたのだった。ともすれば上記主題の方向に話題を転じようとするのを手控える、高貴さやら何かしらを備えた妻がほぼいないことに、彼は気づいていた。ルシールが最高最善の途轍《とてつ》もなく素晴らしい人であることを彼に確信させるのに、彼女のこの行動は不要だった。つまり初めて出逢《であ》った瞬間から、彼はその事実を認識していたからだ。しかし彼が感じたのは、彼女は明確なかたちで報償を受けるに値するということだった。また彼女の誕生日が来週に迫っていることは、幸福な偶然の一致と思われた。その日のために何か素敵な贈り物を用意できるだろうと彼は考えていた。愛する彼女の心に強く響く何かだ。十分な時間があれば、彼の慢性的貧乏を緩和してくれる何かしらが起こって、この素晴らしい機会にどんと奮発することができるに違いない。

そしてこの祈りに直接答えるかのように、忘れかけていたイギリスの叔母《おば》が青天の霹靂《へきれき》のごとく突然、五〇〇ドルもの大金を海の向こうから投じてくれたのだった。あまりにも気前のいい予想外のプレゼントだったから、アーチーは奇跡に与《あずか》ったかのような畏怖《いふ》の念を覚えた。彼はハーバート・パーカーのように、正義の味方が見放されることはないのだと感じた。それは人間本性に対する信頼を回復させた。ほぼ一週間、彼は幸福なトランス状態で過ごした。そして倹約と企業家精神によって、すなわちニューヨーク・ジャイアンツがピッツバーグのチームと対戦するシリーズ開幕戦において勝利するとレジー・ヴァン・トゥイルと賭けをして資本金を二倍にすることに成功した時、人生の方でこれ以上のおもてなしは不可能なくらいだった。実際、彼はルシールの誕生日プレゼントのために千ドル出せる立場にあった。彼はこうした問題においてその趣味を高く評価してやまないヴァン・トゥイル氏を連れ出し、ブロードウェイの宝石店に向かったのだった。

その宝石商は恰幅《かっぷく》のいい、気持ちの良い男性で、カウンターに身をかがめ、青いフラシ天の箱から取り出したブレスレットを愛おしげに指で触れた。カウンターの反対側から身を乗り出したアーチーは、このブレスレットを鋭い目つきで検分し、こういうことについてもっとよく知っていたらよかったのにと思っていた。彼の脇の椅子《いす》に座るレジー・ヴァン・トゥイルは、いつもどおり半分眠っていて、失望したふうにあくびをした。彼はアーチーにこの店に連れてこられることをむざむざ許してしまった。彼は何かさっさと買って、とっとと帰りたいと思っていた。いかなる形の集中力の維持も、彼を疲弊《ひへい》させたのだ。

「さてこちらは」宝石商は言った。「八五〇ドルでお譲りできます」

「買え！」ヴァン・トゥイル氏はつぶやいた。

宝石商は彼を好意的に見やった。自分と心を同じくする人物だ。しかしアーチーは疑わしげだった。そんなふうに気楽にそいつを買えと言ってよこすのはレジーには大変結構だろう。レジーは途轍もない大富豪だから、きっとブレスレットなどはキロかグロス単位で買うのだろう。だが彼自身はまったく違う身の上なのだ。

「八五〇ドルだって！」ためらいつつ、彼は言った。

「その価値はある」レジー・ヴァン・トゥイルはつぶやいた。

「それ以上の価値がございます」宝石商は修正して言った。「五番街のどちらでご購入いただくよりもお得だと断言申し上げます」

「そうか？」アーチーは言った。彼はブレスレットを手にとり、もの思うげに弄《もてあそ》んだ。「親愛なる宝石商さん、それ以上公平な発言は無理なんだろうな」彼は顔をしかめた。「まあいいや、結構！しかし、女性がこういう小さいなんとかかんとかいったものに夢中になるのは、不思議なことだなあ。つまりだが、女性がこういうものの内に何を見ているのかわからない。石、それだけのもんだ。とはいえ、もちろんそういうものなんだ」

「ええ」宝石商は言った。「おっしゃるとおり、そういうものなのです」

「そうだ、そういうものだ！」

「ええ、そういうものです」宝石商は言った。「わたくしのような商売をする者にとっては幸運なことに。お持ち帰りになられますか？」

アーチーは考えた。

「いいや、持ち帰らない。実は、今夜妻が田舎《いなか》から帰ってくるんだ。で、明日が誕生日で、これは妻のためのものなんだ。もし今夜こいつが家中でひょこひょこ飛び出してくるとなると、彼女が見つけるかもしれないし、するとサプライズが台なしになるかもしれない。つまり、妻は僕がこれをプレゼントすることを知らないってことなんだ」

「それに」退屈な商談が終わり、いささか生気を取り戻したレジーは言った。「今日の午後、野球の試合に行くとなるとスリ盗《と》られる可能性がある。送らせた方がいい」

「どちらにお送りいたしましょう？」

「コスモポリス・ホテル、アーチボルド・ムーム夫人宛てに送ってくれ。今日じゃない。明日の朝一番にだ」

満足のゆく取引完了となり、宝石商はビジネスマナーを捨て、おしゃべりになった。

「野球の試合に行かれるのですか？　面白い接戦になることでしょうな」

レジー・ヴァン・トゥイルは――彼基準からすると――完全に覚醒《かくせい》し、この発言に異議を唱えた。

「まったくそんなことはあるもんか！」断固として彼は言った。「接戦なわけがない！　接戦だなんて呼べやしない！　パイレーツの圧勝だ！」

アーチーはひどく動揺した。野球には、思いもよらぬ人物の熱狂と党派精神とを喚起するところがある。アメリカに住みながらこのスポーツの虜《とりこ》にならずにいることはほぼ不可能である。そしてアーチーはそのきわめて熱烈な支援者となってすでに久しかった。彼は心の底からジャイアンツのファンだったし、他の点では申し分のない青年であるレジーに対して彼が唯一持つ不満は、同市の製鉄所より財産を相続した彼が、ピッツバーグ・パイレーツに対するバカげた敬意の持ち主である点だった。

「なんて絶対的にバカなことを言うんだ！」彼は叫んだ。「ジャイアンツが昨日連中にやったことを見るんだ！」

「昨日と今日は違うさ」レジーは言った。

「ああ、もっとひどいことになるだろうな」アーチーは言った。「今日のジャイアンツの投手はルーニー・ビドルだ」

「だからそうだって言ってるんだ。パイレーツは奴の自信を喪失させた。前回何があったかを見ろよ」

アーチーは理解した。また寛大な性格の彼はそのほのめかしに苛立《いらだ》ちを覚えた。ルーニー《イカレ》・ビドル――顕著な奇行から彼を敬愛し賞賛する大衆からそう呼ばれる彼は――異論の余地なくこの十年間ニューヨーク最高の左投げ投手であった。しかし、傷一つないはずのビドル氏の紋章盾《たて》には、一つだけ傷があった。五週間前、ジャイアンツがピッツバーグに侵攻した際、不可思議にも彼はバラバラに崩壊してしまったのだ。ゆりかご時代より野球で育った現地人ファンといえども、その折のアーチーほど深刻な憂鬱《ゆううつ》に陥った者はあるまい。しかしあんなことが再び起こりはしまいかと思うと、彼の魂はむかむか不快を覚えるのだった。

「いや、俺は」レジーは続けて言った。「ビドルがかなりいい投手じゃないって言ってるわけじゃあない。だがパイレーツ戦に奴を送り込むのは残酷だし、誰かが止めさせるべきなんだ。奴の一番の親友が中に入ってやるべきだ。一度でも投手が自信喪失した相手チームとは、二度とうまくいかないもんだ。怖気《おじけ》づいちまうんだな」

宝石商はこの意見に賛同してうなずいた。

「一度怖気づいてしまいますと、二度とは立ち直れぬものでございます」もったいぶって彼は言った。

ムーム家の闘争の血が今、徹底的に呼び起こされた。アーチーはこの友人を厳しい目で見やった。レジーはいい人物で、多くの点でものすごくいい奴だが、しかしこの現代最高の左腕投手についてこんなバカげた話をすることが許されてはならない。

「我が旧友よ。僕の見るところ」彼は言った。「ここはささやかな賭けをするところだな。どうだ?」

「お前の金を取り上げたくはない」

「そんな必要はないさ。陽気な夏の夕暮れの涼しげな薄明かりの中で、僕は、すなわち若き日の友人であり成年の歳月の仲間でもあるこの僕が、お前の金をかっぱいでやる」

レジーはあくびをした。その日はとても暑く、この議論でまた眠気に襲われたのだ。

「まあ、もちろん、好きにすればいいさ。昨日の賭けを二倍にするか無しにするか、お前がよければだが」

一瞬アーチーは躊躇《ちゅうちょ》した。ビドル氏の頑健な左腕への信頼は強固だったが、これほどの規模の賭けをするつもりはなかったのだ。彼の千ドルはルシールの誕生日プレゼントのためのものだし、それを賭けるべきかどうか彼は迷った。それからニューヨークの名誉が自らの手中にあるとの思いが、彼に決意させた。それにリスクは取るに足らないくらいだった。ルーニー・ビドルに賭けることは、太陽が東から昇る蓋然性《がいぜんせい》に賭けるようなものだ。アーチーには、この賭けは途轍《とてつ》もなく健全で保守的な投資のように思えてきた。彼はこの宝石商が、地面にしっかり、しかし優しく引き寄せ、あふれんばかりの高揚を抑えて手頃な価格レベルで商談するよう促《うなが》すまでは、二千ドルくらいのブレスレットを見せびらかしていたのを思い出した。試合の後、今夜中にこの店に飛び込んで、彼が選んだ品をそういうものに変更する時間はあるだろう。ルシールの誕生日に良過ぎるものなど何もないのだ。

「よしきたホーだ！」彼は言った。「そうしよう、旧友！」

アーチーは歩いてコスモポリスに戻った。彼の完璧《かんぺき》な満足を毀損《きそん》する不安が生じることはなかった。レジーからもう千ドル取り上げることに、良心の呵責《かしやく》は少しも覚えなかった。ロックフェラーとヴィンセント・アスターが持つわずかな小銭を除けば、レジーは世界中の金すべてを持っていて、ちょっぴり損をするくらいの余裕はある。彼は鼻歌を歌いながらロビーに入り、午後の時間を過ごすためのタバコを数本買おうと葉巻スタンドに立ち寄った。

葉巻カウンターの向こう側の女の子は明るい笑顔で彼を迎えてくれた。アーチーはコスモポリスの従業員全員の人気者だった。

「今日は素晴らしい日ですね、ムームさん！」

「最高に冴えた極上の一日だね」アーチーは同意した。「普通のタバコを二、三本見繕《みつくろ》ってくれないかな？　野球場で吸いたいんだ」

「野球の試合に行かれるんですか？」

「そうだとも！　行かないわけにはいかないんだ」

「行かなきゃいけないんですか？」

「絶対に行かなきゃならないとも！　ビドルが投げるんじゃね」

シガースタンドの娘は面白がって笑った。

「今日の午後はあの人が投げるんですか？　あの人頭がおかしいのよ！　あの人、ご存じなんですか？」

「彼を知ってるかだって？　いや、彼が投げるのはずっと見てきたけど」

「あたしの友達があの人と婚約してるんです！」

アーチーは積極的な敬意を持って彼女を見た。むろん彼女本人があの偉大なる人物と婚約していたなら、ことはもっとドラマチックだったろうが、それでもその驚くべき地位にある女友達がいるという事実だけで、ある種の後光が彼女より発せられていた。

「えっ、本当かい！」彼は言った。「なんてこった、本当かい！　すごいじゃないか！」

「ええ、彼女はあの人と婚約してるんです。もう婚約して二ヶ月くらいになりますわ」

「なんと！　ものすごく興味深いことだ！　恐ろしく興味深い、本当に！」

「あの人おかしいんですよ」葉巻スタンドの娘は言った。「イカれてるの！　最上階にだいぶ空室がございますって言った人は、ガス・ビドルの頭のことを考えてたに違いないわ！　彼、あたしの女友達にぞっこんで、ケンカするたびに、手すりを飛び越えて飛び降りそうな勢いなんです」

「思いもよらないことをするってことかい？」

「そうなんです！　元々ない分別が完全に消滅するんです。だって一番最近彼とその女友達がケンカしたのは一ヶ月前、ピッツバーグに試合に行った時のことでしたわ。ピッツバーグに向かった日、彼女といっしょだったんだけど、彼、虫の居所が悪かったか何かで彼女のシグズビー伯父《おじ》さんのことで、きつい冗談を言い始めたんだわ。あたしの女友達は気立てのいい子なんですが、ものすごく怒り狂って彼をぺしゃんこにして、全部終わりだって言ったんです。それで彼はピッツバーグに行って、開幕戦で投げ始めた時には仕事にまるで集中できなくなってたんだわ。それで相手の刺客たちが彼に何をしたか見てちょうだい！　初回に五失点よ！　そうよあの人、見事にイカれてるんだわ！」

アーチーはひどく心配になった。するとそれがあの謎の大失敗の理由だったのだ。全米スポーツジャーナリズム界を困惑せしめたあの奇妙な悲劇の。

「なんてこった！　彼はよくそんなふうに点を取られるのかい？」

「ううん、あたしの女友達とケンカしてない時は大丈夫よ」葉巻スタンドの娘はこともなげに言った。彼女の野球への関心はごくわずかだったのだ。女性はあまりにしばしばこんなふうである――人生の深層には無関心なただのチョウチョウに過ぎないのだ。

「いや、あのね！　僕が言いたいのはさ！　その二人は今、とっても仲良しなんだろうか？　古き良き平和の鳩が小さな翼を盛大に羽ばたかせたりなんかしてるんだろうか？」

「今のところ、何もかも順調で良好だと思うわ。昨日友達に会ったけど、ガスが夜に彼女を映画に連れてくってことだったから、何もかも順調で良好だと思うわ」

アーチーは安堵《あんど》のため息をついた。

「彼女を映画に連れて行ったのか？　頼もしい奴だ！」

「あたし先週最高に面白い映画を見たんです」シガースタンドの女の子は言った。「本当に、最高だったんですわ！　こんな感じで――」

アーチーは礼儀正しく話を聞いた。そして昼食を一口いただきに入った。無敵の戦士の鎧《よろい》に裂け目を発見したことで激しく動揺した彼の平静は回復した。昨日の晩、頼もしきビドルは彼女を映画に連れて行った。おそらく暗闇の中で、彼は彼女の手をしっかり握りしめたことだろう。その結果はいかに？　きっと彼は中世のご婦人の笑顔を奪い合って馬上槍《やり》試合をした男たちのような気分になったことだろう。つまりこういうことだ。おそらくその女の子は今日の午後の試合にやってきて彼に声援を送るだろうし、頼もしきビドルの奴は元気一杯やる気満々で、どうしたって抑えようはないはずだ。

こうした考えに励まされ、アーチーは平静な心持ちにて昼食をいただいた。昼食を終えると、彼は帽子とステッキを預けた山賊ボーイから自分の帽子とステッキを買い戻そうとロビーに向かった。コートと帽子コーナーに隣接する葉巻スタンドで、カウンターの向こう側の彼の友人が別の女性と会話しているのを見たのは、彼がこの経済活動をしている最中のことだった。

その女性は青いドレスを着て派手で花いっぱいな類いの大きな帽子をかぶった意志堅固に見える若い女性だった。たまたまアーチーが彼女の注意を引き、彼女は美しき茶色の双眸《そうぼう》より彼にちらりと視線を送った。それから彼のことは大して評価していないというように、友人の方に向き直ると会話を再開した。またその会話は本質的に個人的で内密な性格のものであったから、彼女のような種類の人々の流儀に倣《なら》い、ロビーの隅々にまで隈《くま》なく響き渡るソプラノにて遂行された。山賊がしぶしぶ一ドル札を小銭に両替するのを待っていたアーチーは、すべての言葉を聞き取る特権を享受《きょうじゅ》したのだった。

「最初からあの人不機嫌だってわかったの。ねえ、彼ってどんなふうになるか知ってるでしょ！上唇を噛《か》みながら、まるでお前は俺様《おれさま》の足元のゴミクズだっていうみたいに人を見てよこすの。あの人がポーカーで一五ドル五五セント負けたばっかりだなんて知りようがないし、それにともかくあたしに不機嫌をぶつけてもらう筋合いはないの。それであたし彼にそう言ったの。『ガス、あたしといっしょにでかけて明るく、笑顔で、陽気でいられないんだったら、どうしてあたしのところに来るわけ？』って。ねえあたしの言ったこと間違ってる、それとも正しくって？」

カウンターの向こう側の女性は心底より彼女の行動を支持した。自分のことを玄関マット扱いできるなどと男に一度でも思わせようものなら、どんなことになる、と。

「その後、どうなったの？」

「んー、その後、二人で映画に行ったわ」

アーチーは痙攣《けいれん》的に跳び上がった。一ドル札の釣り銭が手の中で飛び跳ねた。うちいくつかは放り出されてチャリンチャリンと音たて床を転がり、山賊がそれを追った。彼の脳裡《のうり》に、恐るべき疑念が根を張り始めていた。

「いい席だったんだけど、んー、いったん物事がうまくいかなくなると、どういうものかはわかるでしょ。あたしの帽子は知ってるでしょ、デイジーとさくらんぼと羽根のついたやつ——中に入った時にあたしあれを脱いで彼に持たせたの。そしたらあいつ、どうしたと思う？　床に置いて座席の下に押し込んだの。ひざの上に置いて持ってる手間を省くためだけによ。あたしが動揺してるって言ったら、彼が言ったのは、自分はピッチャーで帽子掛けじゃないってことだけよ！」

アーチーは恐怖で身をすくませていた。彼は四五セントで知識の宝庫を享受させようとしてくるクロークのボーイに、何の注意も払わなかった。彼の存在全体は、その身の上に波濤《はとう》のごとく崩れ落ちてきたこの恐るべき悲劇に集中していた。疑問の余地はありえなかった。「ガス」とはニューヨークで唯一重要なガスのことであり、彼の目の前にいるこの意志堅固な傷ついた女性は例の「女友達」で、そのほっそりした手の内にニューヨークの野球ファンの幸福、無意識のジャイアンツの命運、そして彼の千ドルの運命がかかっているのである。彼の干からびた唇から絞め殺されるようなしわがれ声が発された。

「ふん、その時は何も言わなかったの。映画ってものがどんなふうに女の子の気持ちに作用するかはわかるでしょ。ブライアント・ウォッシュバーンの映画で、スクリーンの彼の姿を見てるといつだってあたし、他のことはどうでもよくなっちゃうの。ただメロメロになっちゃって、頼まれたって喧嘩《けんか》を始める気分になんかなれないんだわ。それからソーダを飲みに行って、あたし、彼に言ったの。『本当に素敵な映画だったわ、ガス！』って。そしたら、ねえ信じられる？　彼、即座に、たいした映画じゃなかった。ブライアント・ウォッシュバーンは嫌な野郎だと思うって言ったのよ。嫌な野郎ですって！」女友達のよくとおる声は、感情のあまり震えていた。

「ありえないでしょ！」衝撃を受けた葉巻スタンドの女の子は叫んだ。

「あいつはそう言ったの。あたし、次の瞬間死ぬかと思ったわ。バニラ&メープルは半分も飲んでなかったけど、あたし、何も言わず立ち上がって彼を置いて出たの。それ以来、彼には一度も会ってないわ。そういうこと！　ねえ、あたしのしたこと、正しかった？　間違ってた？」

葉巻スタンドの女の子は無条件の是認《ぜにん》を下した。ガス・ビドルみたいな男の魂の救済のために必要なのは、一番効き目のいいところに時々いい刺激を与えることだ、と。

「あたしのしたことが正しいと思ってくれて嬉《うれ》しいわ」女友達は言った。「あたしがガスに甘すぎるから、彼、それをいいことにやり放題なんだわ。いつかは許さなきゃならない日も来るでしょうけど、だけど絶対に、一週間じゃ済まないわ」

葉巻スタンドの女の子は二週間説を支持した。

「無理よ」女友達は残念そうに言った。「そんなに長くは無理だと思う。だけど、もし一週間以内にあたしがあいつと話をすると思うなら……あら、行かなきゃ。じゃあね、ハニー」

葉巻スタンドの女の子は待ちぼうけ中の客に対応すべく、そちらに体を向けた。そして女友達は、彼女の性格を映しだす力強く断固たる足取りにて、通りに出る回転ドアへと向かった。彼女が出て行くと、アーチーを押さえつけていた麻痺《まひ》が解《と》けた。クロークのボーイが相変わらず提案し続けていた四五セントのことは無視したまま、彼はヒョウのごとく彼女の後を追って跳び上がり、路面電車に乗り込もうとしていたところに追いついた。路面電車は満員だったが、アーチーにとって満員すぎることはなかった。彼は五セントを料金箱に落とし、空いている吊り革に手を伸ばした。彼は花のついた帽子を上から見下ろした。そこに彼女がいた。そして彼はそこにいた。アーチーは自分に続いて路面電車に乗った灰色のスーツ姿の長身で体格の良い青年の腕に左耳を当て、吊り革を分け合い、思いにふけった。

15・夏の大嵐

もちろん、ある意味ことは簡単だった。なすべきことは、ある意味率直かつ単純だった。彼がしたかったのは、心傷ついたこの娘に、彼女の双肩にかかっているありとあらゆることを指摘することだった。彼は彼女の心を揺り動かし、彼女に嘆願し、彼女の諍《いさか》いの目的物を原状回復してくれるよう要望し、そして過ぎ去りしことどもは過ぎ去りしことどもとして水に流してオーガスタス・ビドルを許すよう彼女を説得することだった。そしてそれは三時、すなわち悲嘆に暮れた件《くだん》の紳士がピッツバーグ・パイレーツ戦のピッチャーボックスに入って最初の投球をする前、でなければならない。しかし、クソ忌々《いまいま》しい問題は、いったい全体どうやってそれを開始する機会を見つけるかということだった。混雑した路面電車の中でこの女性に向かって大声で呼びかけることはできないし、もし吊り革から手を離して彼女の上にかがみ込もうものなら、誰かに首を踏んづけられてしまうだろう。

最初の五分間は帽子の下にすっぽり隠れていた女友達は、今や上層の乗客たちの顔を見上げて気晴らしをしようとしていた。彼女の目が見覚えありげにちらりとアーチーを見、そしてアーチーは陽気な親しみと善意を表現しようと弱々しくほほえんだ。彼女の茶色の目にはっとしたような表情が浮かぶのを見て彼は驚いた。彼女の顔はピンク色に染まった。少なくとも、それは元々ピンク色だったが、さらにもっとピンク色になった。次の瞬間、路面電車は乗客を拾うため停車し、彼女はさっと飛び降り、急いで通りを横断しはじめた。

アーチーは一瞬あっけにとられた。この仕事を開始したとき、それがカワウソ狩りと活動写真追跡劇の入り混じったものになろうとは全く意図していなかった。アーチーはなんだかお手上げだと感じながら、路面電車を降りて彼女を追った。そのことに気を取られていたせいで、吊り革を共有していた長身の青年が降りてきたのには気づかなかった。彼の目は、消えていく女友達の姿に釘付けだった。女友達は六番街方面へと颯爽《さっそう》とした足取りで進み、ただいまは高架鉄道駅に通じる階段に向かっていた。彼女の後を追って階段を駆け上がり、やがてアーチーは従前どおり吊り革にぶら下がり、彼女の帽子の見慣れた花々を眺めやる次第となった。同じ車内のずっと離れた別の吊り革には、灰色のスーツに身を包んだ長身の青年がぶら下がっていた。

列車はガタガタと音立てて走り続けた。一、二度、列車が止まる度に、娘は降りようか降りまいか迷っているように見えた。彼女は立ち上がりかけ、再び座った。とうとう彼女は意を決して列車を降り、後に続いたアーチーは、気がつけばニューヨークのまったく見知らぬ地区にいた。この地区の住人たちは、お互いの洗濯物を引き受けるのではなく、互いに古着を売り買いし合ってやっとこさ日々の暮らしをしのいでいる様子だった。

アーチーは自分の時計をちらっと見た。彼は早めに昼食をとったが、昼食後は激情に振り回されっぱなしだったから、まだ二時になったばかりなのを知って驚いた。この発見は嬉《うれ》しいものだった。予定された試合開始までたっぷり一時間あるなら、多くの事柄が成し遂げられるやもしれない。彼は娘の後を急いで追いかけ、彼女が角を曲がって子供、ねこ、わびしげなぶらつき連中、缶詰肉の空き缶が主として生息するうらぶれたニューヨークの横道の一つに入ったところで、彼女に追いついた。

娘は立ち止まり、振り返った。アーチーは愛嬌《あいきょう》よくほほえんだ。

「あのですねえ、親愛なるかわいらしいお嬢さん！　あの、親愛なる娘さん、ちょっと待ってください！」

「そういうこと？」女友達は言った。

「なんですって？」

「そういうことね？」

アーチーはいささか震えを覚え始めた。彼女の目はぎらぎら光っていた。彼女の意志堅固な口は真《ま》一文字《いちもんじ》に緋色の線を描いていた。この娘さんと仲良くおしゃべりするのは難しいことになりそうだ。彼女は喜ばせがたい聴衆になりそうだった。たんなる言葉で彼女の心を揺さぶることはできるのだろうか？　適切に言って、つるはしを使う必要がありそうだとの思いが湧《わ》き上がってきた。

「あなたの貴重なお時間を数分僕にいただけませんでしょうか？」

「ねえ！」その女性は威嚇《いかく》するようにすっくりと身を起こした。「とっとと消えなさい！　消え失《う》せて。じゃないと警官を呼ぶわよ！」

己《おの》が動機に対するこの誤解に、アーチーはぞっとした。すぐ近くで遊んでいた一人か二人の子供たちと、壁が崩れ落ちないよう身をもたれ支えていたぶらつき連中は喜んでいるようだった。彼らの生活は無味乾燥なもので、過去にそれを華やかに彩《いろど》ってくれたごく稀《まれ》な至福の時間は、警官を呼ぶことが必ず前置きだった。ぶらつき連中は同じ壁で日向ぼっこ中の仲間のぶらつき連中をそっと肘《ひじ》で小突いた。子供たちは、彼らのゲームの中心であった缶詰肉の空き缶を捨て、近づいてきた。

「親愛なるお嬢さん！」アーチーは言った。「貴女《あなた》はおわかりじゃないんです！」

「わからないもんですか！　あんたみたいな人のことはわかってるの。この這《は》いずり回り野郎！」

「いえ、違うんです！　親愛なるお嬢さん、信じてください。夢にもそんなことは思ってません」

「とっとと消え失《う》せるの、失せないの？」

さらに十一人の子供たちが新たに観客の輪に加わった。ぶらつき屋たちは目を覚ましたワニのように、黙って見つめていた。

「だけど、聞いてください！　僕はただ――」

この時点でもう一人の声がした。

「なあ《Say》！」

「なあ《Say》！」という語は、アメリカ英語において最も多種多様な陰影ある表現が可能な語である。愛想よくもあり得るし、陽気でもあり得、懇願するようでもあり得る。それはまた獰猛《どうもう》でもあり得る。この瞬間にアーチーの耳の鼓膜に打ちつけられ、不意を衝《つ》かれた彼を空中に跳び上がらしめた「なあ！」は、獰猛だった。今や観客となった二人のぶらつき屋と二十七人の子供たちは、この見世物の劇的展開にごく満足していた。経験豊富な彼らの耳には、この語がごくふさわしい響きをもって発されたのがわかったのである。

アーチーはくるりと振り返った。彼の肘脇《ひじ》には、灰色のスーツを着た、長身でがっしりした体格の青年が立っていた。

「おい！」その青年は不快げに言った。彼はそばかすだらけの大きな顔をアーチーに向けてよこした。壁を背に後じさる後者の目には、この青年の首はインドゴムでできているに違いないと思えた。その首は一刻一秒ごとに長さを増しているかのようだった。彼の顔はそばかすがあるだけでなく、くすんだレンガ色の赤で、唇は不快なうなり声をあげるかたちに歪《ゆが》み、金歯を覗《のぞ》かせていた。そして彼の横には、羊のモモ肉くらいのサイズの赤い腕が二本、拳《こぶし》を握りしめ、不吉な様子で揺れながらぶら下がっていた。アーチーは不安を募らせ彼を見た。人生には、何気なく通り過ぎながら見知らぬ顔を見、見知らぬ目を覗《のぞ》き込み、突然人の温かみを感じて、「友達を見つけた！」と思わず口にする瞬間がある。これはそういう瞬間ではなかった。アーチーがこれまでの人生で出会った中でこれよりもっと非友好的に見えた唯一の人物は、戦争初期に彼が将校になる前、彼を訓練した特務曹長ただ一人だった。

「お前にずっと目をつけてたんだ！」その青年は言った。

彼は今なお彼に目をつけ続けていた。それは熱い錐《きり》のような目で、アーチーの魂の奥底を突き通した。彼は壁を背に、さらに少し後じさった。

率直に言ってアーチーは動揺していた。彼は臆病者ではないし、その事実はドイツ軍が全軍あげて彼を個人的にいじめているかのように思われた日々の間に、何度も証明する機会があった。しかし、彼は大衆の面前で大騒ぎをするような性質のことは何であれ嫌いで、避けたかったのだ。

「どういうつもりだ？」その青年は訊《き》き質《ただ》した。会話の主導権は担ったまま、左手を少し後ろに移動させつつだ。「こちらのご令嬢につきまといやがって？」

アーチーは彼がこう訊いてくれてよかったと思った。それこそまさしく彼が説明したかったことに他ならなかったからだ。

「親愛なるご友人」彼は話し始めた。

質問をし、おそらくは回答を求めていたという事実にもかかわらず、アーチーの声はこの青年には耐えがたいものだったようだ。それは彼から自制心の最後の痕跡《こんせき》を奪い去った。彼は耳障りなうなり声を発しながら、アーチーの頭方向に大きな半円を描くように左拳を繰り出した。

アーチーは護身術の初心者ではなかった。学校時代の幼少のみぎりより、なめし革顔の科学教授たちから多くを学んできた。彼はこの不快な青年の目を注意深く見つめていたが、もし後者が公式文書を送達していたとて、その行動計画をかくも明確には示せなかったことだろう。アーチーは拳の動きをずっと目で追っていた。彼が敏捷《びんしょう》に一歩脇によけると、拳は壁に激突した。青年は苦悶《くもん》の叫び声をあげ、仰向けに倒れた。

「ガス！」駆け寄ってきた女友達が叫んだ。

彼女は負傷した男に両腕をまわした。いつもは特大サイズの手が、今や腫《は》れ上ってさらに規模拡大しているのを彼は悲しげに検分していた。

「ガス、ダーリン！」

突然の寒気がアーチーを襲った。彼は自分の任務に没頭するあまり、片思いに身を焦がす投手が弁明の言葉を告げようと、娘を追いかけている可能性を思いもしなかった。しかし、どうやらそういう次第であったようだ。うむ、これで台なしだ。愛し合う二人のハートは完全なる和解の許《もと》、再び結ばれたが、だからといってどうなるというのだ。あんな手でルーニー・ビドルが投球できるようになるには、何日もかかるだろう。すでにハムのようになっていた手は、まだ腫《は》れ上がり続けていた。おそらく手首をくじいたのだろう。少なくともこれから一週間、これなる当代最高の左腕投手は、職能に関してはジャイアンツにとって頭の風邪《かぜ》と同じくらい役立たずになることだろう。そしてその負傷した手には、アーチーの全財産の命運がかかっているのである。アーチーは今、彼の質朴《しっぼく》な熱意を妨げねばよかったと思っていた。レンガの壁に激しく頭を叩きつけられるのは気持ちのいいことではないだろうが、最終的な結果はこれほど不快ではなかったろう。アーチーは重たい心で、一人きりで悲しみを抱えるためこの場を去ろうとした。

しかしこの瞬間、傷ついた恋人から手を離した女友達は、彼を地上から消し去ろうとの明白な意図を持って、彼に向かい急突進してきた。

「いいえ、あのですねえ！　本当に！」アーチーは後ろに飛び跳ねながら言った。「つまりですねえ！」

あんまり過ぎる一連の出来事の中で、彼の考えるところ、これはあんまり過ぎの最大値を達成するものだった。それは限界の外側、断崖絶壁の崖《がけ》っぷちだった。公道で同性と乱闘騒ぎを起こすのはひどく悪いことだったが、女の子に乱闘騒ぎを起こされるのは――これは想定外だった。絶対的に想定の外だった。なすべきことはただ一つだった。疑問の余地なく、ウォーキージーの靴を蹴り上げて敵前をすたこら逃げ出すのは、男にとって途轍《とてつ》もなくみっともないことだったが、他に方途はなかった。

「捕まえたぞ！」ぶらつき屋が所見を述べた。

すべて物事には時というものがある。ただいまは本質的に、いかなる男性もアーチーの上着の襟《えり》をつかむべき時ではなかった。もしデンプシー、カルペンティエ［共に当時有名なボクサー］、そして動物園のゴリラ一頭のシンジケートがこの瞬間彼の進行をあえて止めようとしたなら、彼らにはそれを軽率な行動だったと思う理由があったことだろう。アーチーは他の場所に行きたがっていたし、ムーム家の者の多くは中世のやりたい放題の戦闘で危険極まる斧《おの》を振り回してきたものだが、計画を修正せんとするありとあらゆる試みに対し、何代にもわたって受け継がれたその血が彼の中で煮えたぎったのである。そのぶらつき屋はかなり大型だったが、すべて柔らかかった。アーチーのかかとが彼のすねを的確にとらえたとき、彼は手を離し、そしてもしウエストコートを着ていたらばその真ん中あたりであったであろう部位に不快なパンチを食らい、傷ついたヒツジみたいにうがい声でメエと声をあげ壁を背にしてあお向けに倒れた。破れた上着姿のアーチーは、角を曲がって九番街を疾走した。

　この動きの唐突《とうとつ》さゆえ、彼は緒戦優位を得た。追跡者たちの前衛が脇道からどっと押し寄せる前に、彼は一つ目のブロックを半分進んでいた。順調に走行を続け、道路の反対側に停車した荷馬車をすれすれにかわし、さらに進行を続けた。後方から追跡者たちの物音はうるさく騒々しかったが、荷馬車が彼らの視界を一瞬遮《さえぎ》り、この事実ゆえ、老練な元兵士であったアーチーは、次なる手段をとるに至ったのだった。

　この大追跡の当初の大興奮の中においてすら、彼はこの事実に気がついていたのだが、大都会の大通りを時速三十キロで走り続けて注目を浴びずにいられるものではないことは明々白々だった。

どこかに隠れねばならない。隠れなければ！　それぞ戦略だ。彼は周りを見回して隠れ場所を探した。

「いいスーツをお探しですか？」

商売人のニューヨーカーを驚かせるのはひどく困難である。店先に立っていた小さな洋服屋の店主は、五分ほど前普通に歩いて通り過ぎるのを見かけたアーチーがこうして最高速度で戻ってくるのを見ても、まったく驚いた様子はなかった。彼はアーチーが突然何かを買いたかったことを思い出したのだと、決めてかかっていた。

これこそまさしくアーチーがしたことに他ならなかった。この世界で何よりも彼が今したいことは、その店に入って紳士服について長談義をすることだった。彼は急停止し、小さな洋服屋の入り口を通り過ぎて薄暗い店内に飛び込んだ。安物の服のごたまぜの芳香《ほうこう》が彼を出迎えてくれた。不潔なカウンターの向こう側の小さなオアシスを除き、ほぼ全ての空間はスーツで占められていた。警察発見時の死体みたいに硬いスーツがフックにぶら下がっていた。疲れ果てて気絶したみたいな、ぐったりしたスーツが椅子《いす》や箱の上に横たわっていた。そこは衣服の死体置き場、サージ生地のサルガッソー海だった。

さもなくば、アーチーはこの場所を獲得しようとはしなかったろう。この静かな服の木立の中になら、一個連隊だって隠れられる。

「何かツイードの洒落《しやれ》たのはいかがです？」彼に続いて愛想よく店に入ってきた、この避難場所の店主は事務的に訊《き》いた。「それともいいサージがよろしいですかな？　お客様、青いサージの結構なものがございまして、お客様には壁紙みたいにピッタリですよ！」

アーチーは服の話をしたかったが、今はまだだ。

「ちょっと待って、親爺《おやじ》さん」彼はあわてて言った。「ちょっとだけ耳を貸して欲しいんだ！」表には群れの吠《ほ》え声が迫っていた。「少しの間、僕を下草の中に隠してくれないか。そしたら何だって買ってやる」

彼はジャングルに踏み込んでいった。表の騒音が大きくなった。北向きにやってきた別の荷馬車が到着し、前からいた荷馬車と平行に停車して巧みに通路を塞《ふさ》いだことにより、追跡者たちは貴重な一瞬を無駄にして遅れをとったのだ。この障害は今や克服され、当初の追跡者たちは、さらなる数十名の有閑階級の者たちにより増員され、再び追跡を開始した。

「人を殺したのかい？」布の壁を通り抜けて、やや興味を惹《ひ》かれた様子の店主の声がした。「まあ、若いもんのすることだ！」彼は達観したふうに言った。「そちらに何かお好みのものはございませんかな？　そこにはいくらか結構なものがございますんですよ！」

「よーく見てるところだ」アーチーは答えて言った。「連中に見つからないようにしてくれたら、一つ買ってもいいんだが」

「一つですか？」いささか厳《いか》めしく店主は言った。

「二つだ」アーチーは素早く言った。「もしかしたら三つか六つかもしれない」

店主の愛想の良さが戻ってきた。

「スーツはいくらあっても困りませんからな」満足げに、彼は言った。「お客様のような若い男性は、格好良くしなくっちゃね。素敵な女の子はみんな、素敵な格好をした若い男が好きなもんです。そこの後ろに掛けてあるスーツを着てでかけたら、女の子は蜜壺《みつつぼ》の周りにハエが群がるみたいに、お客さんの周りに押し寄せますよ」

「いいかなあ」アーチーは言った。「よかったら、僕への個人的な親切ってことで、親爺さん、『女の子』って言葉は言わないでくれないかな?」

彼は言葉を止めた。重たい足が店の敷居を越えてきたのだ。

「おい、おやっさん」低い声が言った。一番不快で嫌な連中だけが持つ、けがらわしい声だ。「ここを走っていった若い男を見なかったか?」

「若い男?」店主は考え込んでいる様子だった。「青い服を着て、ホンブルク帽をかぶった若い男のことかい?」

「そいつだ! 見失っちまった。どこへ行った?」

「あいつか! 全速力で走っていきおった。こんな暑い日に、何でまた走っとるのかと思ったよ。突き当たりの角を曲がって行ったぞ」

沈黙があった。

「そうか、うまいこと逃げられちまった」その声は残念そうに言った。

「あの調子で走ったら」店主は同意して言った。「もうヨーロッパに着いとっても驚かんな。いいスーツはいらないかい?」

相手は、店主が永遠の地獄に落ち、在庫を一切合切持っていって欲しいとの願いをぶっきらぼうに表明し、どすどす出ていった。

「こちらは」店主は言った。アーチーが立っているところまで静かに潜《もぐ》り進み、フランネル一族の貧乏な親戚らしきまっ黄っ黄のサフラン色のトンデモ物件を見せながらだ。「五〇ドルとお手頃です。お安いですよ！」

「五〇ドル！」

「六〇ドルと言ったんでした。いつもあたしは発音がはっきりしなくてね」

アーチーは恐怖に震えながら、その悲惨きわまりない服を見た。服装については洗練された趣味の持ち主である青年にとって、これは神経中枢のど真ん中を直撃するものだった。

「だけど、正直言って、親爺さん、君を傷つけたくはないんだが、これはスーツじゃあない。ただの痛ましい出来事だ！」

店主は耳を澄ますかのように、ドアの方を向いた。

「あの男が戻ってくる物音が聞こえたかな」店主は言った。

アーチーは息を呑《の》んだ。

「試着してみたらどうでしょう？」彼は言った。「いいかどうかまだよくわからないので」

「そういう話し方をなさるのがよろしいですな」店主は愛想よく言った。「ご試着ください。これくらい本当にいいスーツとなると、見ただけじゃあ判断できないもんですからな。着てごらんなさい。ほうら！」彼は店の奥にある埃《ほこり》っぽい鏡のところに案内してくれた。「七〇ドルならお買い得でしょう？　お母さんもこんな息子の晴れ姿を見たら、誇らしいことでしょうなあ」

十五分後、店主は小さな紙幣の束を愛情込めてこねくり回しながら、カウンターにうずたかく積まれた服の山を嬉《うれ》しげに見つめていた。

「うちの店でこんなにお買い物された方は初めてですよ！」アーチーはそれを否定しなかった。おそらくあまりにも本当過ぎると思われた。

「これを着て五番街を闊歩《かっぽ》するあなた様の姿を拝みたいものですな！」店主は狂喜乱舞して言った。「あたりに眼福《がんぷく》を施すわけですよ！　さてと、こちらはどうなさいます？　抱えてお帰りですか？」アーチーは激しく震えた。「でしたらどちらにでもお送りいただけますよ。どちらでもようございます。どちらにお送りいたしましょう？」

アーチーは考え込んだ。現時点でも未来は十分暗かった。明日自分の惨めさ加減が絶頂に達した時、こんなズタボロ服の山と立ち向かう展望を思うと彼の身はすくんだ。

と、ある考えが浮かんだ。

「そうだ、送ってくれ」彼は言った。

「お名前とご住所は？」

「ダニエル・ブリュースターだ」アーチーは言った。「住所はホテル・コスモポリス」

彼が義父にプレゼントを贈るのは久しぶりだった。

アーチーは通りに出て、哀愁を漂わせつつ、今や平穏を取り戻した九番街を歩きだした。彼を覆うどん底は南極と北極を結ぶほら穴みたいに真っ暗闇で、心励ましてくれる希望の光は一筋も見えなかった。彼は詩人のように、征服し難きわが魂を讃えて神々に感謝することもできなかった。彼は腐り切った世界の中に一人ぼっちで孤独だった。最善の意図の下、彼はスープの只中《ただなか》に正確に着水することにのみ成功した。どうして自分はレジーとクソ忌々《いまいま》しい賭けなどせず、持てる限りの富に満足していなかったのだろう？　どうしてあのクソ忌々しい女友達を追いかけなどしたのだろう。バカを晒《さら》すだけだとわかっていればよかったのに。また、自分がそうしたばっかりに、ルーニー・

ビドルの左手は、その前で相手打者たちが震えうち萎《しお》れるあの本当に大切な左手が、包帯で吊られ、傷ついた戦艦みたいに故障中で運行休止になってしまった。ジャイアンツがパイレーツに勝つチャンスは消え失《う》せた――消え失せてしまった――ルシールの誕生日プレゼントを買うはずだったあの千ドルが消えたのと同じくらい確実に。

ルシールの誕生日プレゼント！　彼は精神の苦悶《くもん》にうめいた。愛する彼女は笑顔と幸せいっぱいで今夜帰ってくる。明日は彼が何を贈ってくれることかと楽しみに思いながら。そして明日の朝が明けたとき、彼が彼女に贈れるのは優しい笑《え》みだけなのだ。結構な状態じゃないか！　ご機嫌な状況だとも！　完全無欠のいい奴、アーチーには、考えが足りなかったのだ！

常は人間の苦しみになど無関心な大自然が、習慣に反して自分といっしょに嘆き悲しんでくれているかのようにアーチーには思えてきた。空は曇り、太陽は輝くのを止めた。この日の午後には彼の気分にぴったりの憂鬱《ゆううつ》が漂っていた。そして彼の顔に、何かが当たり、飛び散ったのだった。

あたかも雲たちが承認用の見本を提出しているかのように数粒の水滴が飛び散った後、突如空全体がシャワー室みたいに流れ落ちだしたとき、彼が最初に思ったのが、これは自分が耐え忍ばねばならない艱難辛苦《かんなんしんく》の更に上乗せ追加分だということから、アーチーの放心ぶりがよくわかる。その他すべての問題事にかてて加えて、自分はびしょ濡《ぬ》れになるか、どこかの軒下でうろうろしなければならない。彼は不運を大いにののしり、雨宿りを求め急いだ。

雨は誠心誠意この仕事に取り組んでいた。世界は、もっと激しい夏の嵐の伴奏に付いてくるような、裂けるがごとき、うねるがごとき音響に満ち満ちていた。雷鳴が轟《とどろ》き、稲妻が灰色の天空をさっと駆け抜けた。通りでは雨粒たちが妖精の噴水みたいに敷石上を跳ねた。アーチーは雨宿りした一軒の店先から、陰気にその様を眺めていた。

そして突然、陰鬱《いんうつ》な空を照らすあの閃光《せんこう》のように、とある考えが彼の心を照らしたのだった。

「何てこった！　このままじゃ今日は試合にならない！」

彼は震える指で時計を引っ張り出した。針は三時五分前を指していた。ポロ・グラウンドで雨天順延券を受け取る、雨に濡れ、落胆した群衆たちのありがたい幻影が彼には見えた。

「スイッチを入れていくんだ、この野郎！」鉛色の雲に向かい、彼は叫んだ。「もっともっとスイッチを入れていけ！」


ホテル・コスモポリス近くの宝石店に若い男が跳ねるようにやってきたのは、五時ちょっと前のことだった。上着の襟元《えりもと》は破れ、びしょ濡れの服の隅々からは水が滴っていたという事実にもかかわらず、彼は最高の気分で現れた。彼が話しだしたところで初めて、宝石商はこの人間のかたちをしたスポンジが、その日の午前、ブレスレットを注文しにきた完全無欠の青年であることに気づいたのだった。

「やあ、ご主人」青年は言った。「昼前に見せてくれた、あの素敵な小さいなんとかいうやつを覚えているかい？」

「ブレスレットでございましょうか、旦那様《だんな》？」

「親愛なる宝石商のご主人、君にふさわしい男らしき率直さでもってお見通しのとおり、そうだブレスレットだ。さてとよろしければそれを取り出し、提示して、手渡してくれないか？　さあ急いで出してくれ！　立派な皿によそって、こっちによこしてくれ！」

「あなた様は確かに、あちらをお取り置きして明日コスモポリスに送るようご希望でいらっしゃいましたが?」

青年は宝石商の頑丈な胸を真剣にコツコツ叩いた。

「僕がかつて希望したことと今希望することはまったく別の、全然違った事柄なんだ。ああ我が学寮時代の友人よ! 今日できることを明日に先送りするべからず、とかそういうことだ。もう冒険はしない。僕はいやだ! 他の連中はいいかもしれない。だがアーチボルドには無理だ! さあダブロン金貨だ。ブレスレットを渡したまえ。ありがとう!」

宝石商はアーチーがその日の午後、古着屋の主人の裡《うち》に見いだしたのと同じ宗教的情熱をもって紙幣を数えた。その過程は彼の愛想を良くした。

「嫌な雨の日ですねえ、旦那様」彼は打ち解《と》けた様子で言った。

アーチーは首を横に振った。

「我が旧友よ」彼は言った。「全然そうじゃない。まったく違うし、少しもそんなことはないんだ、親愛なる宝石密売人君!」アーチーは言った。「君はこのクソ忌々《いまいま》しい午後の、唯一信頼と尊敬に本当に値する側面を指摘したんだ。これまでの人生経験の中で、これほどまでありとあらゆる意味とかたちで絶対的にクソ忌々しい一日に遭遇したことはないんだが、それを救ってくれたものが一つだけあった。そしてそれはこの陽気で素敵な雨なんだ! それじゃあ、ピッピー! 親爺さん!」

「おやすみなさいませ、旦那様」宝石商は言った。

16. アーチー、状況を受け入れる

ルシールは手首をゆっくり回し、新しいブレスレットをもっとよく見ようとした。

「あなたって本当に天使、天使だわ！」彼女はつぶやいた。

「気に入ったかい？」ご満悦《まんえつ》な様子で、アーチーは言った。

「気に入ったかですって？　もちろんよ、本当に素敵！　すごくお金が要ったはずよ」

「いや、それほどのことはないんだ。ほんの少し頑張って稼いだだけさ。樫《かし》木の箱からダブロン金貨を二、三枚取り出しただけだよ」

「でもわたし、古い樫木の箱にダブロン金貨があるだなんて、知らなかったわ」

「本当を言うとね」アーチーは認めて言った。「ある時点まではなかったんだ。でもイギリスにいる僕の叔母《おば》さんが、ああ、叔母さんに祝福あれ！――たまたまなんだけど、まさしく決定的な瞬間に要りような金を送ってくれたんだ」

「そしてあなたはそれを全部わたしの誕生日プレゼントに使ったのね！　アーチー、アーチー！」ルシールは夫をほれぼれと見つめた。「アーチー、わたしが何を考えてるか、わかる？」

「何だい？」

「あなたって完璧（かんぺき）な人だわ！」

「えっ、本当かい？　ヤッホー！」

「そうよ」ルシールはきっぱりと言った。「ずっとそうじゃないかって思ってたけど、今わかったの。世界中にあなたみたいな人はいないわ」

アーチーは彼女の手をそっとなでた。

「おかしいなあ」彼は言った。「君のお父上は昨日僕にほぼ同じようなことを言った。でも君と同じ意味で言ったとは思わないんだ。正直に言うと、お父上の表現は正確には、僕が一人しかいないことを神に感謝するってことだった」

ルシールの灰色の瞳に、困惑の表情が浮かんだ。

「お父様のことは残念だわ。お父様があなたをわかってくださったらいいのに。でもお父様にはあまりつらく当たらないでいただきたいの」

「僕が？」アーチーは言った。「君のお父上につらく当たる？　いや、何てこったただ。僕は君が残忍って言うような態度でお父上に接してるとは思わない。つまり僕はひとえにお父上の行く手の邪魔にならないようにって、どうにも避けられないときは、ボール状に丸まっていたいって思ってるんだ。暴走するゾウにつらく当たった方がマシだ！　君の素敵なお父上を侮辱するようなことは一言だって言わないつもりだが、しかしあの人が人食い魚の代表格だってことから逃れる術《すべ》はないんだ。君が僕を連れてきて玄関マット上に置いた時、親爺さんが誇り高き由緒あるブリュースター家の名が汚《けが》されたって思ったって事実を否定したって無駄なんだ」

「あなたを義理の息子に迎えられたら、誰だって幸運だわ、愛しい人」

「我が人生の光よ、残念ながら、君のお父上はその点で君と意見を同じくしてはいないんだ。ヒナギクを手にするたびに占ってきたんだが、いつだって『彼は私を愛してない』ってことになっちゃうんだな」

「お父様のことは、大目に見てあげないといけないわ、ね、ダーリン」

「よしきたホーだ！　だけど僕の切なる願いは、お父上に気づかれないようにってことだ。もし僕がお父上のことを大目に見てるってわかったら、十度か十五度は発作を起こすはずだ」

「お父様は今は心配してるだけなの、ご存じでしょ？」

「知らなかった。お父上は僕にあんまり打ち明けてくれないんだ」

「お父様はウェイターのことを心配しているの」

「どのウェイターだい、我が魂の女王よ？」

「サルヴァトーレって人よ。いくらか前にお父様が解雇したの」

「サルヴァトーレだって！」

「多分彼のことは覚えてらっしゃらないでしょ。このテーブルの担当だったのよ」

「どうして――」

「どうやら父が彼を解雇したようなの。それで今、色々な問題が起きているの。ご存じでしょ、父は新しいホテルを建てたくって、敷地も何もかも手に入れてすぐさま工事にかかれると思ってたの。そしたらあのサルヴァトーレの母親が敷地の真ん中に小さな新聞とタバコの店を持っていて、店を買わないと出て行ってもらえないんだわ。だのに彼は売ってくれないの。少なくとも、母親に売らないって約束させてるのよ」

「男の親友は彼の母親だ」アーチーは肯定するように言った。「僕はずっと思ってたんだけど――」

「それでお父様は絶望しているのよ」

アーチーは瞑想《めいそう》に耽《ふけ》るように、タバコを吸った。

「ある男のことを思い出した――実を言うとそいつは警官だったんだけど、またかなりいけすかない奴でね。そいつが、哀れな男の顔を踏みつけにはできるが、そうしてる間に脚に噛《か》みつかれたからって驚いちゃいけないって言っていた。どうやらこれが親父さんに起こったことのようだ。時間さえやれば我が友サルヴァトーレは最後にはしっかり強気に出てくれると思ってたよ。頭のいい奴だ！　最高の親友だ！」

ルシールの小さな顔に明かりが差した。彼女は誇らしげな愛情を込めてアーチーを見つめた。この困難を解決するのは彼だということを、わかっているべきだったと彼女は感じていた。

「あなたって最高、ダーリン！　彼は本当にあなたのお友達なの？」

「もちろんだとも。他ならぬこのグリルルームで、何度もなかよくお喋《しゃべ》りしたものさ」

「だったら大丈夫よ。あなたが行って説得すれば、彼、お店を売ることに同意してくれるわ。そしたらお父様は喜ぶわ。お父様がどんなにあなたに感謝するか、考えてもみて！　それで全部違ってくるわ」

アーチーは心の中でこの点をよくよく考えてみた。

「聞くべきところは多い」彼は同意して言った。

「あなたが本当にかわいい子羊みたいだってこと、わかってくださるわ！」

「うーん」アーチーは言った。「君の父上が僕をかわいい子羊だと思うに至る計画なら何であれ、最高の注目が向けられるべきだ。店の代金として、サルヴァトーレにはいくら払うって言ったんだい?」

「知らないわ。そこにお父様がいらっしゃるわ。声をかけて聞いてご覧になって」

アーチーはブリュースター氏が隣のテーブルの椅子《いす》に沈み込んで、不機嫌そうにしているのをちらりと見た。この距離からですら、ダニエル・ブリュースターが悩みを抱え、それを渋々耐え忍んでいることは明らかだった。彼は心ここにない体《てい》にて、テーブルクロスをにらみつけていた。

「君が声をかけておくれよ」手強《てごわ》いこの親族を検分し終えると、アーチーは言った。「君の方がお父上のことは、よくわかってるんだから」

「いっしょに行きましょ」

二人は部屋を横切った。ルシールは父親の向かいに座り、アーチーは後ろの椅子に背をもたれて座った。

「ねえ、お父様」ルシールが言った。「アーチーに考えがあるの」

「アーチーだって?」ブリュースター氏は怪訝《けげん》そうに言った。

「これが僕です」アーチーはスプーンで自分を示しながら言った。「背の高い、立派そうな人物です」

「今度はどんなバカなことを企んどるんじゃ?」

「素晴らしいアイデアなのよ、お父様。お父様の新しいホテルの経営を、手助けしたいって言ってくれてるの」

「わしのために経営したいとでも?」

「なんてこった！」アーチーは考え込むように言った。「そいつは悪い計画じゃあない！ ホテルを経営しようだなんて思ったこともなかったけど。ちょっとやってみてもいいかな」

「彼、サルヴァトーレと彼のお店に立ち退《の》いてもらう方法を考えたのよ」

ブリュースター氏はこの会話に初めて興味を覚えたようだった。彼は義理の息子を鋭く見つめた。

「そうなのか、こいつが？」彼は言った。

アーチーはフォークの上でロールパンのバランスをとってみせ、その下に皿を置いた。ロールパンは跳ねて部屋の隅に向かっていった。

「失礼しました！」アーチーは言った。「絶対的に僕のミスでした！ 僕のせいでお父さんのパンを無駄にしてしまいました！ この分はちゃんとお支払いします。ええ、それでこのサルヴァトーレっていうスポーツマンのことですが、こんなふうなんです。僕と彼とは親友なんです。彼のことは何年も何年も前から知ってます。というか少なくとも、何年も前からの知り合いみたいなもんなんです。僕が彼のねぐらに行って、僕の外交手腕と優れた頭脳の力とその他色々で、彼をたぶらかせばいいってルゥーが提案してくれたんですよ」

「あなたが考えたのよ、ダーリン」ルシールは言った。

ブリュースター氏は黙っていた。認めたくはないが、聞くべきところは何かしらあるように思われた。

「何をしようと言うんだ？」

「僕は陽気で素敵な外交大使になります。奴にはいくら提示してるんです？」

「三千ドルじゃ。あの家の価値の二倍だ。復讐《ふくしゅう》のためにわしを困らせとるんじゃ」

「ふうむ、でもその話を奴にどう提示したんです？　つまりですね、きっと貴方《あなた》は弁護士に、然《しか》るに当職は、とかこれを奇貨としてとか、一方当事者とか他方当事者とか、そんなような用語ぎっしりの手紙を書かせたんじゃないですか？　それじゃダメですよ、親爺《おやじ》さん！」

「親爺さん呼ばわりするんじゃない！」

「まったく間違ってる、おやっさん！　そんなんじゃダメだ、心の友。ダメ、絶対ですよ、我が若き日の友！　アーチボルド叔父《おじ》さんの話をよおく聞くんだ。僕は人間本性の研究者で、物事をちょっとは知ってるんです」

「大して知ってはいまい」ブリュースター氏は唸《うな》った。彼は義理の息子の上から目線な態度に少々苛立《いらだ》ったようだった。

「口を挟んじゃダメよ、お父様」ルシールが厳しく言った。「アーチーがこれからすごく賢い話をしてくれるって、わからないの？」

「じゃあ話してくれ！」

「貴方がすべきことは」アーチーは言った。「僕を彼に会いに行かせることです。手の切れるようなパリパリの札束を持たせてです。奴の目の前でテーブルの上に積み上げてやります。それで落ちますよ！」彼はブリュースター氏を励ますようにロールパンで突ついた。「どうすればいいか教えましょう。僕に最善最高パリッパリの三千ドルをください。そしたら僕がその店を買う話を引き受けます。それで間違いなしですよ、おやっさん！」

「おやっさん呼ばわりするな！」ブリュースター氏は熟考した。「よし、わかった」とうとう彼は言った。「お前にそんな思慮があるとは知らなかった」彼は不承不承言った。

「ええ、もちろんですとも!」アーチーは言った。「たくましき外見の下に、僕は電動ノコギリみたいな頭脳を隠してるんです。思慮ですって? 僕はそいつをあふれ返らせ、したたらせてるんですよ」

それから数日間、ブリュースター氏が自らに希望を抱くことを許した瞬間もあるにはあった。しかしそれ以上に頻繁《ひんぱん》にあったのは、うちの義理の息子みたいな明々白々のバカ者は、必ずや交渉をめちゃくちゃにしてくれるに相違ないと独《ひと》りごちる瞬間だった。それゆえアーチーが彼の私室に入ってきて、成功したと宣言したときの安堵《あんど》は大きかった。

「お前は本当にあのイタリア野郎を、売却に同意させたのか?」

アーチーは机の上にあった何枚かの書類を無造作に払いのけ、空いた場所に座った。

「絶対的にです! 僕は彼に旧友として話しかけ、札束を部屋中に撒《ま》き散らしました。すると彼は『リゴレット』から数小節歌い、点線上に署名してくれましたよ」

「お前は見た目ほどバカじゃないようだな」ブリュースター氏は言った。

アーチーは机の上でマッチを擦り、タバコに火をつけた。

「ほんとに陽気な小さな店なんです」彼は言った。「憧《あこが》れてたんですよ。新聞でいっぱいで、安い小説もあって、おかしな見た目のチョコレートも、恐ろしく魅力的なラベルがついた葉巻もある。僕はこれで成功できると思うんですよ。とてもいい町並みの真ん中の最高に素敵な店なんです。近いうちに周りに誰かが大きなホテルを建ててくれるでしょうし、そしたら商売は大いに繁盛しますよ。僕はカウンターの向こう側で、白いひげと円い帽子完全装備で、みんなに愛されて人生を終えるのが楽しみだなあ。誰もが言うことでしょう『ああ、あの古風で愉快な爺《じい》さんを贔屓《ひいき》にしてやらなきゃな！　たいした人物だよ』って」

ブリュースター氏の厳格で満足げな雰囲気は、不快、ほぼ不安な表情に変わっていた。彼は義理の息子がただからかってふざけているだけだと思ってはいた。しかし、だとしても、彼の言葉に心穏やかではいられなかった。

「そうか、大変感謝しておる」彼は言った。「あの地獄じみた店が全部宙ぶらりんにしとったんじゃや。これですぐにでも建築を始められる」と彼は言った。

アーチーは眉《まゆ》をひそめた。

「ですが、親愛なるおやっさん、貴方の白昼夢を台なしにして、虹を追いかけるのを止めて申し訳なかったり色々なんですが、あの店は僕のものだってことをお忘れじゃないですか？　売りたいかどうか、僕にも全くわからないんですよ！」

「わしはあの店を買うために、金を渡したんじゃや」

「本当に気前のいいことでした」アーチーは認めて言った。「貴方が僕にお金をくださったのは初めてでした。また僕はインタビューされたらいつだって、僕の財産の基礎を築いてくださったのは貴方《あなた》だと伝えることでしょう。いつか僕が新聞とタバコ販売店の帝王になった暁には、僕の自叙伝で世界にそのことをすべて伝えることでしょう」

ブリュースター氏は危険なほどの勢いで、席から立ち上がった。

「お前、わしを脅《おど》せると思っとるのか、この虫けらめ」

「いえ」アーチーは言った。「僕の見方はこうです。出逢《であ》って以来、ずっと貴方は僕に万国の労働者の一人になって、自分で生計を立てろって急《せ》き立ててらっしゃった。そして今や僕は、貴方の信頼と励ましにお応えする方途を見出《みいだ》したんです。貴方は時々僕の素敵な店を覗《のぞ》きに来てくださいますよね、どうです?」彼はテーブルから滑り降り、ドアに向かって歩き出した。「貴方なら何のお気兼ねも要りませんよ。葉巻や板チョコが欲しくなったらいつだって請求書にサインしてください。じゃっ、ピッピー!」

「待て!」

「さてと、何です?」

「あのクソ忌々《いまいま》しい店に、いくら欲しい?」

「僕は金が欲しいんじゃない。仕事が欲しいんです。僕からライフワークを奪うっておっしゃるなら、別の仕事をさせてください」

「何の仕事だ?」

「前にご自分で提案してくださったじゃないですか。僕は新しいホテルの経営がしたいんです」

「バカ言うんじゃない! お前がホテル経営の何を知っておると言うんじゃ?」

「何も知りません。ホテルを建てる間、僕に経営を教えてくれるのは、貴方にとって楽しい仕事になることでしょうね」

ブリュースター氏がペンホルダーを三インチ噛《か》みきっている間、しばし沈黙があった。

「いいだろう」とうとう彼は言った。

「最高だ!」アーチーは言った。「おわかりいただけると思ってました。貴方のやり方を勉強しますよ。もちろん自分のやり方もいくらか加えてね。コスモポリスの改善点を、僕はもう一つ思いついたんですよ」

「コスモポリスの改善だと！」ブリュースター氏は叫んだ、彼の最も繊細な感情が傷つけられたのだ。

「古いコスモポリスには一点だけひどくダメなところがあって、そこを僕のささやかなホテルでは修正するつもりなんです。お客様は、夜はドアの外に靴を置いておくよう言われます。すると朝にはきれいに磨かれているんです。さてと、ピッピー！　もう行かなくちゃ。我々ビジネスマンにとって、『時は金なり』ですからね」

17. ビルのロマンス

「彼女の目は」ビル・ブリュースターは言った。「彼女の目はまるで――何て言えばいいんだ?」

彼はルシールとアーチーを見た。ルシールは熱心に、興味深そうな顔で身を乗り出していた。アーチーは指先を合わせて目を閉じ、椅子《いす》の背にもたれていた。ビールのオークション会場で会って以来、この義兄がイギリス旅行中に婚約した女性の話題に触れたのはこれが初めてではなかった。実際、兄のビルはそれ以外のことにはほとんど触れなかった。またアーチーは、共感的な性格でこの若い親戚を好きではあったが、メイベル・ウィンチェスターについて聞きたいことはすべて聞いたと感じ始めていた。一方、ルシールは夢中で聞いていた。兄のリサイタルに彼女は感激していた。

「まるで――」ビルは言った。「まるで――」

「星のよう?」ルシールが提案した。

「星だ」ビルは喜んで言った。「まさしくその通り。夏の夜の澄み切った空に輝く双子の星だ。彼女の歯はまるで――何て言ったらいいかなあ?」

「真珠?」

「真珠だ。そして彼女の髪は秋の葉のように美しい茶色なんだ。実際」いささか急に高所から滑り降り、ビルは締めくくって言った。「彼女は最高に素敵だ。そうだろう、アーチー?」

アーチーは目を開けた。

「その通りだ、我が友」彼は言った。「そうするしかなかった」

「いったい全体何の話をしてる?」ビルは冷たく訊《き》いた。目を閉じていた方がよく聞こえるという
アーチーの発言を、彼はずっと疑っていたのだ。

「えっ? いや、ごめん! 別のことを考えてた」

「眠ってただろう」

「いや、全面的絶対的にそんなことはない。興味津々《しんしん》でうっとり聞いてたが、ただ君の言ったこと
がよく聞こえなかったんだ」

「俺《おれ》はメイベルは最高に素敵だって言ったんだ」

「ああ、ありとあらゆる点で絶対的にその通りだ」

「それだ!」ビルは勝ち誇ったようにルシールの方を向いて言った。「聞いたかい? それでアー
チーは彼女の写真を見ただけなんだ。本人を見たらどうなることかな」

「親愛なる我が友よ!」ショックを受け、アーチーは言った。「ご婦人ご同席の場だぞ! つまり
だ、何てこった!」

「お父様を説得するのは難しいでしょうね」

「ああ」義兄は憂鬱《ゆううつ》そうに言った。

「貴方《あなた》のメイベルはとっても魅力的らしいけど、でも、お父様のことはわかってるでしょ。彼女が
コーラスで歌っているのは残念だわ」

「彼女の声はそんなに大きくないんだ」情状酌量《しやくりよう》事由として、ビルは主張した。

「同じことよ――」

自ら生ける権威であると考える主題、すなわち義父の愛し難《がた》き性格、に話が及んだところで、傾聴される権利を有する者としてアーチーは見解を述べた。

「全面的にルシールの言うとおり。絶対的にそのとおりだ！　君たちの尊敬すべき親御さんはガチガチの頑固者だし、その事実から逃れようはない。こんなことを言わなきゃならないのは残念だが、脇役の誰かと手と手を取って弾《はず》んでやって来て、父親の祝福を引っ張り出そうとしたって、きっと彼は君の腹を刺してこようとするはずだ」

「メイベルを普通のコーラスガールみたいに言わないでもらいたいな」ビルはムッとして言った。

「彼女が舞台に立っているのは、母親が経済的に困っていて、弟の教育費を稼《かせ》ぎたいからなんだ」

「いや」アーチーは心配そうに言った。「僕の助言を聞くんだ。お父上とその件を話すとき、その側面についてあんまりくどくど話しちゃダメだ。お父上のことはよく見てきたが、僕の面倒を見るだけで、我慢の限界なんだ。もし君が母親と弟さんの面倒まで押し付けたら、耐えられなくてポキンと折れちゃうぞ」

「その件については、どうにかしないといけないな。メイベルが一週間後にここに来るんだ」

「なんてこった！　そんな話、してなかったろう」

「来るんだ。ビリントンのショーに出る。当然、俺の家族にも会うつもりでいる。あんたの話は全部してある」

「お父様のことは彼女に説明したの？」ルシールは訊ねた。

「うーん、気にするなって言っただけだ。吠《ほ》え声は大きいけど、さほど嚙《か》みつきやしないってね」

「うーむ」アーチーは思慮深げに言った。「父上はまだ僕に嚙みついてないから、君の言うとおりかもしれない。だが彼がかなり吠えすぎだってことは、君だって認めるだろう」

ルシールは考えた。

「あのね、ビル、わたしはお父様のところにまっすぐ行って、全部話すのが一番だと思うわ。回り回って他から耳に入ることになったら嫌でしょ」

「問題は、俺は父といっしょにいる時はいつも、何も言うことが思いつかないってことだ」

気がつけばアーチーは、義父が神の摂理の特免に与《あずか》っていることをうらやましく思っていた。つまり、彼自身に関する限り、ビルが雄弁さに欠けたことは一度とてなかったからだ。彼と知り合った短い期間において、ビルは終始変わらず一つの主題について話し続けてきた。関税法のような見込みのなさそうな主題ですら、ビルは容易に話を転じ、そこにいないメイベルの話へと持ち込んだ。

「親父といっしょにいると」ビルは言った。「ある意味怖気《おじけ》づいて、どうでもいいことしか言えないんだ」

「実に気まずいな」アーチーは礼儀正しく言った。彼は突然身を起こした。「そうだ！　何てこった！　君が何をしたいかわかった！　たった今思いついたんだ！」

「働き続けの彼の頭脳は休む時がないのよ」ルシールは説明した。

「今朝の新聞で見たんだ。本の広告だ」

「俺には本を読んでる時間はない」

「この本なら読む時間があるぞ。見逃すわけにはいかないからだ。何とかいった本だ。つまり、そいつを読んでコツを心得れば、説得力ある話し手になれることは保証するってやつだ。広告にそう書いてあった。広告には名前は忘れたが話し方が上手くて誰にも愛されてるって男のことが書いてあった。それで、いいか、そいつがこの本『愛を勝ち取る人柄』――僕の記憶が正しければ、そういう書名だった――を手に入れる前は、そいつは〈無言のサミュエル〉とか何とかって会社の連中に呼ばれてたんだ。あるいは〈舌を縛られたトーマス〉だったかもしれない。それがある日たまま幸運にもこの『愛を勝ち取る人柄』と出会って要点を仕込んで、今じゃロックフェラーか誰かのところに行って百万ドルかそこら貸してくれるよう説得してくれる人が必要な時は、いつだってサミュエルを呼ぶようになった。もう今じゃ魅了者サミーって呼ばれて、ものすごく媚《こ》びへつらわれてるって話だ。どうだい、我が兄よ？　どうする？」

「何てバカなことを」ルシールは言った。

「どうかな」明らかに感心した様子でビルは言った。「聞くべきところはありそうだ」

「絶対的にだ！」アーチーは言った。「『説得力ある話し方をすれば、誰にも冷たい無反応無関心な態度で扱われることはない』っていうのを思い出した。冷たい無反応無関心な態度ってのは、まさしく君が父上にとって欲しくない態度だろ？　そうだろ？　そうじゃないか？　そうだろ？　つまりさ、どうする？」

「良さそうだな」ビルは言った。

「良いんだとも」アーチーは言った。「いい計画だ！　いや、もっと言っていい。最高の計画だ！」

「俺が考えてたのは」ビルは言った。「メイベルを喜劇の舞台に出せないかやってみるってことだった。そしたらちょっとは呪《のろ》いが解《と》けるだろう。そしたらコーラスの仕事についてくどくど説明しなくて済む」

「そっちの方がずっと賢明だわ」ルシールが言った。

「だけど、どんなに大汗をかくことかだ」アーチーは言った。「つまり、跳んで回って、くんくん嗅《か》ぎ回らなきゃいけないってのはさ」

「あなた、困っている義兄のために少しは骨を折ってやろうとしないの?」ルシールは厳しく言った。

「もちろんだとも! 僕の考えはこの本を手に入れて、親愛なる義兄を指導するってことだ。僕が稽古《けいこ》をつけてやろう。最初の何章かちょっと頭に入れてもらって、それから切り替えて僕に説得力のある話をしてもらうんだ」

「そいつはいい考えかもしれない」ビルは考え込むように言った。

「じゃあわたしがどうするか教えてあげる」ルシールが言った。「ビルにメイベルを紹介してもらって、それで彼女がお兄様の言うとおり素敵な人なら、わたしがお父様のところに行って説得してあげるわ」

「妹よ、最高だ!」ビルは言った。

「絶対的にだとも!」アーチーは心から同意した。「さすが我が妻だ! とはいえ、予備の頼みの綱としてその本は手に入れておこう。つまりさ、君は若き手弱女《たおやめ》で、感受性にあふれていて、気弱なスミレだったりとか何とかだし、それに君はあの陽気な親爺《おやじ》さんがどんなふうかは知ってるだろう。親爺さんは君に吠えかかって、第一ラウンドで戦闘不能にするかもしれない。もしそんなことになったら、雄弁家の達人ビルを放って一発勝負させればいいんだ。僕としては『愛を勝ち取る人柄』説に大賛成だな」

「俺もだ」ビルは言った。

ルシールは腕時計を見た。

「あらまあ！　もうすぐ一時よ！」

「まずい！」アーチーは椅子《いす》から飛び上がった。「理性の饗宴《きようえん》魂の交歓をおしまいにするのは残念なんだが、ちょっと急がないと遅刻だ」

「〈ニコルソン〉で昼食なの」ルシールは兄に説明した。「お兄様も来られたらいいんだけど」

「昼食だって！」ビルは寛大な軽蔑《けいべつ》の念を込め、首を横に振った。「この頃は昼食なんてどうだっていいんだ。食事以外に考えることが色々あってね」彼はたくましき容貌《ようぼう》の許す限り、スピリチュアルな表情をして見せた。「今日は彼女にまだ手紙を書いてないんだ」

「だけど、なんてこった、兄弟。一週間後に彼女が来るなら、手紙を書いたって意味がないだろう？　行き違いになるはずだ」

「手紙をイギリスに送るつもりはないんだ」ビルは言った。「彼女が到着した時に読んでもらうよう、取ってあるのさ」

「なんてこった！」アーチーは言った。

これほどまでの献身は彼の予想をはるかに超えていたのだ。

18・ソーセージ男

アーチーが『愛を勝ち取る人柄』を書店で買い求めたとき、現金二ドルと多くの気恥ずかしさを支払った。この名称の専門書を購入するとき、自動的にあなたは愛を勝ち取る人柄を持ち合わせていないのだと主張しているように見えるだろうし、カウンターの後ろの女の子に、友人のためにそれが欲しいのだと説明するのはアーチーにはなかなか苦痛だった。女の子は彼の説明より彼のイギリスなまりに興味を持った様子で、アーチーはその場を去りながら、不快にも彼女が同僚や仲間のために小声でそれを練習していることに気づいていた。しかし、友情の名の下に耐え忍ぶなら、多少の不快くらい何であろう。

彼は店を出てブロードウェイを上がってゆき、と、三十九番通り付近で夢遊病者みたいに漂い来るレジー・ヴァン・トゥイルに遭遇したのだった。

「ハロー、レジー！」アーチーは言った。

「ハロー！」レジーは言った。彼は無口な男だった。

「ビル・ブリュースターのために本を買ってきたところなんだ」アーチーは続けて言った。「どうやらビルの奴は——どうした？」

彼は突然話を中断した。彼の友人の顔に、ある種の痙攣《けいれん》が走ったのだ。アーチーの腕を摑《つか》んでいた手は、痙攣するようにぎゅっと握られた。レジナルドはショックを受けたと言ってもよさそうだ。「何でもない」レジーは言った。「もう大丈夫だ。突然、あいつの服が目に入ったんだ。ちょっと動揺させられた。もう大丈夫だ」彼は気丈に言った。

アーチーは友人の視線を追い、理解した。レジー・ヴァン・トゥイルは朝に最高に元気でいることはなかったし、また服装に対しては強い感受性の持ち主だった。彼はメンバーがディナージャケットに柔らかいシャツを合わせた件で限界を逸脱したがゆえに、クラブを退会したことで知られていた。そして、彼らのすぐ目の前に静止状態で立つ小柄でずんぐり太った男は、確かに伊達《だて》男ではなかった。この男の親友ですら、彼のことを小粋《こいき》だとは呼べまい。彼は「お洒落《しゃれ》な男が着てはいけないもの」のスケッチのモデルをやっていたのかもしれない。

服装においては、他の多くの物事と同じく、明確なラインを選び取り、それにこだわり続けるのが最善である。この男には明らかに迷いがあった。彼の首には緑のスカーフが巻かれていた。彼は夜会用の上着を着ていた。また彼の下肢《かし》はもっと大柄な男性用に作られたツイードのズボンで覆われていた。北に向かっては麦わら帽子をかぶり、南に向かっては茶色の靴を履いていた。

アーチーは男の背中を注意深く観察した。

「ちょっとあんまりだな！」彼は同情的に言った。「だがもちろんブロードウェイは五番街じゃない。つまり、ボヘミアンの自由とかそういうことだ。ブロードウェイには、見た目を気にしない途《と》轍《てつ》もなく頭のいい連中がひしめき合ってるんだ。おそらくこいつも何かの種類の王者なんだろう」

「おんなじだ。人には夜会用の正装上着にツイードのズボンを合わせる権利はない」

「もちろんだとも！　お前の言いたいことはわかる」

この時点で紳士服装法の違反者は振り向いた。正面から見ると、彼はますます不気味だった。彼はシャツを所有していないらしかったが、ツイードのズボンが腕の下までぴったり収まっていることにより、その瑕疵《かし》は相殺されていた。彼はハンサムな男ではなかった。本人史上最高期にもハンサムであった試しはなかったが、最近になり、唇の端から頬《ほお》の途中まで走る傷跡を獲得するに至っていた。その顔は平静でいる時でさえ、奇妙な表情をしていた。また、今たまたまそうしたように、笑《え》みを浮かべる時、奇妙というのはその記述目的にはきわめて不適切な、穏健にすぎる形容となった。しかし、それは不快な顔ではなかった。実際、疑問の余地なく愛嬌《あいきよう》のある顔だった。ユーモラスな魅力を持った何かがそこにはあった。

アーチーは跳び上がった。彼はその男をじっと見つめた。記憶が呼び起こされたのだ。

「なんてこった！」彼は叫んだ。「ソーセージ男だ！」

レジナルド・ヴァン・トゥイルは小さくうめいた。彼はこの種のことには慣れていなかった。さまざまな場面に対する感受性の強い青年にとって、アーチーの行動は大いに動揺させられるものだった。つまりアーチーは、彼の腕を離して前に跳び出し、この相手と熱く握手していたのである。

「なんとなんと！　親愛なるご友人！　僕のことは覚えてらっしゃいますね？　覚えてないですか？　覚えてますか？」

傷跡のある男は困惑しているようだった。彼は茶色の靴をもじもじ動かし、麦わら帽子を叩《たた》き、いぶかしげにアーチーを見た。

「あなたがどなたか、わからないんですよ」彼は言った。

アーチーは夜会用の正装上着の背中をぱしんと叩いた。彼はこの服装改良家の腕に愛情込めて自分の腕を絡《から》めた。

「僕たちは大戦中にサン・ミールの外で会ったんです。あなたは僕にソーセージをひとかけくださった。歴史上最高に正々堂々たる出来事の一つでした。本当のスポーツマンでなきゃ、あの瞬間見知らぬ他人にソーセージを渡せるはずがないんです。一度たりとも忘れた時はありません。絶対的に僕の命の恩人だ！　八時間何も食べてなかったんです。えー、何かご予定はありますか？　つまりですが、昼食の予約があったりとか、してませんか？　よかった！　それじゃあ出かけていってどこかで何か食べましょう」彼は相手の腕を優しく握った。「こんなふうにまた会えるだなんて！　貴方《あなた》がどうなったのかって、よく考えてたんです。でも、なんてこった、忘れてました。大変失礼しました。こちらは僕の友人のヴァン・トゥイル氏です」

　レジーは息を呑《の》んだ。見れば見るほど、この男の服装に耐えられなくなっていたのだ。彼の目は恐怖に震えながら茶色の靴からツイードのズボンへ、緑のスカーフへ、緑のスカーフから麦わら帽子へと移動した。

「すみませんが」彼はつぶやいた。「たった今思い出したんです。大切な用を。もう遅刻だ。あー、またいつかお会いしましょう――」

　彼は壊れ果てた男となって消え去った。アーチーは彼が行ってしまったのを見ても残念に思わなかった。レジーはいい奴だが、この再会の集《つど》いにおいては、間違いなく邪魔者になることだろう。

「コスモポリスに行きましょう」群衆の中、新たに見出《みいだ》した友人を先導しながら、彼は言った。「あそこの飲み食いは悪くないですし、あそこなら僕が請求書にサインすればいい。近頃はその点は少なからず重要ですから」

ソーセージ男は面白そうにくっくと笑った。

「コスモポリスみたいなところに、こんな格好じゃあ行かれませんよ」

アーチーは少し気まずそうな顔をした。

「あ、気づきませんでした。ああ、そうでしたか！」彼は言った。「とはいえ、その話題を持ち出されたところで言わせていただきますが、今朝はお召しのワードローブが少々混乱しているようですね、どうでしょう？　つまりですが、きっと心ここにないまま、お持ちのたくさんのスーツの中から見本を抜き出してしまわれたようですね」

「たくさんのスーツですって？　たくさんのスーツとは、どういう意味です？　スーツなんて持ってませんよ！　あたしを誰だと思ってるんです？　ヴィンセント・アスターですか？　あたしが持っているのは、今着ているこれだけです」

アーチーはショックを受けた。この悲劇は彼の心を動かした。彼自身は人生において一度も金を持ったことがなかったが、どういうわけかいつもたくさんの衣装持ちでいるようだった。どういうわけでそういうことになるのかは、わからなかった。洋服屋というのは親切な連中で、ズボンやら何やらをいつも隠し持っていて、ふさわしい人々にプレゼントすることを決して怠《おこた》らないものである、という漠《ばく》とした思いを彼は常に持っていた。無論、一旦品物を渡すと、それについてどっさり手紙を書いてきがちだという欠点はあった。しかし、すぐに彼らの筆跡は見分けられるようになるし、そうなってしまえば後は朝の郵便物から彼らの手紙を取り出して、ゴミ箱に入れるだけの簡単な仕事である。本当に服がないという人物に会ったのは、これが初めてだった。

「親愛なる我が友」彼はきっぱりと言った。「これは対処改善されないといけません！　絶対的にです！　すぐ解決しなきゃいけません。僕の服じゃぴったり合いませんよね？　ああ、そうだ、わかった。義父から何かいただくとしましょう。ブリュースター御大《おんたい》です、ご存じですよね、コスモポリスの経営者です。彼の服なら壁紙みたいに、貴方にピッタリですよ。義父もずんぐり太ってるんです。いえ、僕が言いたいのは、彼も頑丈で、四角張った中肉中背の立派な人物だってことです。ところで貴方は最近はどちらにご滞在されてるんですか？」

「今のところどこにもです。独立自尊の公園のベンチを借りようと思ってました」

「貴方は、文無しなんですか？」

「そうですとも！」

アーチーは心配した。

「仕事を見つけるべきですね」

「そうすべきです。でもどういうわけか、見つからないんです」

「戦争前は何をしてらっしゃったんですか？」

「忘れました」

「忘れたんですか――」

「忘れたんです」

「どういう意味です、忘れたというのは？　忘れた、って意味じゃないですよね？」

「そうなんです。まったく忘れてしまったんです」

「でも、つまりですねえ、そんなふうに物を忘れられるはずがないでしょう」

「はずがないですって！　あたしはありとあらゆることを忘れてしまったんです。どこで生まれたか。何歳なのか。結婚しているのか独身なのか。自分の名前が何かだって――」

「うーん、なんてこった！」アーチーは愕然《がくぜん》として言った。「だけどサン・ミールの外で僕にソーセージをちょっとくれたことは覚えてらしたじゃないですか？」

「いや、覚えてないんです。あたしはあなたの言葉を信じています。よくはわからないが、あなたはあたしをどこかに連れ込んで、麦わら帽子を奪うのかもしれない。あなたのことはまったく知りません。だがあなたの話が気に入った――特に食べることについての話が気に入った――それで伸《の》るか反るかでやってみたんです」

アーチーは不安げだった。

「聞いてください、友よ。努力するんです。貴方はあのソーセージの話を覚えてるはずでしょう？　サン・ミールのすぐ外で、夕方五時ごろのことでした。貴方の小さな荷物は僕の荷物の隣にあって、それで僕らはたまたま会って、それで僕が『ヤッホー！』と言って、貴方が『ハローラー！』と言って、それから僕が『ヤッホー！』と言って、貴方が『ソーセージをちょっとどうだい？』と言って、僕は『ヤッホー！　ヤッホー！　ヤッホー！　ヤッホー！』って言ったんです」

「そのやりとりは途轍もなく才気あふれるものだったようですが、覚えてないんです。あたしの記憶が消えたのはその後だったに違いない。撃たれてから、自分のことにまるで追いつけないようでしてねえ」

「ああ、それでその傷ができたんですか？」

「いや、休戦協定の夜に、ロンドンでガラス張りの窓を割って飛び降りたんです」

「いったい全体何のためにそんなことをやったんです？」

「いや、わかりません。その時にはいい考えだと思ったんですね」

「だけど、そういうことを覚えているなら、どうして自分の名前を思い出せないんです？」

「病院を退院してからのことは全部覚えてるんです。それより前のことはみんな消えました」

アーチーは彼の肩をたたいた。

「貴方に何が必要かはわかりました。少し静かで平穏な時間が必要なんですよ。物事をあれこれ考えたりするためのね。公園のベンチで寝たりしちゃいけない。まったくダメです。少しもいいとこなしですよ。コスモポリスに移動しましょう。コスモポリスはまったく悪くないところなんです。最初泊まった晩はあまり好きじゃなかったけど、つまりあの時は一晩中水道の蛇口がぽた、ぽた、ぽたって鳴ってて眠れなかったんですが、でもいいところなんです」

「コスモポリスは近頃は無料で食事と宿泊を提供しているんですか？」

「そうですとも！　そこは大丈夫なんです。さてと、ここです。まずは親爺《おやじ》さんのスイートに行って、お下がりを見てみるとしましょう。あの階のウェイターは知ってるんです。とっても気持ちのいい奴ですよ。合鍵で中に入れてくれるはずです」

そういうわけでダニエル・ブリュースター氏は、彼の客人である新ホテルの建築家と話し合っていた件に関する書類を探しに、昼食の最中にスイートルームに戻ってきて、寝室の閉じられたドアの向こうでざわめく声に気付く次第となった。義理の息子の訛《なま》りを聞き取ると、彼は罵《のの》り声をあげて部屋に入った。彼はアーチーが自分の部屋の中を自由にうろつきまわっていることに反感を覚えたのだ。

ドアを開けた時に彼の目に映った光景が、彼を落ち着かせることは一切なかった。床は服、服、服の大海原《おおうなばら》だった。椅子の上には上着が、ベッドの上にはズボンが、本棚の上にはシャツが置かれていた。そしてこの海原のうねりの只中《ただなか》に、アーチーが、ブリュースター氏の熱い目には、バーレスクショーに出てくる浮浪者のコメディアンのように見える男といっしょに立っていた。

「なんてこった！」ブリュースター氏は絶叫した。

アーチーは人懐っこい笑顔で顔を上げた。

「やあ、ハローラ、ハローラー！」彼は愛想よく言った。「こちらの友人のために何か見つからないかと思って、貴方の予備の服を見せてもらっていたところなんです。こちらはブリュースター氏、僕の義父です、ご親友」

アーチーはこの親族の歪《ゆが》んだ顔をさっと見て取った。彼の表情のどこかに、あまり心強くないものが感じられた。この交渉は内密に行うべきだと彼は判断した。「ちょっと待っててください、ご親友」彼は新しい友人に言った。「別の部屋で義父と少し話がしたいんです。ただのちょっとした友好的な仕事の話です。ここにいてください」

別の部屋で、ブリュースター氏は傷を負った砂漠のライオンのようにアーチーに向き直った。

「いったい全体――！」

アーチーは彼の上着のボタンを一つ確保すると、愛情込めて撫《な》でさすり始めた。

「説明しておくべきでした！」アーチーは言った。「昼食のお邪魔をしたくなかったんです。あのスポーツマンは僕の古い友人で――」

ブリュースター氏は身体《からだ》を引きはがした。

「いったい全体何を言っとるんじゃ、この虫けら。わしの寝室に浮浪者を連れてきて、わしの服を台なしにしおって」

「だからそこのところをこれから説明しようとしてるんです、貴方が聞いてくださりさえすればですけど。あの人は戦争中に僕がフランスで出会った人なんです。彼は僕にサン・ミールの外でソーセージを少しくれたんです――」

「お前とあいつとソーセージなんぞ、知ったことか！」

「そのとおりです。でも聞いてください。あの人は自分が誰なのか、どこで生まれたのか、名前が何なのかも覚えていないし、一文無しなんです。だから僕が面倒を見ないといけないんです。だって、彼は僕にソーセージをくれたんですよ」

ブリュースター氏の狂乱は、不吉な静けさに変わった。

「あいつにはここから出て行く時間を二秒やろう。それまでにあいつが出て行かなければ、人を呼んで放り出させてやる」

アーチーはショックを受けた。

「まさか本気じゃないですよね？」

「本気じゃ」

「だけど、あの人はどこに行けばいいんです？」

「外へじゃ」

「だけどわからないんですか。あの人は戦争で負傷して、記憶を失くしたんですよ。その事実をおつむにしっかり叩《たた》き込んどいてください。あの人は貴方のために戦ったんです。貴方のために戦って血を流した。ものすごく血を流したんです。それに、僕の命を救ってくれたんですよ！」

「もしわしがあの男に他に何の反感も持ってなかったとしても、そのこと一つで十分じゃ」

「だけど貴方は、冷たく厳しい世界に、ホテル・コスモポリスのためこの世界を安全な場所にするために何リットルも血を流した人を放り出すなんてことは、できないでしょう」

ブリュースター氏はこれ見よがしげに時計を見た。

「二秒じゃ！」彼は言った。

沈黙があった。アーチーは考えているようだった。

「そうだ！」とうとう彼は言った。「大騒ぎする必要はありませんね。どこに行ってもらえばいいかわかりました。思いついたんです。僕の小さな店に、彼を連れて行きます」

ブリュースター氏の顔から、潮が引くように紫色が消えた。感情の昂《たか》まりのあまり、彼はあの地獄じみた店のことを忘れていたのだ。彼は腰を下ろした。沈黙がさらに続いた。

「ああ、なんたることじゃ！」ブリュースター氏は言った。

「わかってくださると思ってました」アーチーは是認《ぜにん》するげに言った。「さてと、正直なところ、男と男の話ですが、どうしましょうか？」

「わしに何をしろと言うんじゃ？」ブリュースター氏はうなった。

「しばらくの間、貴方が彼を泊めてくださって、それで周りを見て回って調べて回る機会を与えてくださると思ってました」

「わしはこれ以上、ぶらつき屋に無料で食事と宿泊を与えることは絶対に拒否する」

「これ以上ですって？」

「ふん、あいつで二人目になるじゃろう？」

アーチーは傷ついたようだった。

「確かに」彼は言った。「最初にここに来た時は、僕はいわゆる、一時休業してました。でもすぐに出かけていって、貴方の新しいホテルの経営者としての仕事を摑《つか》み取ったんじゃありませんか？絶対的にですよ！」

「わしはあの浮浪者を、養子にはせんぞ」

「じゃあ、仕事を探してください」

「どんな仕事じゃ？」

「どんな仕事でも構いません」

「奴が望むなら、ウェイターにしてやれるが」

「わかりました。彼に話してみます」

彼は寝室に戻った。ソーセージ男は首に水玉のネクタイを巻いて嬉《うれ》しげに鏡を覗《のぞ》き込んでいた。

「やあ、親友」アーチーはすまなさそうに言った。「向こうにいる怪盗団の帝王は、貴方がここでウェイターの仕事をしてもいいと、さもないと貴方のためには金輪際《こんりんざい》もう何もしないと言ってるんですが、どうでしょう？」

「ウェイターは食事をするんですか？」

「そうだと思います。だけど、なんてこった、そういえば一度も見たことがなかったです」

「それで十分ありがたいですとも！」ソーセージ男は言った。「いつから始めましょう？」

19. レジー、生き返る

自由になる時間がどっさりあることの利点は、ありとあらゆる友人の輪の催し事に出席する暇があるということだ。アーチーはソーセージ男の命運を周到に見守っていたが、義兄ビルのロマンティックな要求を無視したわけではなかった。数日後、ある朝二人のスイートルームに戻ってきたルシールは、夫が、常は優しい顔をいつになく厳《いか》めしくしかめ、テーブルの背の高い椅子《いす》に掛けているのを見た。アーチーの口の端には大きな葉巻がくわえられていた。片手の指はウエストコートのアームホールに差し入れられ、もう片方の手は威嚇《いかく》するようにテーブルを叩《たた》いていた。

どうしたのかしらと思いながら彼を見つめていたルシールは、突然ビルの存在に気づいた。彼は寝室から急に出てくると、部屋を横切って勢いよく歩いてきた。彼はテーブルの前で立ち止まった。

「お父さん！」ビルが言った。

アーチーは鋭く目を上げ、葉巻をくわえ、ひどく顔をしかめていた。

「やあ、息子よ」彼は奇妙な、耳障りな声で言った。「何事じゃ？　さあ話すんじゃ、息子よ。はっきり言え！　いったい全体どうしてお前ははっきり話ができんのじゃ？　今日わしは忙しいんじゃ！」

「いったい全体何をしているの？」ルシールが訊《き》いた。

アーチーは集中を邪魔された鉄血の男の大げさな身振りで、彼女に手を振った。

「僕らのことは放っておいてくれ、ご婦人！　僕たちだけでいたいんだ。古き良き背景に退《しりぞ》き、しばらく自分で楽しんでいておくれよ。本を読むとか、アクロスティックをやるとかさ。さあ続けてくれ、友よ」

「父さん！」ビルはまた言った。

「何じゃ、息子よ？　ああ、何じゃ？」

「お父さん！」

アーチーはテーブルの上の、赤い表紙の本を手に取った。

「ちょっと待ってくれ、息子よ。止めてすまないが、何かあったと思ったんだ。ああ思い出した。歩き方だ。あれじゃダメだ！」

「ダメか？」

「ダメだ！　歩き方の章はどこだったかな？　ああここだ。聞いてくれ、親愛なる友よ。よく聞くんだ。『歩くときは、陽気で軽やかな腰の動きを身につけるよう、努力しなければいけません。正しい身のこなしで歩く人は、まるで浮かんでいるように見えます』さてとお前はちっとも浮かんでないぞ。列車が二分後に出発するって時に、スープを一杯すすりに駅のレストランに飛び込んでく男みたいに駆けてきただけだ。この歩くって演技は途轍《とてつ》もなく重要なんだ。スタートを間違えると、後はどこに行く、ってことになる。もう一度やってみよう……ああ、ずっといい」彼は振り返ってルシールに言った。「今度は浮かんでいるようだったの、わかったかな？　ずっと洗練されたろ、どうだい？」

ルシールは椅子に座り啓蒙を待ちわびた。

「あなたとビルでヴォードヴィルに出るの？」彼女は訊いた。

義兄をしげしげと見ていたアーチーは、さらに批評を続けた。

「『自尊心と自信のある人物は』」彼は声をあげてその本を読んだ。「『楽で自然で優雅な姿勢でまっすぐ立っています。両のかかとは離れすぎず、頭はまっすぐ上げ、目は正面を向き、視線は水平に保ちます』視線は水平に保つんだ！『肩は後ろに倒し、両腕を使わないときは脇に自然に垂らします』つまり、向こうが殴ってきたら、防御していいってことだ。『胸は自然に拡げ、下腹部は』ここは君の居る所じゃない、ルシール。声の聞こえないところに行っててくれないかな。『カフ――今言った所は――やや引き気味に、とにかく突き出してはいけません』さてと、わかったかな？　ああ、大丈夫だ。続けていこう、友人よ、続けていこう。『ダイナミックな声』と『権威ある口調』の元を取ろう――よく聞く、力強く、豊かで、丸みを帯びた声ってやつで行ってみよう」

ビルは義理の弟に錐《きり》のような目を向け、深く息を吸った。

「父さん！」彼は言った。「父さん！」

「ビルの台詞《せりふ》をもっと明るくしないといけないわ」ルシールは言った。「でないとチケットは売れないわね」

「父さん！」

「つまりね、これはこれでいいんだけど、単調なの。それに一人が質問して、もう一人が答えるべきでしょ。ビルはこう言うべきよ『お前といっしょに通りを歩いてたご婦人は誰だい？』って。そしたらあなたは『あれはご婦人じゃあない。うちの女房だ』って言えるようになるでしょ。知ってるわ！　ヴォードヴィルのショーはたくさん見てきたんだから」

ビルは姿勢を緩めた。彼は胸をしぼませ、両のかかとの間を開け、下腹の引き入れを止めた。

「今度二人きりの時にやったほうがいい」彼は冷たく言った。「本調子が出ない」

「どうして本調子を出したいの？」ルシールが訊いた。

「よしきた！」アーチーは愛想よく言い、厳格な表情を衣装のように脱ぎ捨てた。「リハーサルは延期だ。ビルの奴に、絶好調で愛する父上に向かっていけるよう、稽古《けいこ》をつけてたんだ」彼は説明した。

「まあ！」ルシールの声は暗闇に光を見出《みいだ》した者の声だった。「ビルが熱いレンガの上のネコみたいに入ってきて、剝製《はくせい》みたいな顔して立ってたのは、『愛を勝ち取る人柄』のせいだったのね！」

「そうなんだ」

「うーん、気づかなかったからって、わたしのこと責めたりなさらないでしょ？」

アーチーは父親のように彼女の頭をなでた。

「辛辣《しんらつ》な批評はもうちょっと控えて欲しいな」彼は言った。「夜にはビルも大丈夫さ。もし君があの時入ってきて調子を狂わせなかったら、彼は驚くべき演技をぶちかましてたはずなんだ。権威とダイナミックなアクセントとか色々満ち満ちでね。ああ我が魂の光よ、ビルは大丈夫さ！　愛を勝ち取る人柄は準備万端で、いつだって好きな時に取りに行ける。彼のスポンサー、調教師として言わせてもらえば、小指の先で君の父上をくるくる回すはずだ。もちろんだとも！　五分もしたら愛する父上が火の輪くぐりを始めてご褒美《ほうび》の角砂糖をもらってたとしたって、僕は驚かない」

「わたしは驚くわ」

「それは君がビルの演技を見てないからさ。調子が出てくる前に、演技にケチをつけ始めたんだからな」

「そういうことじゃないの。ビルの人柄がどんなに愛を勝ち取るものだとしても、コーラスガールと結婚できるよう父を説得できないっていう理由は、昨夜の出来事のせいなの」

「昨夜だって?」

「うーん、今朝三時のことよ。夕刊の早版の一面に載ってるわ。あなたに見せようと思って一部持ってきたんだけど、あなたお忙しそうだったから。さあ見て! これよ!」

アーチーは新聞をつかんだ。

「ああ、なんてこった!」

「何だよ?」ビルは苛立《いらだ》たしげに訊いた。「そこに目を丸くして立ってないでくれよ。いったい全体何なんだ?」

「聞くんだ、青年!」

夜の大馬鹿騒ぎ
ホテル・コスモポリスにて
陽気なバトルロイヤル
ホテル探偵は親切心で
だけどポーリーンはパンチをお見舞い

ジャック・デンプシーからチャンピオンシップを奪う有力候補が発見された。また、女性がしょっちゅう男性の仕事を奪って当然のこの時代にあって、その人物がオスよりも凶暴な性に属していると知ったとて、読者は驚くまい。彼女の名はミス・ポーリーン・プレストン。そして彼女のパンチの威力は、ホテル・コスモポリスの探偵という難儀な職務にあるティモシー・オニール氏（親しい友人たちには「パイ顔」と呼ばれている）により数多《あまた》の宣誓のもと、証明された。

今朝三時、オニール氏は夜勤のフロント係より、六一八号室から声の届くすべて部屋の客たちが、騒擾《そうじよう》、騒音、声高《こわだか》な大騒動が同室より発しているとフロントデスクに電話で苦情を伝えてきたと知らされた。そこでオニール氏はその顔をチーズサンドウィッチで一杯に（というのは彼は早めの朝食、というか遅い夕食の最中であったのだ）、また心は職務への献身で一杯にして現場に急行した。彼はそこで〈フリヴォリティーズ〉のコーラスの一員であるミス・ポーリーン・プレストンならびに「ボビー」・セントクレアが両性のご歓待にあたっているのに遭遇した。誰も彼もが楽しいひと時を過ごしており、オニール氏登場の瞬間には、カンパニー全員によってかの感動的なバラード、『天国にはわたしの居場所がある。だってわたしの坊やがそこにいるんだもの』が大音量で演奏中であった。

有能かつ凄腕《すごうで》の当該探偵はただちに、彼らの居場所は表の通りであり、パトカーが停車中である旨申し向けた。そして、言葉のみならず行動力の人として、寒い夜へとご案内ツアーの手始めにお客をよりどりひと抱えして前進した。ミス・プレストンが脚光を浴びたのはこの時である。オニール氏は彼女がレンガと鉄パイプとシンガー・ビルディングにて彼を殴ったと主張している。

ともかく彼女の努力はオニール氏を援軍を呼びに退場させるには十分だった。応援部隊が到着し、老若男女を問わずパーティー参加者一同は逮捕された。

今朝の警察裁判所においてミス・プレストンは、自分と友人たちは静かで家庭的な夜を楽しんでいただけで、オニール氏は紳士ではないと主張した。男性客はそれぞれウッドロウ・ウィルソン、デヴィッド・ロイド＝ジョージ、ウィリアム・J・ブライアンと名乗っている。しかしこれらは偽名と思われる。とはいえ、この教訓は、もし眠りより刺激をお求めなら、ホテル・コスモポリスにお泊まりください、ということである。


この叙事詩を聞いてビルは内心うち震えたかもしれないが、外見は何ら動じなかった。

「ふむ」彼は言った。「だからどうした?」

「だからどうしたですって!」ルシールは言った。

「だからどうしただって!」アーチーは言った。「親愛なる旧友よ、要するに僕たちが君の人柄を、愛を勝ち取るものにしようと費やしてきた時間はすべて無駄になったってことだ。完全に無駄だ! セーターの編み方マニュアルを読んでた方がマシだった」

「わからないな」ビルは気丈に言った。

ルシールは申し訳なさそうに夫に向き直った。

「お兄様を見てわたしのこと判断しないでね、アーチー、ダーリン。こういう血が一族に流れてるわけじゃないのよ。うちは全体的に賢い家系のはずなの。でも、可哀想《かわいそう》なビルは赤ちゃんの時、看護師さんに落っことされて、頭を打ったんだわ」

「お前らが言おうとしてるのは」駆り立てられたビルが言った。「起こったことのせいで、たまたまコーラスの一員である女の子たちに親父《おやじ》さんはひどく腹を立てることになるってことか？」

「そのとおりだ。残念だがね。親爺さんの前でコーラスガールって言葉を最初に口にした奴は、彼に命を奪われることになるだろう。男と男の話として言わせてもらうが、僕は自分でそうするくらいなら、フランスに飛んで帰った方がマシだと思ってる」

「何バカを言ってるんだ！　メイベルはコーラスにいるかもしれないが、ああいう子たちとは違う」

「かわいそうなビル」ルシールは言った。「本当に気の毒だけど、事実を直視しないといけないわ。お兄様はホテルの名声が、世界の何よりお父様が気にしてらっしゃることだってこと、よく知っているし、今回のことでお父様はありとあらゆるコーラスガールに対して激怒することになるわ。メイベルはコーラスにいるけど、コーラスガールみたいじゃないなんて説明しようとしたって無駄よ」

「まさしくそのとおりだ！」アーチーは感心して言った。「まったく君の言うとおりだ。いわゆる川のほとりのコーラスガールは、親爺さんにとってはいわば単なるコーラスガールであってそれ以上の何ものでもない【ワーズワースの詩「ピーターベル」への言及】、と言っておわかりいただければだけど」

「それじゃあ」ルシールは言った。「良かれと思ってやってくれてるかわいそうなわたしの夫といっしょに考え出したあのバカバカしい計画がまったくダメってことをおわかりいただいたところで、励ましの言葉を贈るわね。メイベルを喜劇に出演させるっていうお兄様のそもそもの計画が、一番いい考えだわ。それにお兄様にならできる。慰めの言葉を用意してないんじゃ、こんなふうに突然、悪い報《しら》せを伝えたりしないわ。たった今レジー・ヴァン・トゥイルに会ったの。まるで世界中の心配事をぜんぶ一人で背負ってるみたいな顔して歩き回ってたわ。彼が話してくれたんだけど、有り金ほとんど全部、これからすぐリハーサルが始まる新作劇につぎ込んだんですって。レジーはあなたの古い友達よ。お兄様がしなきゃならないのは彼のところに行って、彼の影響力を利用してメイベルに小さい役をやってくれって頼むだけよ。メイドか何か、セリフが一つか二つきりの端役《はやく》があるはずだわ」

「たいした計画だ！」アーチーは言った。「とっても真っ当で素敵だ！」

ビルのうねった眉毛《まゆげ》の雲は晴れなかった。

「それはすごくいいんだが」彼は言った。「しかし、レジーがどんなおしゃべりかは知ってるだろう。奴は親切な男だが、奴の舌は真ん中が止まってて、両端がうねうね揺れるんだ。俺の婚約のことをニューヨーク中に知られたくはないし、こっちの準備が整わないうちに誰かに父さんにバラされたくない」

「そこは大丈夫」ルシールが言った。「アーチーが言ってくれるわ。あなたの名前を出す必要はないの。役をもらってやりたい女の子がいるって言うだけでいいの。やってくれるわね、わたしの天使さん？」

「鳥のごとく、我が魂の女王様」

「だったら最高よ。メイベルのあの写真をアーチーに渡して、レジーに渡してもらうといいわ、ビル」

「写真？」ビルは言った。「どの写真だ？　二十四枚あるんだ！」

アーチーはレジー・ヴァン・トゥイルが五番街を見下ろす彼のクラブの窓辺でうつむいているのを見つけた。レジーはかなり憂鬱《ゆううつ》な若者で、出資金象皮症とそれが原因で起こるその他の害悪に悩まされていた。穏やかで感傷的な性格で、彼の感性は下劣な世界との接触により大いに傷ついていた。またアーチーに最初に惹《ひ》かれたのは、慢性的に金に困っているにもかかわらず、自分から金を借りようとしないという事実ゆえだった。言われれば金を渡していただろうが、アーチーが下心なく彼といっしょにいることを楽しんでいるようなのは、彼には嬉《うれ》しかった。彼はアーチーが好きで、ルシールのことも好きだった。また二人の幸福な結婚は彼にとって常に喜びの源泉だった。

レジーは感傷的な人物だった。彼は理想的に結びついた夫婦ばかりが住まう世界で、彼自身も誰か魅力的で愛情深い娘と理想的に結ばれて暮らしたいと思っていた。しかし冷厳な事実として、彼は独身で、彼の知る夫婦のほとんどは、幾度もの離婚を経たベテランだった。したがって、レジーの交友の輪の中においてアーチーとルシールの家庭生活は、悪意に満ちた世界における善行のごとく輝いていたのである。それは彼を奮《ふる》い立たせた。落ち込んだ時、それは人間本性に対する彼の弱り果てた信頼を回復させてくれたのである。

したがって、彼に挨拶《あいさつ》して彼のそばの椅子に座ったアーチーが、突然内ポケットから途轍《とてつ》もなくかわいい女の子の写真を取り出し、彼が出資する劇に出演させてほしいと頼んだとき、彼はショックを受け、失望したのだった。その日の午後、彼はいつも以上に感傷的な気分でおり、実際、アーチーが到着したその瞬間には、自分の首元にぎゅっとしがみつく柔らかな腕や、小さな足のパタパタ走る音や、そんなことを切なく夢見ていたのだった。

「アーチー！」彼の声は感情の昂《たか》ぶりのあまり震えていた。「それだけの価値のあることか？　なあ、それだけの価値のあることだろうか？　家にいるかわいそうな女性のことを考えてみるんだ」

アーチーは困惑した。

「へっ？　どのかわいそうな女性のことだ？」

「彼女のお前への信頼を考えてみるんだ」

「言ってることがまったくわからないな、我が友よ」

「ルシールが知ったら何て言う？」

「ああ、彼女は知ってるんだ。全部知ってる」

「なんてこった！」レジーは心の底からショックを受けた。ルシールとアーチーの結婚は彼の世界で慣習的な弛緩《しかん》した夫婦関係とは違うというのは、彼の宗教的信念のようなものだったのだ。宇宙の根底が崩れてぐらぐら揺れ、人生に甘美も光明《こうみょう》も何一つないという強烈な感覚を覚えるのは、十八ヶ月前のある朝、怠慢な従者がスパッツを片方しかつけずに彼を五番街へと送り出した日以来のことだった。

「これはルシールの考えなんだ」アーチーは説明した。もうちょっとで義兄がこの件に関係していることを言ってしまいそうなところだったが、秘密をレジーに明かすことにビルが特に反対していたのを思い出し、言葉を止めた。「こういうことなんだ、親友よ。僕はこの女性に一度も会ったことはないんだが、彼女はルシールの友人なんだ」今はそうでなくとも数日中には友人になっているだろうと考え、彼は良心を慰めた。「それでルシールは彼女にちょっぴり良いことをしてやりたいと思っている。彼女はイギリスで舞台に立っていて、年老いた未亡人の母親を支え、弟を教育したり、色々やってきたんだが、わかるだろ。今はアメリカに来ていて、それでルシールはお前が一肌脱いでお前のところのショーに彼女を押し込んでやって、それで家の火を絶やさないようにして欲しいとか、そういうことを言ってるんだ。なあ、どうしたもんかなあ?」

レジーは安堵《あんど》の笑《え》みを浮かべた。先に述べた出来事の際、タクシーがやってきて停車し、人目から足を隠すことができた時と同じような気分だった。

「ああ、わかった!」彼は言った。「もちろん、喜んでやってやろう、我が友よ。大喜びでだ」「どんな端役でもいいんだ。お前の洗練された娯楽劇の中には、『はい、奥様』とか言いながら漂い現れるメイドか何かがいるんじゃないか? ああ、そうか、それでいいんだ。最高だ! お前は頼りになるってわかってた。ルシールに言って、お前の住所に彼女を送りつけよう。二、三日中にはこの辺りを歩き回ってるはずなんだ。それじゃあ、もう行かなきゃ。プップー!」

「ピッピー!」レジーは言った。


それからおよそ一週間後、ルシールが彼女の住まいであるホテル・コスモポリスのスイートに戻ってくると、アーチーはカウチに寝そべり、一日の労働を終えて気分爽快《そうかい》なパイプを吸っていた。アーチーには、妻がいつもの陽気な心のありようではいないように思われた。彼は彼女にキスをし、彼女のパラソルを手に取ると、あごの上でバランスをとろうと試み、失敗した。それを床から拾い上げてテーブルの上に置くと、彼はルシールが落胆した様子で自分を見つめているのに気づいた。彼女の灰色の目は曇っていた。

「ハローア、僕の大切な人」アーチーは言った。「どうしたんだい?」

ルシールはもの憂《う》げにため息をついた。

「アーチー、ダーリン。あなた本当にいい罵《のの》り言葉を知ってて？」

「うーん」アーチーは考え込むように言った。「そうだなあ。フランスでいくつかまずまず甘熟フルーティーで気分爽快な表現を覚えたけど。僕の軍隊でのキャリアの間中、僕には何か――微妙な磁力みたいなものがね――があったんだ。で、そうしたものが、大佐とかそういう階級の連中の表現力を独創的にさせたんだ。まあ、言ってみれば僕が彼らをインスパイアしたんだな。高級将校が一人、たっぷり十分間も僕に説教して、初めて聞く新鮮な言葉を言い続けたのを覚えてる。それでもまだ問題の端っこにしか触れてないと思ってたみたいだけど。実際のところ、そいつはものすごく率直に、打ち明け話をするみたいに言ったんだけど、ただの言葉じゃあ、僕を正当に評価することなんかできないって。だけど、どうしてだい？」

「なぜってわたし、自分の感情を和らげたいの」

「何かあったのかい？」

「何もかも悪いことは全部あったの。わたし、さっきまでビルとメイベルとお茶を飲んできたのよ」

「ああ、そうか！」アーチーは興味深そうに言った。「それで評決は？」

「有罪よ！」ルシールは言った。「もしわたしが量刑を選べるとしたら、終身追放刑になるでしょうね」彼女は苛立たしげに手袋を剝《は》ぎとった。「男ってなんてバカなの！　あなたは違うわ、愛する人！　あなたはバカじゃない世界中でただ一人の男だと思うわ。あなたは素敵な女の子と結婚したでしょ？　真っ赤っ赤な髪の女を追いかけ回して、ブルドッグみたいに頭から目を飛び出させて見つめたりなんかしなかったでしょ」

「ああ、そうだとも！　ビルはそんなふうなのかい？」

「もっとひどいわ！」

アーチーは議事進行上の問題点を指摘した。

「だけど、ちょっと待ってくださいよ、お嬢さん。君は真っ赤っ赤の髪と言う。だが確かにビルは——僕がうっかり奴が来るのに気づかないで二人きりになっちゃった時はいつだってごくごく陽気な独《ひと》り語りを始めたものだけど、その中で彼女の髪は茶色だと言っていたんだ」

「今は茶色じゃないの。鮮やかな緋色よ。なんてことでしょ、もちろんわかってるわ。今日の午後中ずっと見てたんだもの。眩《まぶ》しかったわ。もしもういっぺん会わなきゃいけないなら、眼科に行って、あなたがパームビーチでかけてらしたサングラスを買ってくるつもりよ」ルシールはしばらくの間、黙ってこの悲劇に思いを馳《は》せていた。「もちろん彼女の悪口は言いたくないのよ」

「ああ、もちろんだとも」

「でも、これまで会った卑しい二流の女の子の中でも、彼女は最悪だわ！　朱色の髪と偽物のオックスフォード作法。恐ろしく洗練されていて、話を聞いててておぞましかったわ。ずるくて不気味で、身の毛もよだつ紛《まが》い物で偽善的な吸血鬼だわ！　下品な女よ！　最低！　性悪女だわ！」

「彼女の悪口を言いたくないと君が言ったとおりだ」アーチーは満足げに言った。「どうやら愛すべきあの親爺《おやじ》さんは、またショックを受けることになりそうだ。なかなかつらい人生を生きてることだなあ！」

「ビルが彼女をお父様に紹介したら、お父様の命を奪うことになるわ」

「だけどそもそものアイデアっていうか、計画っていうか、策略はそれだろう？　それとも君は、奴の愛が弱まる可能性はあると思うのかい？」

「弱まるですって！　お兄様が彼女を見るところを見ればよかったのよ！　キャンディストアの窓に鼻をくっつけてる、小さい子供みたいだったのよ」

「ちょっとあんまり過ぎるな！」

ルシールはテーブルの脚を蹴《け》とばした。

「それに、考えてみれば」彼女は言った。「小さい頃、わたしビルのこと叡智《えいち》の金字塔だと思って尊敬してたのよ。お兄様のひざにすがりついて、顔を見つめて、どうしてこんなに最高に素敵な人があり得るのかって思ってたの」彼女は罪なきテーブルをもう一蹴りした。「もし未来がわかってたら」情感込めて彼女は言った。「わたし、彼の足首に嚙《か》みついてたはずだわ！」


それから数日間、アーチーはビルと彼のロマンスからしばらく遠ざかっていた。ルシールは彼がこの問題を持ち出した時だけこの件に言及し、未来の義姉の話題は、自分にとって楽しいものでないということを明らかにしていた。ブリュースター父は、これから降りかかる運命に対して心をそっと準備させようと、赤毛が好きかどうかとアーチーが聞いた時、彼のことをバカと呼んだ。そしてどこかに消えて失《う》せて誰か他の忙しい人の邪魔をしてやれと言った。彼がことの次第を完全に把握できたのは、ひとえにビル本人の力だった。また経験ゆえ、アーチーはビルに会うのを警戒していた。恋愛の初期段階にある若者の打ち明け話の相手をすることは閑職とはまったく言えない。また義兄と話をすることを考えるだけで、アーチーは眠たくなった。彼は片思い中の親族をせっせと避けた。そしてある日、コスモポリスのグリルルームで昼食を注文しようとしていた時、肩越しに振り返るとビルがさっと迫ってきて、明らかに食事をいっしょにしようと決意しているのを視認した時、彼の心は重たく沈んだのだった。

しかし、驚いたことに、ビルはすぐにいつもの一人語りを始めはしなかった。実際、彼はほぼ無言だった。彼はチョップをむしゃむしゃ食べながら、アーチーの目を避けようとしているようだった。ビルが心の内を打ち明けたのは、昼食が終わり、二人してタバコを吸う段になってからのことだった。

「アーチー！」彼は言った。

「ハロー、わが友！」アーチーは言った。「まだそこにいたのか？　死んだかどうかしたんだと思った。昔仲間の舌を縛られたトーマスと物言わぬサミーの話をすればだ！　ビル、一晩で二人に勝てるぞ」

「俺を無言にさせるには、もう十分なんだ」

「何がだ？」

ビルは白日夢の中に再び落ち込んだ。彼は顔をしかめて憂鬱《ゆううつ》げに座っていた。アーチーは自分の質問に答えるのには十分と思われる時間待った後、前かがみになって、葉巻の火のついた方の先で義兄の手にそっと触れた。ビルは遠吠《とおぼ》えして、我に返った。

「何がだ？」アーチーは言った。

「何がだって？」ビルは言った。

「さてと聞くんだ、わが友よ」アーチーは抗議して言った。「人生は短く、光陰《こういん》矢のごとしだ。当意即妙の応答はやめにしよう。君は何か考えてることがあるって言いかけてた。何かオツムを悩ましてることがあるって。で、僕はそれが何かを聞こうと待ってるんだ」

ビルはしばらくコーヒースプーンをいじっていた。

「俺はひどい穴に落っこちてるんだ」とうとう彼は言った。

「何が問題なんだ?」

「あのクソ忌々《いまいま》しい女の子のことだ!」

アーチーは目をパチクリさせた。

「何だって!」

「あのクソ忌々しい女の子だ!」

アーチーは自分の五感が信じられなかった。ビルがさまざまな仕方で自分の親密な相手に言及するのを聞く心の準備を、彼はしていた。実際、決死の覚悟を固めていたのだ。しかし「あのクソ忌々しい女の子」はその中には含まれていなかった。

「わが若かりし頃の友よ」アーチーは言った。「ちょっと話をはっきりさせよう。君が『あのクソ忌々しい女の子』と言った時、ひょっとしてあの女の子のことを――?」

「もちろんだ!」

「だけど、ウィリアム、わが友」

「ああ、わかってる、わかってる、わかってるさ!」ビルは苛立《いらだ》たしげに言った。「彼女のことを俺がこんなふうに言うのを聞いて、驚いたか?」

「ほんの少しだけ、驚いた。おそらくほんの少しだ。最後に話を聞いた時は、覚えてるだろ、君は彼女のことをソウルメイトだと言っていた。それに少なくとも一度は――僕の記憶が正しければだが、君は彼女のことを黄昏色《たそがれ》の髪の子羊だと言っていた」

ビルの口から鋭い遠吠えが洩《も》れた。

「やめろ！」強烈な震えが彼の身体を痙攣《けいれん》させた。「そんなことを、思い出させるな！」

「黄昏色の髪の子羊にも、ダメな種類がいたのか？」

「いったい全体」ビルは聞き質《ただ》した。「髪の毛が真っ赤な女の子が黄昏色の髪の子羊になれるものか？」

「そいつは難しいな！」アーチーは認めた。

「ルシールから聞いてるだろ？」

「確かに彼女はその件に触れた。ごく軽くだが。いわばクモの巣みたいにごく軽くだ」

ビルは最後の抑制のかけらを捨てた。

「アーチー、俺はとんでもなく困ったことになってる。なぜかはわからないが、彼女を見た瞬間――イギリスでは何もかも違って見えてたんだ。つまりさ」彼は氷水をごくりと飲み込んだ。「ルシールといっしょにいたからだと思う。ルゥーの奴はサラブレッドだから。彼女の悪さを際立たせたみたいだ。本物の真珠の横に偽物の真珠を置いて見るようだった。あの真紅の髪！　そいつである種、とどめを刺されたんだ」ビルは陰気に考え込んだ。「女性が髪を染めることは犯罪にすべきだ。特に赤はだ。いったい全体女性は何のためにあんなことをするんだ？」

「僕を責めないでくれ、わが友よ。僕のせいじゃない」

ビルはこそこそと困り果てた様子に見えた。

「自分が卑劣な男だって感じてる。俺はここにこうして、このクソ忌々しい状況から逃げられたら、世界中に持ってるものすべてをやってもいいって感じて。そして一刻ごとに、あのかわいそうな女の子は俺のことがますます好きになってるように見えるんだ」

「どうしてわかる?」アーチーは義兄を批判的に見ていた。「彼女の気持ちだって変わったのかもしれないぞ。もしかしたら君の髪の色が気に入らないってことだって大いにありうる。僕自身も好きじゃあない。もし君が自分で真紅に染めようって言うなら――」

「黙れ!　もちろん男には女の子が自分を好きな時はそれとわかるさ」

「そんなことはない。君が僕の歳になれば――」

「俺はあんたと同い年だ」

「そうだった!　忘れてた。さて、問題を別の角度から考えるとしよう。ミス・名前は何とかさんだ――他方当事者は――」

「やめろ!」突然ビルが言った。「レジーが来た!」

「へっ?」

「レジー・ヴァン・トゥイルが来た。こんな話をしているのを奴に聞かれたくない」

振り返ったアーチーは確かにそのとおりだと視認した。レジーはテーブルの間を縫《ぬ》って歩いていた。

「ふん、ともかく奴は物事に満足しているようだ」ビルはうらやましげに言った。「誰かが幸せなのは嬉しいな」

彼の言うとおりだった。レジー・ヴァン・トゥイルがいつもレストランを歩く様は、眠たげで俯《うつむ》き加減だった。今彼は、絶対的に飛び跳ねていた。さらに、いつものレジーの表情は眠たげな悲しみだった。今、彼は生き生きと明るくほほえんでいた。ほほえみ、身体《からだ》をまっすぐにして、頭を上げ、視線を水平にして、胸を張り、彼は二人のテーブルに向かって曲がってきた。あたかも『愛を勝ち取る人柄』の助言を読んだかのように。

アーチーは困惑した。レジーに何かが起きたのは明らかだった。だが何が？　誰かが彼に金を遺《のこ》したと考えるのはバカげている。つまり十年前に彼はほぼすべての金を遺されていたからだ。

「ハロー、わが友」新たに参加したこの男が善意と優しさを発散しながらテーブルに着き、正午の太陽のごとくテーブルを照らすと、アーチーは言った。「僕らは食べ終えた。だけど全員集合でお前が食べるのを見ていよう。レジーが食べるのを見るのは、実に楽しいな。動物園に行くまでもない」

レジーは首を横に振った。

「すまない、友よ。行かれない。リッツに行く途中なんだ。お前がここにいるんじゃないかと思って入ってみたんだ。お前にニュースを最初に聞いて欲しくてさ」

「ニュースだって？」

「俺はこの世で一番幸せな男なんだ！」

「そう見えるさ、クソ！」ビルはうなり声を上げた。灰色で憂鬱な気分でいた彼には、この人間太陽光はひどく気に障ったのだ。

「婚約したんだ」

「おめでとう、わが友！」アーチーは温かく彼の手を握った。「なんてこった。なあ、年老いた既婚者として、君たち若者が落ち着くのを見るのは好きだなあ」

「どう感謝したらいいかわからないんだ、アーチー、わが心の友」とレジーは熱烈に言った。

「僕に感謝だって？」

「お前のおかげで彼女に出逢《であ》えたんだ。お前が俺のところに送ってきた女性を覚えてないのか？お前は俺に、彼女に端役をやるよう頼んだじゃないか――」

彼は困惑して言葉を止めた。アーチーは半分息を呑《の》むような、半分ガラガラうがいみたいな音を発したが、その音はテーブルの反対側からした異様な音にかき消されてしまった。ビル・ブリュースターは目をとび出し、眉《まゆ》を吊り上げて、身を乗り出していた。

「お前、メイベル・ウィンチェスターと婚約したのか？」

「なんだって、なんてこった！」レジーは言った。「お前、彼女を知ってるのか？」

アーチーは自分を取り戻した。

「少しだけ」彼は言った。「少しだけだ。実はビルの奴は彼女のことを少しだけ知ってるんだ。あんまりよくは知らないんだが、なあ、だが――どう言えばいいかな？」

「少しだけだ」ビルが言った。

「そのとおり。少しだけだ」

「素晴らしい！」レジー・ヴァン・トゥイルは言った。「二人ともリッツに来て、彼女に会わないか？」

ビルは言葉を詰まらせた。アーチーが再び助けに出た。

「ビルは今は行かれない。デートがあるんだ」

「デートだって?」ビルは言った。

「デートだ」アーチーが言った。「約束だ、わかるだろ。だが実はデートなんだ」

「だが――あー、彼女の幸せを祈るよ」ビルは心を込めて言った。

「ありがとう、わが友」レジーは言った。

「そして俺が喜んでいると伝えてくれないか?」

「もちろんだとも」

「そう言うのを忘れないな? 喜んでいると」

「喜んでるんだな」

「そのとおりだ。喜んでるんだ」

レジーは時計を見た。

「ハローア! 急がなきゃ!」

ビルとアーチーはレジーがレストランを跳ねるように出ていくのを見ていた。

「かわいそうなレジーの奴!」ビルは束の間の良心の呵責《かしやく》とともに言った。

「必ずしもそうとは限らないさ」アーチーは言った。「つまりさ、好みは人それぞれってことだ。ある人の桃の実は別の人の毒だし、その逆もある」

「聞くべきところは多いな」

「絶対的にだ!」アーチーは賢明に言った。「どうやらこれは、めでたい新年中でも最高にめちゃくちゃで、最高に楽しい日になりそうだ。そうだろ? そうじゃないか?」

ビルは深く息を吸いこんだ。

「あんたの悲しき存在に賭けて、そのとおりだ！」彼は言った。「それを祝うために俺は何かしたい」

「その意気だ！」アーチーは言った。「絶対的に真っ当な精神だ！　僕の昼食代を払うところから始めてくれ」

20. ソーセージ男、ひらめく

安堵《あんど》のあまりじっとしていられなくなったビル・ブリュースターは、昼食のテーブルに長居はしなかった。レジー・ヴァン・トゥイルが立ち去った直後、彼は立ち上がって、興奮した心を落ち着かせるためちょっと散歩に出かけるつもりであると宣言した。アーチーは礼儀正しく手を振り彼を送り出し、ウェイターとして近くにいたソーセージ男に手招きして、このホテルが提供できる最高の葉巻を持ってくるよう頼んだ。彼が座っていた詰め物入りの座席は快適で、彼には何の用事もなく、夢見心地で喫煙し、仲間の人間たちが食べる姿を観察しながら楽しい三十分が過ごせそうに思えたのだ。

グリルルームは満席になっていた。ソーセージ男はアーチーに葉巻を持ってくると、セーラー服姿の小さな少年連れの女性が座る、近くのテーブルの面倒を見ていた。その女性は勘定書きに夢中になっていたが、子供の方の注目はソーセージ男に集中しているようだった。子供は大きな目で彼を見つめていた。その子は彼のことをじっと思いめぐらしているように見えた。

アーチーもまた、ソーセージ男のことで思いをめぐらせていた。後者は素晴らしいウェイターになった。彼はきびきびとして、よく気が利き、仕事が好きであるかのように働いた。しかし、アーチーは満足していなかった。この人物はもっと高尚なことども向きであると、何かが彼に告げているかのようだった。アーチーは感謝の情に溢《あふ》れた人物だった。五時間歩きづめの果てに出てきたソーセージは、可塑《かそ》性に富んだ彼の精神に深い印象を与えていた。あんな時にソーセージを半分譲れるのは並外れた男だけだと、理性が彼に伝えていた。またニューヨークのホテルのウェイターという仕事が、かくも並外れた男にふさわしい職とは思えなかったのだ。無論、問題の根源は、彼が戦前の自分の本当の職業を覚えていないところにあった。彼が注文を届けに厨房に向かうのを見るにつけ、そこに弁護士か医者か建築家か何かがいるのだと思うのは腹立たしいことだった。

彼の瞑想《めいそう》は、子供の声で中断された。

「ママ」ソーセージ男が台所の方へ消えていくのを目で追いながら、その子供は興味深そうに訊ねた。「どうしてあの人はあんなに面白い顔をしているの?」

「静かになさい、ダーリン」

「うん。でもどうしてあの人は?」

「わからないわ、ダーリン」

母親の全知全能への子供のまったき信頼は衝撃を受けたようだった。彼には困惑させられた真実の探求者のごとき佇《たたず》まいがあった。彼の目は不満げに部屋中をさまよった。

「あの人はあそこの人より面白い顔をしているよ」子供はアーチーを指差しながら言った。

「シーッ、静かに、ダーリン!」

「だけどあの人の顔はそうなんだ。ずっと面白い顔だ」

ある意味それは褒《ほ》め言葉のようなものだったが、アーチーは恥ずかしかった。彼はクッションの利いた窪《くぼ》みにそっと引っ込んだ。やがてソーセージ男が戻ってきて、女性と子供の必要に対応し、アーチーのところにやってきた。彼の家庭的な顔はほほえんでいた。

「さてと、昨夜は楽しかったんですよ」彼はテーブルにもたれて言った。

「そうなのかい？」アーチーは言った。「パーティーか何かあったのかい？」

「いや、急に思い出し始めたんですよ。何かが起こったらしくて」

アーチーは興奮して身を起こした。これはすごいニュースだ。

「えっ、本当に？　親愛なる友人よ、そいつは絶対的に最高だ。値段のつけようがないくらいだ」

「イエッサ、そうなんですよ！　最初に思い出したのは、自分がオハイオ州スプリングフィールドで生まれたってことでした。霧が晴れ上がってゆくようでした。オハイオ州スプリングフィールドです。それですよ。突然戻ってきたんです」

「素晴らしい！　他には？」

「イエッサ！　寝る直前に、自分の名前も思い出したんです」

アーチーは心の底から感動していた。

「なんと、じゃあもう楽勝だ！」彼は叫んだ。「いったん始まってしまえば、誰にも止められない。貴方《あなた》の名前は？」

「いやそれが――おかしいんですよ！　また消えてしまったんです。Sで始まったような気がするんですが。なんだったかなあ？　スケフィントン？　スキリングトン？」

「サンダーソン？」

「いいえ。もうすぐわかります。カニンガム？　キャリントン？　ウィルバーフォース？　デベンハム？」

「デニソンは？」アーチーが助けるように言った。

「いやいやいや。もうあたしの舌の先にあるんですよ。バリントン？　モンゴメリー？　ヘップルスウェイト？　わかった！　スミスだ！」

「なんてこった！　本当かい？」

「確かですよ」

「ファーストネームは何だい？」

男の目に不安な表情が浮かんだ。彼は躊躇《ちゅうちょ》した。彼は声をひそめた。

「ランスロットじゃないかって、嫌な予感がします」

「なんてこった！」アーチーは言った。

「本当にそんなはずはないですよねえ？」

アーチーは重苦しい顔をした。苦痛を与えるのは嫌だったが、正直でなければならないと感じたのだ。

「あるかもしれない」彼は言った。「人は自分の子供にありとあらゆるおかしな名前をつけるものだ。僕のセカンドネームはトレイシーだ。イギリスの友人でカスバート・デ・ラ・ヘイ・ホーレスって洗礼名の奴がいる。幸いにも、みんな奴のことはスティンカーって呼んでるが」

ウェイター頭《がしら》が霧の土手のように漂い現れた。ソーセージ男は職業上の義務へと戻った。戻ってきたとき、彼は再びほほえんでいた。

「他にも思い出したことがあるんですよ」ドームカバーを取りながら彼は言った。「あたしは結婚してます！」

「なんてこった！」

「少なくとも大戦前はそうでした。彼女は青い目に茶色の髪で、ペキニーズ犬を飼ってました」

「彼女の名前は？」

「わかりません」

「まあ、貴方はよくやってますよ」アーチーは言った。「そこは認めます。雑誌の広告に出てくる記憶力トレーニングコースを受けてる連中みたいになるまでは、まだまだだいぶかかるでしょうが。つまり、人に五分間だけ会って、それから十年後に偶然また会ったら、彼の手を摑《つか》んで『シアトルのワトキンスさんですね』って言うような奴のことですけど。とはいえ貴方は頑張ってますよ。必要なのは忍耐だけです。『待つ者にはすべてが与えられる』」アーチーは感電したように身を起こした。「何てこった、大変じゃないか！　待つ者にはすべてが与えられる、って、貴方はウェイター《待つ者》じゃないですか。つまり、なんてこった！」

「ママ」別のテーブルの子供は相変わらず思弁的な様子で言った。「何かがあの人の顔を踏んづけたんだと思う？」

「シー、静かに、ダーリン」

「何かに嚙《か》みつかれたのかもしれないなあ」

「おいしいお魚をお食べなさい、ダーリン」母親は言った。彼女は造物主に関する議論に興味を持てない、頭のめぐりの鈍い者の一人であるようだった。

アーチーは興奮した。しばらくして義父が入ってきて部屋の反対端の席に座ったことによってさえ、彼の気分は落ち込まなかった。

ソーセージ男が再びアーチーのテーブルにやってきた。

「おかしな気分なんですよ」彼は言った。「眠り続けてた後に目が覚めたみたいだ。何もかもがはっきりしてきたような気がする。犬の名前はマリーでした。妻の飼い犬だ。彼女のあごにはホクロがあった」

「犬のあごに？」

「いや、妻のだ。ちっちゃいケダモノだ！　一度足に嚙《か》みつかれたことがある」

「奥さんに？」

「いや、犬だ。なんてこった！」ソーセージ男は言った。

アーチーは顔を上げ、彼の視線を追った。

三卓ほど先の、経営者がメニューの第二巻（ビュッフェ・フロワ　冷たい軽食）に記されたコールドミートやプディング、パイがご覧いただけるように置かれたサイドボードの隣には、男女連れがちょうど着席したところだった。男は太った中年だった。男は膨満しようのあるほぼ全箇所を膨満させており、頭はほぼ完全に無毛だった。女性は若くてかわいらしかった。彼女の目は青く、髪は茶色だった。あごの左側には魅力的なほくろがあった。

「なんてこった！」ソーセージ男は言った。

「今度は何だ？」アーチーが言った。

「あれは誰だ？　あそこのテーブルの？」

アーチーはコスモポリス・グリルに長らく通っていたことから、ほとんどの常連客を見ればわかった。

「ゴセットという名前の男です。ジェームズ・J・ゴセット。映画界の大立者です。彼の名前はそこら中で見たことがあるでしょう」

「彼のことじゃない。あの女性は誰だ?」

「これまで見たことがない」

「私の妻だ!」ソーセージ男は言った。

「貴方の奥さんですって!」

「そうだ!」

「本当ですか?」

「もちろん本当だとも!」

「さてさて、さてさて!」アーチーは言った。「今日の良き日がたくさん巡《めぐ》り来るように!」

その別テーブルでは、娘は自分の人生に入り込もうとしているドラマには気づかぬまま、太った男との会話に没頭していた。と、その時、太った男は身を乗り出して彼女の頬《ほお》を撫でたのだった。

それは父性的な撫《な》でさすりであり、温厚な叔父《おじ》がお気に入りの姪《めい》っ子にするような撫でさすりだったが、ソーセージ男にはそういう印象を与えなかった。彼はかなりの速さでそのテーブルに近づき、そして魂のどん底まで心かき乱され、声を荒げ叫びながら前に飛び出したのだった。

アーチーは後にここのところを義父に説明するのに苦心したのだが、経営側がコールドパイやらそうしたものを辺り一面に並べている限り、こういうことは遅かれ早かれ起こる運命だったのだ。

それらは人々を誘惑しており、ブリュースター氏が責めるべきはひとえに自分自身に他ならないと彼は訴えた。この事件の正当性がどこにあるにせよ、「ビュッフェ・フロワ　冷たい軽食」が、ソーセージ男の人生のこの危機において、きわめて便利であったことは間違いなかった。太った男が娘の頬を撫でた時、ソーセージ男はもう少しでサイドボードにたどり着くところだったから、ハックルベリーパイを手につかむのは一瞬の早業だった。次の瞬間、パイは相手の頭上を飛び越え、壁に当たって貝殻のごとく砕け散った。

間違いなく、この種のことが物議を醸《かも》さないレストランというものは存在するが、コスモポリスはそうした場所ではなかった。誰も彼もに何かしら言いたいことはあったが、ご参集のご一同中なにかしら分別のあることを言ったのはセーラー服を着た子供ただ一人だった。

「もう一回やって！」その子は心の底から言った。

ソーセージ男はもう一回やった。彼はフルーツサラダを手に取り、それをしばらく構えてから、ゴセット氏の禿《は》げ頭の上にぶちまけた。子供の楽しげな笑い声がレストラン中に響き渡った。この件を他の誰がどう思おうと、この子供はこの出来事が好きで、その旨を公言する気満々だったのだ。

叙事詩的出来事には、驚くべき性質がある。それらは思考能力を麻痺《まひ》させる。一瞬の間《ま》があった。世界は静止していた。ブリュースター氏は何を言っているのか定かでない音を発しながら泡を吹いた。ゴセット氏はナプキンで大雑把《おおざっぱ》に身体《からだ》を拭いた。ソーセージ男は鼻をふんと鳴らした。

娘は立ち上がり、興奮して目を瞠《みは》っていた。

「ジョン！」彼女は叫んだ。

この危機の瞬間にあってすら、ソーセージ男は安堵《あんど》したように見えた。

「そうだったのか！」彼は言った。「俺はランスロットだと思ってた！」

「あなた、死んだと思ってたわ!」

「死んでないさ!」ソーセージ男は言った。

ゴセット氏はフルーツサラダ越しに不明瞭《ふめいりょう》に声を発し、この件は遺憾であると言っているようだった。そして、再び混乱が始まった。誰も彼もが一斉に話し始めた。

「あのですねえ!」アーチーは言った。「あのですねえ! ちょっと待ってください!」

この興味深いエピソードの第一段階において、アーチーは物言わぬ観客だった。この出来事は彼の口を動かなくした。そして――

　突然、満開の薔薇のように、とある思いが浮かんだ。
　彼のひたいを上気させ。[キーツの詩「聖アグネス祭前夜」]

手振り身振りで交信する集団のところに到着した時、アーチーの態度は冷静で能率的だった。彼には建設的な政策提案があった。

「あのですねえ」彼は言った。「いい考えがあります!」

「あっちへ行け!」ブリュースター氏は言った。「お前が口出ししてこなくても事態は十分悪いんじゃ」

アーチーは身振り手振りで彼を鎮静《ちんせい》させた。

「僕に話させてください」彼は言った。「我々だけでお話ししましょう。ゴセットさんとちょっと仕事の話がしたいんです」彼は映画界の大立者に向き直った。彼はあたかも太ったヴィーナスが海から姿を現すかのように、フルーツサラダの中から徐々に姿を現していた。「貴方《あなた》の貴重なお時間を少々いただけますでしょうか?」

「奴を逮捕させろ!」

「やめてください。どうか聞いてください!」

「あの男は狂っとる。パイを投げおった!」

アーチーはゴセット氏のコートのボタンに身を寄せた。

「冷静になるんですよ、親爺《おやじ》さん。冷静かつ合理的に!」

ゴセット氏は、それまでぼんやりした邪魔者に見えていたものが、本当は一人の人間であることに初めて気づいたようだった。

「いったい全体お前は誰だ?」

アーチーは威厳ある態度で、すっくりと身を起こした。

「僕はこちらの紳士の代理人です」アーチーは答え、ソーセージ男を手で指し示した。「この方の古き良き個人的な代理人です。僕は彼のために行動します。そして彼のために、貴方にとびきり素敵な提案があります。よくよく考えてみてください」アーチーは真剣に言った。「このチャンスを見逃すおつもりですか? もう二度と起こらない、一生に一度のチャンスなんですよ。貴方は立ち上がってこの男を抱擁《ほうよう》するべきなんです。この方をその胸にぎゅっと抱きしめてやってください。彼は貴方にパイを投げつけた、そうじゃありませんか? 大変結構。貴方は映画界の大立者でいらっしゃる。貴方の全財産は、パイを投げる連中の上に成り立っているんです。貴方はおそらく世界中で、パイを投げる連中を探し回っておいでのことでしょう。しかし、何の面倒も手間もいらず、パイ投げ巧者として並ぶ者なしという事実を貴方の目の前で証明した人物がいるという時に、貴方は動転して彼を逮捕させるとおっしゃる。考えてもみてください！（彼の左耳の後ろには少しだけサクランボが付いていた）分別を持ってください。どうしてご自分の個人的な感情に、ご自分の利益を邪魔させるんですか？　この方に仕事をやってください、今すぐ。さもないと他へ行きますよ。ふとっちょアーバックル【ロスコー・アーバックル。サイレント映画の全盛期を支えた喜劇俳優。パイ投げの創始者とされる】が、これより確かな手つきでパイ菓子を扱うのを見たことがおありですか？　チャーリー・チャップリンに、彼ほどのスピードとコントロールがありますか？　絶対的にありませんよ。さあ、我が旧友よ、貴方はすごくいい物をみすみす見逃す危険と直面してるんですよ」

　彼は動きを止めた。ソーセージ男はほほえんだ。

「いつだって映画の世界に入りたいと思ってたんです」彼は言った。「戦前は俳優だったんでした。思い出しましたよ」

　ブリュースター氏は話そうとした。アーチーは手を振り、彼を制した。

「口を挟むなと、何度言えばいいんだ？」彼は厳しく言った。

　アーチーが熱弁をふるう間に、ゴセット氏の戦闘的な態度は少しずつ変容していた。何よりまず第一に商売人であるゴセット氏は、先に展開された主張の意義がわからないほど無分別ではなかった。首の後ろからオレンジ・スライスを払いのけ、彼はしばらく考え込んだ。

「こいつがスクリーン映《ば》えすると、どうしてわかる？」とうとう彼は言った。

「スクリーン映えするかですって！」アーチーは叫んだ。「もちろんスクリーン映えしますとも。お訊ねします。こちらの紳士の顔を見てください！　この顔にご注目ください」彼は申し訳なさそうに、ソーセージ男に向き直った。「ものすごくすまない、我が友よ。こんなことを言い出したりして。だがこいつは仕事だ、わかるだろ」彼はゴセット氏の方に向かって言った。「こんな顔を見たことがおありですか？　もちろんないでしょう。こちらの紳士の個人的な代理人として、どうして僕はこれほどの顔を無駄にしなきゃならないんでしょう？　ここには大金がうんうん詰まってるんですよ。さてと、二分だけ考える時間をさしあげます。それで商談成立にならなけりゃ、僕はこの人物をマック・セネット〔映画プロデューサー。喜劇王と呼ばれた〕か誰かのところにまっすぐ連れて行きます。こちらから仕事を頼む必要なんてないんですから。向こうのオファーを検討しましょう」

沈黙があった。するとセーラー服の子供の澄んだ声が、再び聞こえてきた。

「ママ！」

「なあに、ダーリン？」

「あのおかしな顔の人はもうパイを投げないの？」

「投げないわ、ダーリン」

子供は失望と怒りの悲鳴を放った。

「あのおかしな顔の人にもっとパイを投げてほしい！　あのおかしな顔の人にもっとパイを投げてほしい！」

ゴセット氏の顔に、ほぼ畏怖《いふ》のごとき表情が浮かんだ。彼は民衆の声を聞いた。彼は民衆の鼓動を感じていた。

「みどり子とちのみ子の口によって〔『詩篇』8の2〕」彼は言った。右眉《まゆ》からバナナの切れ端を取り、彼は言った。「みどり子とちのみ子の口によって。わしのオフィスに来るんだ！」

21. 成長する少年

コスモポリス・ホテルのロビーは、その所有者であるダニエル・ブリュースター氏のお気に入りの足踏み場だった。彼は、昔の小説に出てくる陽気な宿屋の亭主（以下、マインホストと呼ぶ）のように、父性の目もて物事を見守りながら、そこを歩き回るのが好きだった。夕食に急ぎ向かう途中でブリュースター氏に蹴《け》つまずいた客は、彼のことをホテルの探偵と勘違《かんちが》いする傾向があった。というのは彼の眼光は鋭く、その外見はいささか厳格であったからである。それでもなお、彼は自分にできる限り陽気な宿屋をやっていた。ロビーにおける彼の存在は、他のニューヨークのホテルに欠けている人間的な感触をコスモポリスに与えたし、またそれゆえ雑誌売店の娘が客に対しごく礼儀正しい態度をとるようになったのは紛れもない事実である。

ほとんどの時間、ブリュースター氏は一箇所に立ち、ただ思慮深げにしていた。しかし時折、フロントデスクを配置した大理石の板の向こう側に歩いてゆき、誰が部屋を予約したか確認するために宿泊者名簿に目を走らせもした。クリスマスの朝に靴下を検分し、サンタクロースが何を運んできてくれたかを確かめる子供のようにだ。

通常は、ブリュースター氏は名簿を大理石の板のところに押し込んで、瞑想《めいそう》を再開することでこの行動を締めくくった。しかし、ソーセージ男が突如正気を回復してから一、二週間後のある晩、かなり激しく跳び上がり、顔を紫色にし、明らかに無念の叫び声である叫び声を発することで、この手順を変更した。彼は突然回れ右をして歩き出し、ルシールといっしょにたまたまロビーを横切っていたアーチーにどすんと衝突した。彼はスイートルームで食事をしようとしてたところだった。

ブリュースター氏は、ぶっきらぼうに謝罪した。それから自分の被害者が誰かに気づき、それを後悔しているようだった。

「ああ、お前か！　どうして前を見て歩けん？」彼は詰問した。彼は自分の義理の息子に、だいぶ苦しんでいた。

「ものすごくすみません」アーチーは愛想よく言った。「まさか貴方《あなた》がフェアウェイを後ろ向きにフォックストロットでやってくるとは、思いもしませんでした」

「アーチーをいじめちゃダメよ」ルシールが厳しく言った。父親の後ろ髪に手をやって、お仕置きするように引っ張りながらだ。「だって彼は天使で、わたしは彼を愛しているんだから。お父様も彼を愛せるようにならなきゃ」

「お手頃な料金でレッスンして差し上げますよ」アーチーはつぶやいた。

ブリュースター氏は不機嫌な目で、この親族を見た。

「どうしたの、愛するお父様？」ルシールは訊《き》いた。「動揺してらっしゃるみたいよ」

「わしは動揺しとるんじゃ！」ブリュースター氏は鼻をふんと鳴らして、言った。「厚かましい連中がおってな！」彼はたった今入ってきた薄手のコートを着た害のなさそうな若者を厳しい目で睨《にら》みつけた。その若者は良心に一点の曇りもなく、ブリュースター氏とは一面識もなかったが、突然立ち止まり、赤面し、出て行った――どこか別のところで食事しようと。「軍用ラバみたいな神経をした連中もいるもんじゃや！」

「どうしたの。何があったの？」

「あのクソ忌々《いまいま》しいマッコールがここに泊まっとる」

「まさか！」

「僕にはわからない話みたいだな」会話に割り込んで、アーチーは言った。「五里霧中《むちゅう》とかそういうやつだ！　マッコールってのは何者だい？」

「お父様が嫌いな人たちよ」ルシールは言った。「そしてその人たちはお父様のホテルを選んだ。でもお父様、気にしないで。お褒《ほ》めの言葉だと思えばいいのよ。ここがニューヨークで一番のホテルだってわかってるから来たんだわ」

「そのとおりですよ！」アーチーが言った。「人とけだものののためのいい宿泊施設だ！　わが家にいるような快適さ！　いい側面を見るんですよ、親爺《おやじ》さん。腹を立てたって仕方ない。チェーリオ、我が友よ！」

「我が友と呼ぶんじゃやない！」

「へっ？　ああ、よしきたです！」

ルシールは夫を危険地帯から脱出させ、二人はエレベーターに乗った。

「かわいそうなお父様！」スイートルームに着くと彼女は言った。「ひどいわ。あの人たち、お父様を困らせるためにしてるに違いないわ。このマッコールって人は、お父様がウェストチェスターに買った土地の隣に家を持っていて、自分が所有してるって主張するわずかばかりの土地のことでお父様を訴えようとしているの。他のホテルに行く賢明さがあってくれたらよかったのに。でも結局のところ、かわいそうなあの人が悪いとは思えないのよ。奥さんの言うなりなの」

「僕らはみんなそうだ」既婚者アーチーは言った。

ルシールは愛を込めて彼を見た。

「旦那《だんな》様がみんなわたしみたいに素敵な奥様を持ってないのは、残念なことじゃなくって？」

「君のことを思うと、なんてこった」熱を込めて、アーチーは言った。「僕はとりとめなくおしゃべりになる。絶対的にだ！」

「そう、マッコール家の話をしてたんだったわ。マッコール氏は小柄でおとなしい人で、奥さんは大柄ないじめっ子なの。お父様との間のトラブルをそもそも始めたのはあの人なの。あの人がマッコール氏に訴訟を起こさせるまで、お父様と彼はとっても仲が良かったのよ。お父様を困らせるために、あの人が彼をこのホテルに来させたに決まってるわ。とはいえあの一家は一番高級なスイートルームを取ったんでしょうし、それはまあ結構なことだわ」

アーチーは電話のところにいた。彼の今の気分は静かな安らぎだった。ニューヨーク生活を構成するありとあらゆる出来事の中で、彼はスイートルームでルシールと二人きりでいただく居心地の良いディナーが一番好きだった。とはいえ二人の予定もあって――つまりルシールは友人の多い、人気の高い女性だったから、それができるのはあまりにもごく稀《まれ》だった。

「飲み食い騒ぎの話をすればだけど」彼は言った。「ウェイターを来させるよう伝えるよ」

「あら、どうしましょう！」

「どうしたんだい？」

「たった今思い出したの。わたし今日、ジェーン・マーチソンに会いに行く約束をしてたんだわ。まるっきり忘れてたわ。急がなきゃ」

「だけど、我が魂の光よ、これから食事を始めるところだったんだよ。食事の後で会いに行ったらいいじゃないか」

「ダメなの。彼女、今夜は劇場に行くの」

「それじゃあ彼女のことはひとまずキャンセルして、明日会いに行けばいい」

「彼女、明日の朝早くイギリスに出航するの。ダメよ、わたし今から会いに行かなきゃ。残念だわ！　彼女絶対夕食を食べてけって引き止めるわ。わたしの分は何か注文しておいて。それで三十分して戻らなかったら食べ始めてね」

「ジェーン・マーチソンはクソ忌々《いまいま》しい厄介な奴だな」

「ええ。でもわたしあの子のこと八歳の時から知ってるのよ」

「彼女の両親がまともな感情の持ち主だったら」アーチーは言った。「それよりもっと前に溺《おぼ》れ死にさせてただろうに」

彼は受話器を外し、落胆しながら、ルームサービスにつないで欲しいと頼んだ。彼は不当な要求をしてくるジェーンのことを苦々しく思った。彼女のことは、歯の生えた背の高い女性としてぼんやり記憶していた。友人を見つけられるかもしれないからグリルルームに行こうかなとも思ったが、ウェイターはすでに部屋に向かっている途中だった。彼は今いる場所にいた方がいいと決めた。

ウェイターが到着し、注文を取り、出て行った。アーチーがシャワーを浴びて身支度を済ませたところで、食事の到着を告げる音楽的な金属の触れ合う音がした。彼はドアを開けた。ウェイターがそこにおり、テーブルにはドームカバーのかけられた物がぎゅうぎゅうに置かれていて、そこからは香ばしく食欲をそそる匂いが漂っていた。落ち込んでいたにもかかわらず、アーチーの心は少し元気を取り戻した。

突然、その場で食事の匂いを楽しんでいるのが自分だけでないことに彼は気づいた。ウェイターの横に立ち、食事を切なげに見つめているのは、背の高い痩《や》せた十六歳くらいの少年だった。彼は脚と腕ばかりに見える少年の一人だった。彼は薄い赤毛で、砂色のまつげと長い首の持ち主だった。そしてテーブルから視線を上げてアーチーを見た彼の目は、ひもじげな表情をしていた。彼はアーチーに、育ちかけの飢え死にしかかった仔犬を思い起こさせた。

「いい匂いだ！」背の高い少年は言った。彼は深く息を吸い込んだ。「ああ、おじさん」堅く心を決めた様子で、彼は続けて言った。「いい匂いだなあ！」

アーチーが答える前に、電話のベルが鳴りだした。それはルシールからで、害虫ジェーンが食事をしてゆけと彼女を引き止めるだろうという予言を確認するものだった。

「ジェーンは」アーチーは電話口で言った。「毒薬の壺だ。ウェイターが今ここに来て、豪華な宴を準備してくれてるっていうのに、僕は一人で全部二つずつ食べなきゃならない」

アーチーが受話器を置き、振り返ると、入り口に寄りかかっていた背の高い少年の薄青い目と目が合った。

「誰かといっしょに食事する予定だったの？」少年は訊《き》いた。

「ああ、そうなんだ」

「できれば――」

「何だい？」

「いえ、何でもない」

ウェイターは立ち去った。背の高い少年はますますしっかり扉の側柱に背中をつけ、元の主題に立ち返った。

「本当にいい匂いだなぁ！」彼はしばらく芳香《ほうこう》に浸った。「ああ、おじさん！　いい匂いだって、僕は世界中に言いたいよ！」

アーチーは異常なほど頭の回転が速くはなかったが、彼はこの時点で、もし招待すれば、この少年は正式な手続きを放棄して、彼といっしょに食事にすることに同意するだろうという明確な印象を持ち始めていた。実際、アーチーが得た印象は、もしすぐに招待されなければ彼は自分で自分を招待するだろうというものだった。

「ああ」彼は同意した。「悪くはない匂いだな、どうだい！」

「いい匂いだよ！」少年は言った。「ああ、本当にいい匂いだ！　そうじゃないかいって、夜中に僕を起こして聞いておくれよ！」

「プーレ・アン・キャセロールだ」アーチーは言った。

「ひゃあ！」少年はうやうやしく言った。

しばらくの間《ま》があった。アーチーには、この状況は少し難しいように思われてきた。彼は食事を始めたかったが、この新しい友人のえぐるがごとき視線の下でそうするか、それとも後者を無理矢理追い出さねばならないように思われてきた。少年は入り口から去ろうとする気配をまったく見せなかったのだ。

「食事は済んだのかい？」アーチーは言った。

「僕は食事はしないんだ」

「何だって！」

「本当の食事はしないって意味だ。僕は野菜とかナッツしか食べないんだ」

「食餌療法かい？」

「母さんがね」

「僕にはまったく理解できないなあ、少年」アーチーは言った。プーレ・アン・キャセロールの芳香の波が通り過ぎると、少年は半分目を閉じて鼻をクンクンさせた。彼はそれがドアから逃げ出す前に、できるだけ多くの香りを吸い込みたいと思っているようだった。

「母さんは食事改良家なんだ」彼は言った。「母さんはそいつを講義してる。母さんは父さんと僕に野菜とナッツを食べて暮らさせてるんだ」

アーチーはショックを受けた。まるで地獄の底からの物語を聞いているようだった。

「親愛なる少年、君は激しい苦痛に苛《さいな》まれているにちがいない。絶対的に、刺すような痛みだ！」

彼はもう躊躇《ちゅうちょ》しなかった。共通の人間性が彼のとるべき道を指し示した。「僕といっしょに食事しないか？」

「いいとも！」少年はほほえんだ。「いいとも！　道路で僕を呼び止めてそう訊いておくれよ！」

「入ってくれ」この奇妙なセリフを正式な受諾と正確に受け止め、アーチーは言った。「そしてドアを閉めて。仔牛が冷めちゃうからな」

　アーチーは家族持ちの間に幅広い訪問リストを持っている人物ではなかったし、成長期の少年がテーブルで活動している様を見てからだいぶ時間が経《た》っていたから、本当に肘《ひじ》を張り、深呼吸して取り掛かった時、十六歳というものにナイフとフォークを使ってどれほどのことができるものかを忘れていた。そのため目《ま》の当たりにした光景に、当初彼はいささか動揺させられた。この背の高い少年の食事の楽しみ方とは、丸ごと呑み込み、もっと食べようと手を伸ばすことであるように思われた。彼は飢えたエスキモーのように食べた。アーチーは労働者のため世界を安全にしようと塹壕《ざんごう》の中で過ごした時間の中で、時折かなり腹を空かせたことがあったが、しかしこの壮大なる空腹の前では、ただ呆然《ぼうぜん》と座っているばかりだった。これぞ本当の食事だった。

　会話はほぼなかった。成長期の少年は、口をもっと実用的に使えるという時のテーブルトークの価値を明らかに信じていなかった。最後のロールパンが最後のパンくずまで食べ尽くされるまで、客人が主人に話しかける暇はなかった。それから彼は満足したため息をつき、椅子《いす》に背をもたれた。

「母さんは」この人間ニシキヘビは言った。「一口ごとに三十三回嚙《か》むべきだって言うんだ……」

「三十三回だって？」

「ああ、おじさん！　三十三回だ！」彼はまたため息をついた。「こんな食事はしたことがないんだ」

「結構だったろ、どうだ？」

「結構だった！　だったとも！　僕に電話して訊いておくれよ！　そうさ、おじさん！　母さんはここのクソ忌々《いまいま》しいウェイター連中に、僕に野菜とナッツ以外は出すなって言ってるんだ。コン畜生《ちくしょう》だ！」

「母上は食事について、思い切った考えを持っているようだなあ」

「そうなんだ！　父さんも僕と同じくらい嫌がってるけど、蹴《け》とばすのが怖いんだ。母さんは野菜にはありとあらゆるたんぱく質が含まれてるって言う。肉を食べると血圧がとんでもなく上がるって。血圧が上がると思うかい？」

「僕の血圧はとっても快調でピンク色だぞ」

「母さんは話が上手《うま》いんだ」少年はその点は認めて言った。「今夜はどこかに行って、どっかの連中に『合理的な食事』の講義をしてる。母さんが戻ってくる前にスイートルームに戻らなきゃ」彼はのろのろと立ち上がった。「ナプキンの下にちょとあるの、それパンじゃない？」彼は心配そうに訊いた。

アーチーはナプキンを持ち上げた。

「いや、そうじゃない」

「ああ、そうか！」少年はあきらめたように言った。「じゃあ僕は行くことにするよ。おいしい食事をごちそうさまでした」

「全然構わないさ。こっちの方に来ることがあったら、またおいでよ」

背の高い少年は出て行くのには気が進まぬげに、ゆっくり立ち上がった。ドアのところで、彼は振り返ってテーブルを愛しげに見た。

「大した食事だ！」少年は切ないまでの声で言った。「結構な食事だった！」

アーチーはタバコに火を点《つ》けた。彼は一日一善を終えたボーイスカウトみたいな気分だった。

翌朝、アーチーはたまたまタバコを切らした。こういう時には、この大都会を散策していて偶然見つけた六番街の小さな店を頼りにするのが彼の習慣になっていた。店主のジュノ・ブレイク氏と彼との関係は友好的で親密だった。ブレイク氏がイギリス人で、数年前まではアーチーのロンドンのクラブの十軒くらい先で店を経営していたという発見が、二人の絆《きずな》となっていた。

今日のブレイク氏は落ち込んでいた。このタバコ店主はまるでイギリスのスポーツ好きなパブ経営者みたいに見えた――子鹿色のコートを着て、犬に引かせた二輪車に乗ってダービーに出かけるような人物だ。また、通常なら彼の頭の中には気まぐれな天気の変化のことしかないようで、またその点に関して彼は偉大なる雄弁家だった。しかし、今や憂鬱《ゆううつ》が彼を我がものとしていた。短く憂鬱な「おはよう」の挨拶《あいさつ》の後、彼は無言でタバコを量り分ける作業に取り掛かった。

アーチーのもって生まれた同情心がかき乱された。

「どうしたんだい、親爺《おやじ》さん?」彼は訊いた。「今朝の明るい朝に、君はちょっと玉ねぎみたいな感じがするけど、そうじゃないかい? 僕には肉眼でもわかるんだが」

ブレイク氏は悲しげにぶつくさ言った。

「あたしは打撃を受けたんですよ、ムームさん」

「ああ我が若き日の友よ、すべて話してくれ」

ブレイク氏は親指を立て、カウンターの後ろの壁に貼《は》ってあるポスターを指し示した。目を引くようデザインされていたため、アーチーは店に入った瞬間それに気づいていた。それは黄色の地に黒字で印刷されており、次のように書かれていた。

クローバーリーフ社交クラブ
グランドコンテスト
パイ食い選手権大会
ウエストサイド
スパイク・オドゥード
（チャンピオン）
対
ブレイク氏指名の無名挑戦者
賞金五〇ドルおよびサイドベット

アーチーはこの文書を真剣に検討した。この文書からは、次のこと以外何も伝わってこなかった――すなわち、彼が長らく感じていたように――スポーツマンに見えるこれなる彼の友人は、外見のみならずスポーツマンの血も併せ持っているということだ。アーチーは彼の推《お》す無名挑戦者が期待どおりの結果を出してくれることを願った。

ブレイク氏はうつろな苦笑いをした。

「無名挑戦者なんていないんでさ」彼は苦々《にがにが》しげに言った。この男は明らかに苦しんでいた。「昨日はいたが、今はいないんでさ」

アーチーはため息をついた。

「早すぎる死を迎えられたのかい？」彼は配慮しつつ、訊いた。

「同じようなもんでさ」苦悩するタバコ屋は答えた。彼はかりそめの自制心を捨て、多弁になった。アーチーは同情心の持ち主で、見知らぬ人ですらごく内々の悩みを気軽に打ち明けてくれたものだ。彼は精神的な悩みを抱えた者にとって、ネコにとってのマタタビのような存在だった。「途轍《とてつ》もなく大変なことになってるんでさ、途轍もなくね！　このイベントは絶対必勝だったんだ。ところが今になってこの若いのが一撃を食らわせてきたんでさ。この若いのはあたしの甥《おい》っ子みたいなもんで、旦那《だんな》やあたしみたいにロンドンからやってきて、この国に上陸して以来、食いもんを腹に納める途方もない技術を持ってるんでさ。祖国でここ二、三年、食糧制限とか何やらでろくに食えずにきて、こっちじゃ驚くほど食べるようになりましてね。元気一杯のダチョウが相手だって、あたしゃ奴に賭けましたよ。ダチョウ相手だってね！　ダチョウ一ダースが相手だって、同じ晩に同じリングで次々相手して、向こうにハンデをやったとしたって、あいつに賭けて鉄板だった。あの子は宝石だったんでさ。四ポンドステーキとつけあわせのジャガイモを食べて、それから狼みたいな顔してあたりを見回して、夕食の時間はいつかって聞いてきたんですぜ！　今朝の今朝までそういう子だった。お茶の前のお楽しみみたいに、髪の毛一本動かさずにこのオドゥードの奴を丸呑《まるの》みにしてたはずなんでさ。何百ドルも奴に賭けて、賭け率が上がってラッキーだっと思ってた。それが今――」

ブレイク氏は苦悩に満ちた沈黙に再び陥った。

「だけどそいつはどうしたんだい？　どうしてチャンピオンを負かしてやれないんだ？　消化不良でも起こしたのかい？」

「消化不良？」ブレイク氏はもういっぺんうつろな苦笑いをやった。「安全カミソリの刃を食べさせたって、あいつは消化不良になんかなりませんぜ。奴は宗教にハマった、とでも言ったほうがいい」

「宗教だって?」

「そんなようなもんでさ。昨夜あの子は、あたしの言うとおり映画館に行って頭を休めてくる代わりに、八番街で何かの講演会に行ったんでさ。新聞でそれについての記事を見たんだそうで、そいつが『合理的な食事』の話で、何やら惹《ひ》かれたんですな。何かヒントが得られるんじゃないかって思ったようです。合理的な食事が何なのかは知らなかったけど、食べ物と関係があるんじゃないかと思って、見逃したくなかったんですな。あいつはたった今ここに来たんですが」ブレイク氏は気だるげに言った。「別人になってましたよ。死ぬほどおびえてね! 今までの生活を思い返すと、胃が残ってるのが驚異だって言ってましたよ。講義していたのはご婦人で、血圧のことやら何やら、自分にそんなモノがあるだなんて知りもしなかったモノについてそのご婦人が話してくれたことは驚くべきことばっかりだって言ってました。彼女はカラーの図版を見せて、嚙《か》まずに食べる無思慮な食いしん坊の腹の中がどうなってるのか見せてくれて、そいつは戦場みたいだったそうです。あいつは拳銃自殺することを考えられないのと同じくらい、パイをたくさん食べようとは思わないって言ってました。どういうわけかパイを食べると早く死ぬらしいですね。あたしはね、ムームさん、目に涙を浮かべてあの子を説得したんだ。あたしはあの子に訊いたんでさ。自分が何を言っているのかわからないご婦人が偽物の絵をたくさん見せたからってだけで、名声と富を捨てちまうのかって。だが、聞く耳を持ってやしません。あいつはあたしをぶん殴って、ナッツを買いに行っちまいました」ブレイク氏はうめき声をあげた。「二〇〇〇ドル以上の金がポンと消えてなくなったんですよ。あの子がもらってたはずの五〇ドルの賞金と、あたしの取り分二五ドルは言うまでもなくね」

アーチーはタバコを買い、物思いにふけりつつホテルまで歩いて戻った。彼はジュノ・ブレイクのことが好きだったし、彼に起こったトラブルを思い胸を痛めた。物事がいかにつながり結びついていることかと、彼は奇妙に感じていた。無思慮な大食家に運命的な講義をした女性は昨夜の若き客人の母親に他なるまい。不快な女性だ！　自分の家族を飢えさせるだけでは飽き足らず――

アーチーは足を止めた。彼の後ろを歩いていた歩行者が彼の背中にぶつかったが、アーチーは注意を払わなかった。突然、輝かしいアイデアが浮かんだのだ。それは普段あまり考え事をしない人物が平均値を回復するのに役立った。自分の思考のあまりのまぶしさに目のくらむ思いで、彼はしばらくそこに立ち尽くし、それから先を急いだ。歩きながら彼は想いを馳《は》せた。ナポレオンも敵に食らわせてやるホットな名案を考えついた後には、こんなふうに感じたに違いない、と。

まるで運命の女神が彼の計画に合わせてくれたかのように、コスモポリスのロビーに入って最初に目にした人物は、あの背の高い少年だった。彼は雑誌売店の前に立ち、タダで読める限りの朝刊を、この場を取り仕切る娘の警戒の視線の下で読んでいた。彼も彼女もこうした状況に適用される不文律、すなわち、紙に触れない限り、干渉なしに読みたいだけ読める、を守っていた。

「さて、さて、さて！」アーチーは言った。「また会ったな、どうだい！」彼は少年のアバラの下を陽気につっ突いた。「君こそまさしく僕が探していた男だ。今、何か用はあるかい？」

少年は何も用はないと言った。

「じゃあ六番街の知り合いの店にいっしょに行こう。ほんの二ブロック先だ。君の役に少しは立てると思うんだ。かなり素敵な目に遭わせてやる、と言ってわかるかな。さあ行こう、少年。帽子はいらない」

ブレイク氏は空っぽの店に、悩みを抱え一人いた。

「元気を出すんだ、親爺さん！」アーチーは言った。「救援隊の到着だ」彼は連れの視線をポスターに向けた。「あれを見るんだ。さあどう思う？」

背の高い少年はポスターに目をやった。彼のどんよりした目に輝きが宿った。

「どうだい？」

「運がいい人もいるもんだな！」背の高い少年は感情込めて言った。

「参加してみないか？」

少年は悲しげな笑《え》みを浮かべた。

「したいさ！　したいとも！　そうさ！」

「わかってる」アーチーが口を挟んだ。「君を夜中に起こして訊いてみろよ！　君が頼りになるってことはわかってた」彼はブレイク氏の方に向き直った。「親爺さんの会いたがっていた男がここにいる。ロッキー山脈以東最高の両手使いの大食家だ。彼が貴方《あなた》のために戦ってくれる」

ブレイク氏のイギリス仕込みの教育は、ニューヨーク居住によっても完全に克服されてはいなかった。階級差を見きわめる彼の目は健在だった。

「だがこちらの若紳士様は若紳士様だ」疑わしげに、しかし目は希望に輝かせて、彼は主張した。

「そんなことはなさるまいて」

「もちろんやるとも。バカを言うな、親爺さん」

「何をしないだって？」少年は訊いた。

「そうさ。チャンピオンに立ち向かって大事な家を守るんだ。ここだけの話、悲しい話なんだ！この哀れな親爺さんの指名挑戦者は土壇場になって断ってきたんだ。この人を救えるのは君だけだ。それに君にはこの人を助ける義務がある。昨夜の君の母上の講演のせいで挑戦者は降りちゃったんだからな。君が乗り出して彼の代わりに戦わなきゃいけない。因果応報、詩的正義とかなんとかいうやつだ」彼はブレイク氏の方を向いた。「この対戦はいつ開始だ？　二時半？　二時半に大事な用事はないな？」

「母さんはどこかの婦人会で昼食で、その後講演するんだ。僕は抜け出してこられる」

アーチーは彼の頭をなでた。

「では栄光が待ち構える場所へと向かおう！」

背の高い少年はポスターを真剣に見つめていた。それは彼の心を強くとらえたようだった。

「パイか！」彼は声をひそめて言った。

その言葉はあたかも戦場の鬨《とき》の声のようだった。

22・ワッシー、名声の殿堂入り

翌朝九時ごろ、ホテル・コスモポリスのスイートルームでは、合理的な食事に関する著名な講師であるコーラ・ベイツ・マッコール夫人が、家族といっしょに朝食の席に着いていた。彼女の前には、生まれ持った顔立ちの奇妙さを下弦の半月みたいな半円形のメガネによってさらに強調した、いささか狩り立てられた顔のマッコール氏が座っていた。このメガネの奥で、マッコール氏の目は覗《のぞ》いてみたりひょいと引っ込んだりと、絶えずいないいないばあをやっていた。

彼はカフェイン抜きの何かを啜《すす》っていた。彼の右隣には息子のワシントンが座り、皿いっぱいのシリアルを気だるげに弄《もてあそ》んでいた。マッコール夫人はナッツバターを塗った健康パンを食べていた。つまり彼女は無思慮な人々の頭にたたき込もうと長年努力してきた教義を、説き聞かせるのみならず実践していたのである。いつも彼女の一日は軽いけれども栄養価の高い朝食で始まった。そこにおいては肉切り機にかけられた古い麦わら帽子みたいな見た目と味わいの奇妙なまでに不快なシリアルが、並外れて侮辱的な偽物コーヒーと、夫君と息子の嫌いなもの第一位を競っていた。マッコール氏はシリアルよりむしろ模造品コーヒーの方が嫌いだと思っていたが、ワシントンは前者の身の毛もよだつ不快さの方が優越しているという強い見解を持っていた。しかし、ワシントンも彼の父親も、それが僅差《きんさ》であると認める公正な精神を持ち合わせていた。

マッコール夫人は我が子を、厳粛な是認《ぜにん》のまなざしにて見やった。

「よかったわ、リンジー」彼女は夫に言った。その名を聞いて、ガラスのフェンスの向こう側の彼の目は忠実に飛び跳ねた。「ワッシーが食欲を取り戻したようで何よりだわ。昨夜この子が夕食はいらないって言ったとき、どこか悪いんじゃないかと、あたくし心配しましたのよ。特にこの子、かなり顔を赤くしていたでしょう。この子の顔が赤かったのに、あなたお気づきでいらっしゃったかしら？」

「確かに赤い顔をしていた」

「真っ赤でしたわ。それに呼吸もまるで大きないびきをするみたいに荒かったですわ。食欲がないと言った時にはあたくし、心配したと言わねばなりません。ですがどうやら今朝は完全に元気ですわね。あなた、今朝は完全に元気なの、ワッシー？」

マッコール家の跡取りはシリアルから顔を上げた。彼は背が高く痩《や》せた十六歳くらいの少年で、淡い赤色の髪に砂色のまつげ、長い首をしていた。

「ああ」彼は言った。

マッコール夫人はうなずいた。

「リンジー、少年に必要なのは慎重で合理的な食事だということに、これでご同意いただけるでしょ？　ワッシーの体質は最高よ。スタミナも抜群だし、それもすべてあたくしの慎重な食事管理のおかげですわ。無責任な人たちにむさぼり食うことを許された成長期の少年のことを思うと、あたくし恐怖にうち震えますの。肉やお菓子、それにパイですわ――」彼女は言葉を止めた。「どうしたの、ワッシー?」

　あたかもマッコール家の一族には、パイのことを考えるとうち震える習慣があるかのようだった。つまりその言葉を聞いた瞬間、ワシントンの細い身体は内側からシミーを踊るがごとく痙攣《けいれん》し、顔にはほぼ苦痛に似た表情が浮かび上がったからだ。彼は健康パンを食べようと手を伸ばしたところだったが、今は慌てて手を離し、息を荒くして椅子《いす》の背に身をもたれた。

「大丈夫だよ」彼はしゃがれ声で言った。

「そう、パイですわ」マッコール夫人が持ち前の演説口調で言った。彼女はまた急に言葉を止めた。

「どうしたの、ワシントン?　心配だわ」

「大丈夫だ」

　マッコール夫人はどこまで話していたかわからなくなった。また、朝食を終えた彼女は、軽い読み物を読みたいと感じていた。食生活問題関連で彼女が深く感じていた主題の一つは、食事中に物を読むという問題だった。彼女は目への負担を消化への負担と同時並行的に課することは、後者に必ずやハズレくじを引かせるという見解だった。また食事中チラとでも朝刊に目をやらないのが、彼女の食卓の決まりだった。朝刊を読んで一日を始めることは、人を動揺させると彼女は言った。またその後の展開から、彼女の主張が時には正しいことが証明される次第となるのである。

　朝食中ずっと、彼女の皿の横にはニューヨーク・クロニクル紙がきちんと畳まれて置かれていた。彼女は今それを開き、昨日のバタフライ・クラブでの講演会の報告記事を探していると言いながら、一面に視線を向けた。大衆の最善の利益を考える編集者ならば、彼女の記事をそこに配置するはずである。

マッコール氏はメガネの奥で目を上げたり下げたりしながら、読み始めた彼女の顔をじっと見つめていた。彼はこうした機会にはいつもこうするのが習いだった。というのは彼のその日の心の平安が、一度も会ったことのない見知らぬ記者に大いに依存していることを、誰よりもよく知っていたからだ。もし見知らぬその人物が自分の仕事を適切に、このテーマの重要性にふさわしいかたちでこなしていれば、その後の十二時間、マッコール夫人の気分は一貫して晴れやかなものになるだろう。しかし時折、連中は不名誉なまで仕事を怠《おこた》る。また一度、マッコール氏の記憶にあざやかに残る日には、連中はまったく記事を書かなかったことがあった。

今日はすべてがうまくいっているらしく、彼は安堵《あんど》した。その記事は実際、一面に掲載されていた。妻の講演にはめったに与えられない光栄である。さらに、彼女がそれを読むのにかかった時間から判断すると、彼女の記事は明らかに長かったようだ。

「いい記事かい?」彼はあえて訊《き》いた。「満足ゆくものかい?」

「え?」マッコール夫人は瞑想《めいそう》するようにほほえんだ。「ええ、いい記事よ。素晴らしいわ。あたくしの写真も載っているわ。写りも悪くはないわね」

「素晴らしい」マッコール氏は言った。

マッコール夫人は鋭い金切り声を発し、新聞が手からひらひらと落ちた。

「どうしたんだい!」マッコール氏は心配げに言った。

妻は新聞を拾い上げ、燃えるような目でそれを読んだ。支配者然とした彼女の全身に、あざやかな色の波が流れていた。妻の呼吸は昨晩の息子ワシントンのそれのごとく、いびきのように大きな音を立てた。

「ワシントン！」

バジリスクの眼光のごとくまぶしき視線が、テーブルを横切り背の高い少年を石に変えた――口を除いて。口だけは力なく開けられていた。

「ワシントン！　これは本当なの？」

ワッシーは口を閉じ、またゆっくりと再び開けた。

「どうしたんだい」マッコール氏の声は動揺していた。「どうしたんだい？」彼の目はメガネの縁を越えて上げられ、その場に留まった。「どうしたんだい？　何か不都合があったのかい？」

「不都合ですって！　ご自分でお読みあそばせ！」

マッコール氏は完全に困惑していた。問題の原因が何なのか、見当もつかなかった。何か息子のワシントンに関係していることだけは確かな事実だったが、そのことがこの問題をさらに不可解なものにしていた。ワシントンがどう関わり合いになるのだろうかとマッコール氏は自問した。

彼は新聞を見て、ただちに啓蒙を得た。見出しが彼の目に飛び込んできた。

頼もしきこの少年の内には結構なものが一杯。
何トンも大量に
有名な食事改善論者
コーラ・ベイツ・マッコールの息子
パイ食い選手権大会にて優勝

於ウエストサイド

叙情詩的な言葉のほとばしりがそれに続いた。記者はこのニュースの重要性に明らかに気分を高揚させ、散文にとどめることができなかったのだろう。

我が子たちよ、もし君が自己の代で輝き、勝利できぬとも、
もし、たとえば大統領になりたいという君の願いがある日潰《つい》え、人々が君の正当な価値を軽んじ、この世に君の勝ち目はないと言おうとも――さあ元気を出せ！
騒然たるこの時代に、名声は様々なかたちで勝ち取られよう。
気力が落ち込んだ時には、ワシントン・マッコールのことを考えるがいい。

そうだ、頼むからワッシーに目を向けてくれ！

彼は見たところただの平凡な少年だ。

きらきらしい才気溢《あふ》れる男ではない。

彼の顔はぼんやり間抜けだ。髪は赤く、耳は頭の横に突き出ている。

要するに、彼は三〇セントだって割高だ。

しかし名声はその殿堂に、まさにこのワシントン・マッコールを迎え入れたのである。

彼の母親（旧姓コーラ・ベイツ）はあらゆるメニューが取り入れるべき適切な種類の食物についで頻繁に雄弁を揮《ふる》う人物である。

彼女は、世界よ、チョップ＆ステーキにポーク＆ビーンズを断ち切れという。そんな恐ろしいものは打倒粉砕し、我々に牛乳と粥《かゆ》で暮らせと願うのだ。しかし、ああ！　彼女がため息をつくのは、我々がパイを食べる様を目にする時だ。（昨年七月に我々は彼女の講演『国家的脅威――パイ』を聞いた）

悲しいかな、令息ワシントンに、その影響は小さかった。

昨日、我々はパイ食い大選手権を観覧にでかけた。

頬《ほお》をふくらませ目を皿のごとく開いた男たちが大量のパイを消費する。

おしゃれなウエストサイドの観客たちはチャンピオンのスパイク・オドゥードが、成り上がり者のブレイクの無名挑戦者から王座を防衛しようとする様を見た。彼は無名ではなかった。彼は若きワシントン・マッコールだった。

我々は気軽に口にする。

古《いにし》えのホメロスが見せた至芸（ご存じのとおり、彼は『イリアッド』を書いた）を借り、盗み、乞《こ》い願うことができたら、足をやってもいいと。

ホメロスは邪悪なペンを揮《ふる》ったが、我々は凡人であり、この主題を正当に取り扱うことができるなど、夢にも思えない。

その偉大なる大食という主題はあまりにも壮大かつ甚大《じんだい》である。

我々には、この二人の競争相手がオオカミのごとくパイに向かう様を記述することは（試みることすら）できない。そう述べるだけで十分だろう。
すなわち、何時間にもわたり、両者は持てる全力を発揮し、静かな夕暮れが近づいた時、オドゥードは若きマッコールに屈した。

チャンピオンは気概に満ちた男だった。彼は大衆に持てるすべてを与えた。
彼には本物の闘志があった。彼にはスピードとコントロールがあった。
彼は臆病ではなかった。
彼はアップルパイとミンスに立ち向かった。彼の盾《たて》に記されたモットーはこうだ。
「オドゥード家の者は破裂しようとも、決して屈することなし」
彼の目は飛び跳ね、回った。彼はベルトの穴をもう一つ緩めた。
哀れなり！　一目見ただけで、彼に勝ち目なきは歴然だった。
ニシキヘビとて、這《は》いつくばって若きマッコールに敗北を喫したであろう。

とうとうついに、決戦の終わりは来《きた》れり。彼の全身は恥辱《ちじょく》に曇った。
オドゥードは一、二度ふらつき、もう一切れ食べることを拒否した。
彼はよろめき去った。親切な男たちが酸素を持って駆けつけた。
しかし、コーラ・ベイツが一子ワッシーは、終わったことに失望しているようだった。
どういうわけか、その場にいた者たちは、まだ始まったばかりだと思わされた。
我々は彼に訊いた。「気分は悪くないのかい？」

「僕が！」獅子心《しし》の少年は言った。「何か食べられるところに案内しておくれよ！」そして彼は通りを歩きだした。

ああ、この素晴らしき発言が、何たる教訓を我々に与えてくれたことか！

ワシントン・マッコール少年にこれ以上見事な幕切れはあり得まい！

マッコール氏はこの叙事詩を最後まで読み終え、それから息子を見た。最初彼はメガネの上から息子を見、次にメガネ越しに見、それから再びメガネの上から見て、そしてもういっぺんメガネ越しに見た。彼の目には好奇心に満ちた表情が浮かんでいた。これがこんなにもあり得ないことでなかったら、彼のまなざしには尊敬、賞賛、さらには尊敬の念さえ感じられたと人は言ったことだろう。

「だが、どうやって連中はお前の名前を知ったんだい？」とうとう彼は訊いた。

マッコール夫人は我慢ならないと言うように叫んだ。

「あなたの言いたいことはそれだけ？」

「いや、そんなことはないさ、もちろんだ。だがその点が不思議だったものでね」

「困った子だこと」マッコール夫人は叫んだ。「名前を明かすなんて正気？」

ワシントンは居心地悪そうに身をよじらせた。母親の鋭い視線に耐えきれず、彼は窓際に向かうと、背中を向けて外を見ていた。しかし、そこですら、彼は首の後ろに母の視線を感じていた。

「どうでもいいことだと思ったんだ」彼はつぶやいた。「べっ甲縁のメガネの男に聞かれたから話した。僕にどう知りようが――」

彼のつかえつかえの抗弁は、ドアが開いたことで中断された。

「ハローハローハロー！　ヤッホー！　ヤッホー！」

アーチーが戸口に立ち、機嫌をとるようにこの一家にほほえみかけていた。

このまったく見知らぬ人物の突然の登場は、マッコール夫人の稲妻のごとき視線を不幸なワッシーからそらすのに役立った。アーチーはそれを眉間で受け止め、まばたきして壁にしがみついた。

マッコール夫妻のところにちょと立ち寄って、訴訟を和解に持ち込ませるため彼の人格の魅力を最大限に活用してちょうだいというルシールの懇願《こんがん》に、唯々諾々《いいだくだく》と屈してしまったことを彼は後悔し始めていた。彼はもし訪問が必要なら、昼食後まで延期してほしいとも願っていた。つまり午前中の彼が最善の状態であることは決してなかったからだ。だがルシールは、彼に今すぐ行って解決するよう促《うなが》し、そして彼はここにいたのだった。

「おそらく」マッコール夫人は冷たく言った。「お部屋をお間違えでいらっしゃるんですわ」

アーチーは震える力を奮《ふる》い立たせた。

「いえ、そんなことはありません。違います。自己紹介した方がよろしいですかね？　僕の名前はムームと言います。ブリュースター親爺《おやじ》の義理の息子で、とかなんとか、そんなようなわけなんですけどおわかりいただけますか」彼はごくりと息を呑《の》むと続けて言った。「僕はこの陽気な訴訟の件で来たんです。おわかりですかね？」

マッコール氏は何か言いたそうだったが、妻に先を越された。

「ブリュースター氏の弁護士がうちの弁護士と連絡を取り合っておりますわ。あたくしたち、この件については議論したくありませんの」

アーチーは招かれぬまま席に座り、朝食テーブル上の健康パンを好奇心もあらわにしばらく見つめ、そして、話を再開した。

「いえ、でもご存じでしょう！　何があったかお話しします。僕は必要とされていないところにお邪魔するのは嫌なんですが、妻がどうしてもしろって言うんです。善かれ悪しかれ、妻は僕を外交向きの男だと思っていて、それでこちらに伺って、例の一件を何とか解決できないか話してみてくれってお願いされちゃったんですよ。つまりですねえ、あの親爺さん――つまりブリュースター御《おん》大《たい》ってことです――は、この件でかなり動揺してるんです。つまり古い友人のマッコールさんの首に噛《か》みつくか、噛みつかれるかって立場に置かれてると思うのが嫌なんです。それでまあ、そんなふうなんですよ、おわかりいただけますか。どうです？」彼は言葉を止めた。「なんてこった！　なんと！」

彼はこの呼びかけに夢中なあまり、パイ食い王者の存在に気づかなかったのだ。二人の間の大型の鉢植えが目隠しになっていた。しかし今、聞き覚えのある声を聞いたワシントンは窓際から離れ、非難するような目で彼に対峙《たいじ》した。

「あいつにやらされたんだ！」十六歳の少年が自分の問題を誰かの肩に転嫁《てんか》できる相手を見つけたときに覚える厳しい歓喜の念を込め、ワッシーは言った。「あいつが僕をあの場所に連れて行ったんだ！」

「何の話をしているの、ワシントン？」

「言ってるだろ！　あいつに巻き込まれたんだ」

「あなた、この――この」マッコール夫人は震えた。「パイ食い競争のことを話しているの？」

「そのとおりさ！」

「本当ですの？」マッコール夫人はアーチーを石のように冷たく睨《にら》みつけた。「あなたがうちのかわいそうな息子をたぶらかしてあの――あの――」

「ええ、そのとおりですよ。実はですね、六番街でタバコ屋をやってる僕の親愛なる友人が、スープに浸かって大ピンチだったんです。彼はチャンピオンに挑戦する奴に大きく賭けてたんですが、そいつはあなたの講義を聞いて改心して土壇場になってパイ断ちするって誓ったんです。哀れな友人には途轍《とてつ》もない不運だったわけですよ、おわかりですね！　それでこちらの小さな友人がこの状況を救いに乗り出してくれるんじゃないかと思いついて相談したんです。それで一つだけ言わせてもらいます」アーチーは優雅に言った。「もともとの挑戦者がどれほどの実力だったかは知りませんが、ご子息のレベルじゃなかったことは間違いありません。息子さんは、見なきゃとても信じられませんよ。絶対的にです！　あなたは息子さんを誇りに思うべきです」彼は親しげにワッシーに振り返った。「おかしいなあ、こんなふうにまた会えるだなんて！　君にここで会えるだなんて夢にも思わなかった。昨日の今日でこんなに元気そうだなんて、なんて絶対的に素敵なんだ。具合が悪くてベッドでうなってると思ってた」

背後で奇妙なゴボゴボいう音がした。何かが蒸気を上げているかのような音だった。そしてまた奇妙なことに、まさしくそのとおりだったのである。蒸気を上げていたのは、リンジー・マッコール氏だった。

マッコール氏に対するワッシーの驚くべき新事実の最初の効果は、ただ彼を驚かせただけだった。

アーチーが到着するまでは考える時間もなかったが、アーチーの登場以来、彼は急速に、そして深く、考えを巡《めぐ》らせていたのである。

長年マッコール氏は抑圧された革命状態にあった。くすぶることはあっても、燃え上がる勇気はなかったのだ。しかし、彼の被害者仲間であるワッシーのこの驚くべき大変動は、高性能爆薬のごとく彼に作用した。彼の目には奇妙な輝き、すなわち決意の輝きが宿った。彼は息をはずませていた。

「ワッシー！」

彼の声から自分を卑下するような穏やかさは失われていた。それは強く明瞭《めいりよう》に響き渡った。

「何、パパ？」

「昨日はパイを何個食べたんだ？」

ワッシーは考え込んだ。

「結構な数」

「何個だ？　二十個か？」

「それ以上だな。数えきれなかった。結構な数だったよ」

「それで体調は今までどおりなんだな？」

「快調だよ」

マッコール氏はグラスを落とした。彼は怖い顔でしばらく朝食テーブルをにらみつけていた。彼の目は健康パン、偽物コーヒーのポット、シリアル、そしてナッツバターに釘付けだった。その後、素早い動きで彼はテーブルクロスをつかむと力ずくでえいやと引っ張り、その内容物全体はガラガラと音たてて床に激突し、割れた。

「リンジー!」

マッコール氏は静かな決意とともに妻の目を見た。マッコール氏の魂の奥底で何かが起こったのは明白だった。

「コーラ」彼は断固たる決意で言った。「わしは決心した。わしはこの家族の中で、お前のやり方で物事を進めさせてきたが、少々長過ぎたようだ。わしはこれから自分を主張するつもりだ。まず第一に、わしはこの食事改良運動のバカげた一切合切を、すべて食べ終えた。ワッシーを見るんだ! 昨日、この子は何トンも食べ、それで元気いっぱいだ! 元気いっぱいだとも! お前の気持ちを傷つけたくないんだが、コーラ、だがワシントンとわしは、カフェイン抜きコーヒーの最後の一杯をもう飲み終えた。お前が続けたいなら、それはお前の問題だ。だがワッシーとわしはもう結構だ」

彼は支配者然とした身振りで妻を沈黙させ、アーチーの方を向いた。「それからもう一点。わしはあの訴訟のことは一度もよく思ってはこなかったが、お前に説得されてしまった。今後はわしのやり方でやらせてもらう。ムームさん、今朝はお訪ねいただきありがとう。お望みどおりにいたしましょう。ダン・ブリュースターの所へ連れて行ってください。全部おしまいにして、握手しましょう」

「あなた、頭がおかしくなったの、リンジー?・」

これがコーラ・ベイツ・マッコールの最後の一撃だった。マッコール氏は気にも留めなかった。彼はアーチーと握手していた。

「ムームさん、貴君はわしがこれまで会った中で一番分別のある若者だ！」

アーチーは遠慮がちに赤面した。

「ものすごくご親切なことです、親爺さん」彼は言った。「義父にその点をお話ししていただけませんか？　義父にはちょっとしたニュースになるはずですから」

23. 母さんのひざ

アーチー・ムームとあの破壊的なまでの人気を博したバラード、『母さんのひざ』との関係は、後に振り返る時、彼が常に誇らしく思うこととなった。『母さんのひざ』が疫病《えきびょう》のごとく世界を駆け巡《めぐ》ったことは記憶に留《とど》まろう。スコットランドの長老は教会に行くときそれを鼻歌で歌った。人食い人種はボルネオのジャングルで子どもたちに優しくそれを歌い聞かせた。それはボリシェビストの間でベストセラーになった。米国だけで三百万枚が売れた。人生においてなんら格別に偉大なことを成し遂げたことのない男にとって、これほどの曲の発売の責任の一端をある意味担ったことは、ちょっとした何事かではあった。また、大型ダムに穴を開けた男の感情をいささか経験した瞬間もありはしたが、この一件の発端に関わったことを、アーチーが真に後悔することはなかった。

今となっては『母さんのひざ』を聴いたことのある者が世界中に一人もいなかった時代があると思うと奇妙な思いすらするが、しかし、ワッシーの一件から数週間後のある日の午後、ホテル・コスモポリスのスイートルームにてタバコと会話を楽しみながら、戦時中にアルマンティエール近郊で初めて会ったウィルソン・ハイマックとの旧交を温めていたとき、アーチーはそれを初めて聴いたのだった。

「最近何をしてるんだ?」ウィルソン・ハイマックが訊ねた。

「僕かい?」アーチーは言った。「うーん、実は、今のところ僕の活動は一種の一時停止状態にある。でも、うちの素敵で陽気な義父がダウンタウンに新しいホテルを建設中で、完成したら僕が支配人になる計画なんだ。ここで見たかぎりじゃあ簡単な仕事だし、僕はちょっとした一流人になれるんじゃないかって思ってる。お前は長い時間をどうやって埋めてるんだ?」

「叔父貴《おじき》の会社にいる、クソ!」

「どん底の下っ端から始めて、商売を学ぶってやつだな? 間違いなく高貴なる追求だが、だけど僕なら確実にイライラするだろうって言わなきゃならないな」

「そいつは俺《おれ》の」ウィルソン・ハイマックは言った。「胸を痛くする。俺は作曲家になりたいんだ」

「作曲家だって?」

アーチーはそうわかっていて然《しか》るべきだったと思った。この男は明らかに芸術家的な顔をしていた。彼は蝶ネクタイとか、そんなようなものをしていた。ズボンはひざのところがふくらんでいたし、軍隊時代に根元まで刈り込まれていた髪の毛は、耳の辺りまでふさふさと乱れ落ちていた。

「なあ! 俺が今まで作った最高傑作を聴きたいか?」

「もちろんだ」アーチーは礼儀正しく言った。「聴かせてくれ、親友よ!」

「俺はメロディーだけじゃなく歌詞も書いたんだ」ウィルソン・ハイマックは言った。彼はもうピアノの前に座っていた。「これまで聞いた最高のタイトルだ。ララアパローザなんだ。『母さんのひざに戻る道のりは遠い』どうだ? かわいそうだろ?」

アーチーは疑わしげにタバコの煙の輪を吹き出した。

「ちょっと古臭くないか？」

「古臭い？　古臭いとはどういう意味だ？　母親を持ち上げる新曲の入り込む余地は、いつだってあるんだ」

「ああ、母親を持ち上げる曲なのか？」アーチーの顔が晴れた。「短いスカート丈の話だと思った。もちろんそれだったら全然違う。そういうことなら完熟フルーティーで最高だ。弾いてくれ」

ウィルソン・ハイマックは、目にかぶさった髪を片手で届く限り振り払い、咳払《せきばら》いし、ピアノ上のアーチーの義父、ダニエル・ブリュースター氏の写真に夢見るようなまなざしを送って、前奏を弾くと、弱々しくかん高い作曲家の声で歌いだした。どの作曲家もまったく同じような歌い方をするものだが、またそれは聞いてみるまで信じられないようなシロモノである。

「ある晩、一人の若者がブロードウェイのきらびやかな街中をさまよい歩いていた。金は使い果たし、食事代も払えなかった」

「気の毒になあ」アーチーは同情的につぶやいた。

「彼は少年時代を過ごした村のことを考えた。そこで得た、すべての単純な喜びに恋い焦がれた」

「真っ当な心意気だ！」アーチーは言った。「僕はこいつが好きになってきたぞ！」

「邪魔するな！」
「ああ、よしきたホーだ！　つい夢中になってたんだ！」

「彼は街を見た。軽薄で陽気な
そして、疲れたため息をつきながら、この言葉を口にした。
　母さんのひざに戻る道のりは遠い。
　　　　　　　　母さんのひざ
　　　　　　　母さんのひざ。
母さんのひざに戻る道のりは遠い。
昔、僕が立っておしゃべりしていたあの場所へ
テディベアとガラガラと
ああ、テネシーでの子供時代の日々
本当に素敵に見える！
遠い、遠い、遠い道のりだけど、僕は今日から始めよう！
　僕は帰ろう。
　信じて、ああ！
　僕は帰ろう
（僕は行きたい！）
ルート七三を走って帰る

昔住んでいた愛《いと》しの懐かしき小屋へ！

母さんのひざに帰ろう！」


ウィルソン・ハイマックの声は最後の高音で割れた。彼の力量を超える高音だったのだ。彼は控えめな咳払いをして、振り返った。

「これで感じはわかっただろう！」

「わかったとも、我が友。わかったとも！」

「火の玉だと思わないか？」

「名曲の特徴がたくさん揃《そろ》ってる」アーチーは認めた。「もちろん――」

「もちろん、歌い手が必要だ」

「まさしく僕が提案しようとしていたのはそれだ」

「歌ってくれる女性が必要なんだ。最後の高音が軽々出せる女性だ。リフレイン全体がそこに向かって次第に上がってくんだ。テトラッツィーニ［ルイーザ・テトラッツィーニ。一八七一―一九四〇］、コロラトゥーラ・ソプラノか誰か、天井を吹っ飛ばす高音が出せて、用務員が建物の施錠に来るまで一晩中そのままそれを保持できるような歌手が必要だ」

「妻に楽譜を一冊買ってやらなきゃ。どこで買えるんだい？」

「買えないんだ！ 出版されてない。曲を書くってのはクソ忌々《いまいま》しい最低の仕事だ！」ウィルソン・ハイマックは激しく鼻をフンと鳴らした。彼が長年鬱積《うっせき》した感情を吐き出しているのは明らかだった。「ここ数年で最高の曲を書いて、誰かに歌ってもらおうと歩き回る。すると連中は君は天才だって言って、それからその曲を引き出しに放り込んで忘れちまうんだ」

アーチーはもう一本、タバコに火を点けた。

「僕はこういうことに関しては赤子も同然なんだが、我が友よ」彼は言った。「だけどどうして出版社に直接持って行かないんだ？　実を言うと、もし何かお前の役に立てばだけど、つい先日音楽出版社の人といっしょだったんだ。ブルーメンタールって名前の男だ。そいつは僕の友人とここで食事していて、それで結構仲良くなったんだ。明日、お前をオフィスに連れて行くから、彼の前で弾いてやったらいいんじゃないか？」

「いや、いい。ありがたいが、音楽業界の雇われ作曲家連中が鍵穴に耳を当てて聞いてメモを取っている出版社のオフィスで、あのメロディーを演奏するつもりはない。誰か歌ってくれる人が見つかるまで、待つしかないんだ。さてと、行かなきゃ。また会えて嬉《うれ》しかった。遅かれ早かれ、誰かにあの高音を歌わせるときにはお前も聴きに連れてってやる。お前の背骨が首の後ろで結び目を拵《こしら》えるような歌い手でさ」

「楽しみに待ってる」アーチーは礼儀正しく言った。「ピッピッー！」

作曲家がドアを閉めて出てゆくと、たちまちドアがまた開き、ルシールが入ってきた。

「ハロー、我が魂の光よ！」アーチーは立ち上がって妻を抱きしめた。「午後はずっとどこにいたんだい？　僕は君を何時間も待っていたんだよ。君に会って欲しかったのに――」

「グリニッジビレッジの女の子とお茶をいただいてたの。なかなか抜けられなくて。わたしが廊下を歩いてたら、部屋から出てきた方はどなた？」

「ハイマックって名の男だ。フランスで会った。作曲家なんだ」

「わたしたち今日の午後は芸術家業界で活動してるみたいね。わたしが会いに行った女の子は歌手なの。少なくとも、歌いたがってるんだけど、仕事がないの」

「僕の友人もまったく同じだ。奴は自分の音楽を歌ってもらいたがっているんだが、誰も歌ってくれないんだ。だけど君がグリニッジビレッジの歌い手を知っているとは知らなかったな、我が家の太陽よ。その女性とはどうやって知り会ったんだい？」

ルシールは座り、大きな灰色の目で彼を寂《さび》しげに見つめていた。彼女は何かを言おうとしていたが、アーチーにはそれが何なのかわからなかった。

「アーチー、ダーリン。わたしと結婚した時、わたしの悲しみを分かち合うって約束してくれたわね？」

「もちろんだとも。全部誓いの言葉に書いてある。良き時も悪《あ》しき時も、病める時も健やかなる時も、死が二人をわかつまで。鉄壁の契約だ！」

「じゃあ、分かち合って！」ルシールは言った。「ビルがまた恋に落ちたの！」

アーチーはまばたきした。

「ビル？　ビルって言ったのは、ビルのこと？　君の兄さんのビル？　僕の義兄のビル？　ブリュースター家の息子にして跡取りのウィリアムのことかい？」

「そうよ」

「奴は恋をしてるのかい？　キューピッドの矢ってことか？」

「もっとそうなの」

「だけど、だって！　だってまだ――僕が言いたいのは、あいつは絶対的にひどい奴だ！　偉大なる恋人、てことか！　ブリガム・ヤング［モルモン教の大管長。ソルトレイクシティの創設者。多重婚者として有名］も、ご退散だ。つい数週間前まで、最終的にレジー・ヴァン・トゥイルとくっついたあの朱色の髪の女性のことで、めちゃくちゃ悲しがってたのに」

「彼女はあの女の子よりは少しマシよ、ああよかった。だけどどっちにしろ、お父様は認めてくださらないわ」

「今回の出品品はどんな女性なんだい？」

「彼女は中西部出身で、グリニッジビレッジの他の女の子たちの二倍はボヘミアンになろうとしているみたい。髪はボブにしてキモノを着て出歩いてるわ。きっと彼女、グリニッジビレッジについて雑誌の小説で読んで、それをモデルにしてるんだわ。ヒックス・コーナーズ丸出しなのに、バカみたい」

「何て言ったか聞き取れなかったな。彼女は何を丸出しだって言ったんだい？」

「誰が見たって彼女が荒野のどこかの出身だってわかるって言いたかったの。実は、ビルが言うには、彼女はミシガン州のスネークバイトで育ったんですって」

「スネークバイト《ヘビの咬み傷》？　アメリカには何とまあおかしな名前があるもんだなあ！　とはいえイギリスにはネザーワロップ《下半身叩き》って村があることは認める。だから、最初の石を投げる権利は僕にはないわけだな［『ヨハネによる福音書』8の3―11］？　ビルの奴はどんな具合だい？　だいぶ熱を上げてるのか？」

「今回は本物だと言ってるわ」

「みんなそう言うんだ！　一ドルあったら連中が毎回――何て言おうとしてたか忘れてちゃった

よ」アーチーは賢明にも口をつぐんだ。「じゃあ君は」小休止ののち、彼は続けて言った。「ウィリアムの最新事情は親爺《おやじ》さんにはまたもやショックだと思うんだね」

「お父様が彼女を認めるとは思えないわ」

「君の陽気な生みの親御さんを、僕はよくよく観察してきたんだ」アーチーは言った。「ここだけの話だけど、僕にはお父上が誰だって認めるとは想像できないな」

「ビルがなぜわざわざこんな恐ろしい女ばっかり選んでくるのか、わたし理解できないわ。わたし、少なくとも二十人、素敵な女性を知ってるわ。みんな美人で大金持ちで、ビルにぴったりの女性よ。だけど彼はこっそり逃げ出して、あり得ない人と恋に落ちてしまうの。それで最悪なのは、彼が最後までやり遂げられるよう最善を尽くしてあげなくっちゃって、いつだって思ってしまうところなんだわ」

「そのとおりだとも！　愛の若き夢を邪魔したくはないからな。全員集合だ。その子の歌は聞いたのかい？」

「ええ、今日の午後、歌ってくれたわ」

「どういう種類の声なんだい？」

「うーん、大きな声ね」

「天井を吹っ飛ばす高音が出せて、夜中に用務員が建物の施錠に来るまで一晩中そのまま保持できるかなあ？」

「いったい全体どういう意味？」

「正直に答えてくれないか、彼女の高音はどうだった？　そそり立つ高さだった？」

「そうね、そうだったわ」

「じゃあもうそれ以上は何も言わなくていい」アーチーは言った。「ここは僕にまかせて、僕のベターハーフの二割増しさん！　全部アーチボルドにまかせるんだ。絶対に君を失望させない男だとも。計画があるんだ！」


次の日の午後、アーチーが自分のスイートに近づくと、閉まったドアから不機嫌な男性の声が漏《も》れ聞こえてきた。中に入ると、ルシールが彼の義兄といっしょだった。ルシールは少々疲れているようだとアーチーは思った。他方、ビルは元気いっぱいだった。彼の目は輝き、彼の顔はあまりにも剝製《はくせい》のカエルに似ていたから、彼が最新の魂の主人について講義しているのだと了解するのに困難は覚えなかった。

「ハロー、ビル、クランペット頭！」彼は言った。

「ハロー、アーチー！」

「来てくれて嬉《うれ》しいわ」ルシールが言った。「ビルがスペクタティアのことを何もかも話してくれてるの」

「誰だって？」

「スペクタティアよ。あの女の子のことよ。彼女の名前はスペクタティア・ハスキッソンなの」

「そんなことはありえない！」アーチーは信じられない、というふうに言った。

「なぜだ？」ビルはうなり声をあげた。

「だって、そんなことはありえないだろう？」理性的な人間として、アーチーは彼に訴えた。「つまりだ、スペクタティア・ハスキッソン！　そんな名前があるだなんて、僕はひどく疑わしく思う」

「何がいけない？」激怒したビルは聞き質《ただ》した。「アーチボルド・ムームよりずっといい名前だ」

「ケンカはやめて、二人ともお子様なんだから」ルシールは言った。「中西部の古き良き名前よ。ミシガン州スネークバイトのハスキッソン家は、誰でも知ってるわ。ビルは彼女をトゥートルズと呼んでるのよ」

「プートルズだ」ビルは厳しく訂正した。

「あら、そう、プートルズよ。ビルは彼女をプートルズと呼んでいるの」

「若き血潮！　若き血潮だ！」アーチーはため息をついた。

「まるで俺の祖父《じい》さんみたいな言い方はやめてほしいな」

「僕は君を息子だと思ってるよ、青年。お気に入りの息子だ！」

「あんたみたいな父親がいたら――！」

「ああ、でもいないだろう、青年よ。そこが問題なんだ。僕みたいな父親がいるんだったら何もかも簡単だ。だが、君の現実の父親は、こう言うのを許してもらえればだが、飼育下にある人間吸血コウモリ中でも最高の標本の一つだ。何事かがなされねばならないし、僕が君の側についてるのは本当に幸運だった。最高にフルーティーなアイデア満載の助言者、哲人、そして友人だ。さてと、もし君がご親切に僕の話を聞いてくれるなら――」

「あんたが入ってきてからずっと聞いてやってた」

「すべてを知れば、そんな刺々《とげとげ》しい声で話さなくなるはずだ！　ウィリアム、僕に計画がある！」

「どんな？」

「僕が言及しているその計画とは、メーテルリンクが言うところのララパローザってやつだ」

「彼って本当に驚きだわ！」ルシールは愛情込めて夫を見つめながら言った。「彼は魚をたくさん食べるのよ、ビル。それであんなに賢いんだわ！」

「エビだろ！」ぶっきらぼうにビルは言った。

「下の階のレストランのオーケストラのリーダーを知っているかい？」誹謗《ひぼう》中傷は無視し、アーチーは訊いた。

「オーケストラにリーダーがいるのは知ってる。そいつが、どうした？」

「いい奴だ。僕の大親友だ。名前は忘れたが――」

「プートルズって呼ぶことにしましょ！」ルシールが提案した。

「やめておく！」アーチーは言った。義兄から言葉にならないうなり声が発されてきたのだ。「君の陽気さをいささか控えめに調整してくれないかな。女の子っぽいこういう軽薄な言動はふさわしくない。さてと、僕がそいつと話しに行って、全部解決してくる」

「何を全部解決するの？」

「この件全部さ。一石二鳥なんだ。僕には作曲家の友人がいて裏方で色々やってるんだが、そいつの野望は自分のとっておきの曲を耳の肥えた聴衆の前で歌ってもらうってことなんだ。君には歌いたくってうずうずしてる歌手がいる。僕はオーケストラを指揮しているこの男のところに行って、君の女の子が僕の友達の歌を夕食中にレストランで歌うよう手配してくる。どうだい？　火の玉だと思わないか？」

「悪いアイデアじゃない」目に見えて顔を明るくし、ビルは言った。「あんたがそんなことを思いつくなんて、思いもしなかった」

「どうして?」

「うーん――」

「最高のアイデアだわ」ルシールは言った。「もちろん問題外だけど」

「どういう意味だい?」

「お父様が世界中で何より一番嫌いなのはキャバレーみたいなものだってこと、知らないの? お父様のところにはみんな寄ってたかって、歌手やら何かがいれば夕食の時間がぐっと楽しくなるとか言ってくるんだけど、お父様は全部バラバラに粉砕しちゃうの。そんなにもうちの格調を落としめるものはないって考えてるのね。そんな提案をしたら、三箇所噛《か》みつかれちゃうわ」

「ああ! だけど愛すべきお父様は今は留守だってことはお忘れかな、僕の魂の照明装置さん? 親爺さんは今朝、なんとかいった名前の湖に釣りに行った」

「あなた、まさかお父様に無断でこれをやろうだなんて、夢にも思ってるんじゃないでしょうね?」

「そのつもりさ」

「だけど、バレたら激怒するわ」

「でもバレるかな? 君に聞くが、バレるだろうか?」

「もちろんバレるわ」

「どうしてバレるか、俺にはわからないな」ビルが言った。可塑《かそ》性の高い彼の頭脳に、この計画は深い印象を与えたのだ。

「バレないさ」アーチーは自信満々で言った。「この策略は一晩きりだ。親愛なる親爺さんが骨まで届けと蚊に刺されまくって、スーツケースに小さいマスの剝製を一匹入れて帰ってくる頃には、すべてが終わり、ポトマック川沿いには再び平穏が戻っていることだろう。計画はこうだ。僕の友人は自分の曲を出版社の連中に聴いてもらいたがっている。君の女の子は自分の声を、コンサートに行くような連中に聴いてもらいたがっている。もちろん君はそういう男を知っていて、そいつを夕食にホテルに招待できるだろう?」

「カール・スタインバーグを知ってる。実は、彼にスペクタティアのことを手紙で書こうと思ってた」

「それが彼女の名前だってのは、本当に確かなのか?」アーチーは言った。彼の声には依然、懐疑の響きがあった。「ああ、まあ、彼女が自分で君にそう言ったんだろうし、本人が一番よくわかってるのは間違いない。こいつは最高だ。君の友達をロープで引っ張って連れてきて、最後までテーブルに押さえつけとくんだ。ルシール、はるか彼方《かなた》の水平線に映る美しき幻影よ、君と僕は別のテーブルでマキシー・ブルーメンタールをもてなすとしよう」

「いったい全体、マキシー・ブルーメンタールってどなた?」ルシールは訊いた。

「我が幼き日の友。音楽出版社の編集者だ。奴に来るように言って、そしたら準備完了だな。演奏が終わったら、ミス――」アーチーはびくっとたじろいだ。「ミス・スペクタティア・ハスキッソンは四十週間のツアーに参加する契約をして、陽気なブルーメンタールは曲の出版の手配を全部することになってるはずさ。さっき言ったように、一石二鳥だ! どうだい?」

「間違いなしだ！」ビルが言った。

「もちろん」アーチーは言った。「僕は君にやれやれって煽《あお》ってるわけじゃあない。ただ提案してるだけだ。もっといいのがあったら、そっちで行けばいい！」

「最高だ！」ビルは言った。

「最低だわ！」ルシールが言った。

「親愛なる喜びの時も悲しみの時も我が伴侶たる君」アーチーは言った。傷ついていた。「批判は甘んじて受けよう。だがこれじゃあただの罵倒《ばとう》だ。何が問題だと思うんだい？」

「オーケストラのリーダーが怖がってしたがらないわ」

「一〇ドルある。ここにいるウィリアムが用意してくれた。こいつを押しつけるんだ、ビル——これで彼の震えも収まるさ」

「お父様に絶対バレるわ」

「僕が父上を怖がるかだって？」アーチーは勇敢に言った。「いや、怖い！」アーチーはしばらく考えた後で付け加えて言った。「だけどどうしたらバレるものか、僕にはわからない」

「もちろんバレないさ」ビルがきっぱり言った。「できるだけ早く段取ってくれ、アーチー。これは医者の命令も同じだ」

24. コノリー氏、心とろける

ホテル・コスモポリスのメインダイニングルームは格調高い場所である。照明は芸術的に薄暗く、壁に飾られた本物の古いタペストリーは、その中世的静けさで、ありとあらゆる騒々しい企画を抑制している。もの柔らかな足どりのウェイターたちは、厚く高価な敷物の上を、ジャズの騒々しい現代性を完全に自制するオーケストラの音楽に合わせ、ゆらゆらと行き交《か》っている。ここ数日、ミス・ハスキッソンのリハーサルを聴く光栄に与《あずか》ってきたアーチーには、この場所はサイクロン到来直前の大海のような、ある種薄気味悪い静けさを感じさせた。ルシールが言ったとおり、ミス・ハスキッソンの声は大きかった。それは強力な器官で、コスモポリスのダイニングルームの中世の僧院のごとき静けさを取り去って片耳立ちさせること間違いなしだった。アーチーはほぼ無意識のうちに、フランスで弾幕砲火の最初の轟音《ごうおん》を待ちながら、行動開始予定時刻が迫ってきたときにやったように、筋肉に力を込め、息を殺して待っていた。彼はブルーメンタール氏の会話を機械的に聞いていた。

音楽出版社のブルーメンタール氏は、熱を込めて労働組合の話をしていた。最近の印刷会社のストライキのことがブルーメンタール氏の魂に深く食い込んでいたのだ。労働者たちは「神の国」を急速にスープの中に着水させていると、彼は考えていた。また熱の入った手振り身振りで、彼は二度も自分のグラスをひっくり返した。彼は精力的な両手遣いの雄弁家だった。

「連中は、与えれば与えるほどもっと欲しがるんだ！」彼は文句を言った。「連中を喜ばせる術《すべ》はない！ うちの業界だけじゃない。お父上がいる、ムーム夫人！」

「何てこった！ どこですって？」アーチーはびっくりして言った。

「いえ、お父上の例を挙げるとってことだ。新しいホテルを完成させようと必死になっているのに、何が起こった？ 仕事中にサボってクビになった男がいて、コノリーがストライキを呼びかけてる。それで決着がつくまで建設作業は延期だ！ おかしいだろう！」

「本当に残念ですわ」ルシールは同意して言った。「今朝の新聞で読みましたの」

「あのコノリーって奴はタフな男だ。お父上の個人的な友人だからと思うかもしれないが、あいつなら――」

「二人が友達だとは知りませんでした」

「何年も前からの友人だ。しかし、だからって大した違いはない。あの男が出てくれれば、みんな同じだ。間違ってる！ 俺《おれ》は間違ってるって言ってるんだ」ブルーメンタール氏はアーチーに向かって繰り返して言った。

アーチーは返事をしなかった。彼は部屋の向こうに入ってきたばかりの二人の人物をぼんやり見つめていたのだ。一人は大柄でがっしりした、四角い顔の威厳ある人物だった。もう一人はダニエル・ブリュースター氏だった。

ブルーメンタール氏は、彼の視線を追いかけた。

「おや、コノリーがやってきた」

「お父様！」ルシールは息を呑《の》んだ。

彼女の目がアーチーの目と合った。アーチーは氷水をあわてて飲んだ。

「これで台なしだ」彼はつぶやいた。

「アーチー、何とかしなきゃ！」

「わかってる！　だけどどうしたらいい？」

「どうしたんです？」ブルーメンタール氏は不思議そうに訊《き》いた。

「向こうのテーブルに行って話してきて」ルシールが言った。

「僕が！」アーチーは震えた。「いやだ、愛する人。本当に無理だ！」

「二人をどこかに行かせなきゃ！」

「どうやって？」

「わかったわ！」ルシールが叫んだ。「新しいホテルができたら、あなたを支配人にするってお父様は約束したのよ。だから、このストライキは他の誰より、あなたにも影響があるの。あなたにはあの二人と話し合う完璧《かんぺき》な権利があるわ。あの二人のところに行って、わたしたちのスイートでなら静かに話し合いができるから、夕食はそちらでいただきましょうってお誘いするの。あそこでなら邪魔されないから――音楽とかに、って言って」

この瞬間、アーチーが飛び込み台の端で深みに飛び込もうと、あらん限りの勇気を奮おうとしているダイバーのごとく躊躇《ちゆうちよ》し、逡巡《しゆんじゆん》している間に、ベルボーイがブリュースター氏とコノリー氏のテーブルに近づいた。ボーイがブリュースター氏の耳元で何かを呟《つぶや》くと、コスモポリスの経営者は立ち上がり、彼に続いて部屋から出て行った。

「急いで！　今がチャンスよ！」ルシールは熱心に言った。「お父様に電話がかかってきたんだわ。急いで！」

アーチーは震える神経中枢を落ち着かせるために氷水をもう一杯飲み、ウエストコートを引っ張り下ろし、ネクタイをまっすぐに整え、それから闘技場に入場するローマの剣闘士のような雰囲気で、部屋をよろめき横切った。ルシールは困惑した音楽出版者を歓待しようと向き直った。

アロイシウス・コノリー氏に近づけば近づくほど、アーチーは彼の容姿がますます嫌いになった。遠くから見ても、労働組合のリーダーは手ごわい顔をしていた。近くで見ると、彼はさらに魅力的でなくなった。彼の顔は大理石から切り出してきたみたいに見えたし、愛想笑いを浮かべようとしながら椅子《いす》を引いてテーブルに着席しようとしたときアーチーの目と合った彼の目は、硬く、凍りついていた。コノリー氏は港町や材木置き場で取っ組み合いの喧嘩《けんか》をする時には、味方にいるといい人物だという印象を与えたが、今、彼は親しげには見えなかった。

「ハローハローハロー！」アーチーは言った。

「いったい全体、あなたはどなたです？」コノリー氏は訊いた。

「僕の名前はアーチボルド・ムームです」

「それは私のせいじゃあない」

「僕はブリュースターの義理の息子なんです」

「お目にかかれて嬉《うれ》しいですな」

「あなたにお目にかかれて嬉しいです」アーチーは優雅に言った。

「では、さようなら！」コノリー氏は言った。

「へっ？」

「さあ向こうへ行って新聞を売っててください。お義父さんと私は、仕事の話があるんでね」

「ええ、わかってます」

「二人きりで」コノリー氏は付け加えて言った。

「ええ、でも僕もその騒ぎには加わってるんです。僕が新しいホテルの支配人になるんです」

「君が！」

「絶対的にです！」

「さてさて！」コノリー氏は当たり障りなく、言った。

アーチーは物事が順調に運んだことに満足し、魅力的に身を乗り出した。

「あのですねえ、ご存じですね！　あれはいけません！　絶対にダメです。全然いいとこなしです。ダメです。まったくダメです。どうでしょうか？　どうしましょうか？　どうです？　いいですか？　ダメですか？」

「いったい全体何の話をしてるんだ？」

「やめてください、友人！」

「何をやめるんだ？」

「このクソ忌々《いまいま》しいストライキです」

「君の知ったことか――ああ、ダン！　戻ったのか？」

ブリュースター氏は、雷雲のごとくテーブル上にのしかかり、いつも以上の敵意をもってアーチーを見た。たった今、コスモポリスの所有者にとって人生は楽しいものではなかった。一度ホテルを建て始めてしまうと、それは飲酒癖のようなものになる。一時的障害や一日の服用量が突然途切れることによっても、最悪の影響が生じる。そして、彼の最新の仕事の建設を阻《はば》むストライキは、ブリュースター氏を不安な暗闇に陥れた。このストライキにかてて加えて、彼は年に一度の釣り旅行を、楽しみ始めたばかりのところで断念しなければならなかった。そして、あたかもこれらすべてではまだ足りないとでもいうかのように、ここにこうして彼の義理の息子がテーブルに着席している。これは人間に耐えきれるものではない、とブリュースター氏は感じていた。

「何が欲しい？」彼は聞き質《ただ》した。

「ハロー、親爺《おやじ》さん」アーチーは言った。「さあ仲間にお入りください！」

「親爺さん呼ばわりするんじゃない！」

「よしきたホーだ、御大《おんたい》、仰せのままに。それでですねえ、それで僕はコノリーさんに提案しようしてたところなんですが、僕のスイートに行って静かにこの件を話し合いましょうって」

「彼は君の新しいホテルの支配人だと言ってる」コノリー氏は言った。「本当か？」

「そういうことだ」ブリュースター氏は不機嫌そうに言った。

「それならば、私は君に親切をしてやっているということだ」コノリー氏は言った。「ホテルを建設させないことでな」

アーチーはハンカチでひたいをそっと押さえた。時は飛ぶように過ぎ、この二人を動かすのは不可能だと思えてきた。コノリー氏は太古の岩のごとく、しっかり椅子に座っていた。ブリュースター氏はというと、彼もまた席に着き、アーチーをうんざりした嫌悪の目で見つめていた。ブリュースター氏の視線はいつもアーチーを、シャツの前身頃《まえみごろ》にスープがついているような気分にさせた。

そして突然、部屋の反対側の端のオーケストラから、耳慣れた曲が聞こえてきた。『母さんのひざ』の前奏である。

「おや、君はキャバレーを始めたのか、ダン?」コノリー氏は満足げな声で言った。「ここは時代遅れだと、いつも言ってきたろう!」

ブリュースター氏は跳び上がった。

「キャバレーだと!」

彼は信じられないと言うふうにオーケストラの演壇に上がってきた白衣の人物をじっと見つめ、それからアーチーに視線を集中させた。

アーチーは、もし彼に自由で勝手気ままな選択の余地があったなら、この時点で義父を見てはいなかったろう。しかしブリュースター氏の目は、ヘビがウサギを魅了するような力で彼の目を惹《ひ》きつけた。ブリュースター氏の目は、獰猛《どうもう》で威圧的だった。バジリスクだって彼のもとに駆けつけ、授業を受講させていただこうと思ったかもしれない。彼の視線はアーチーを貫通し、後者の後ろ髪が炎の中でくるくると焼け焦げるのを感じ取っているかのようだった。

「これもお前のバカげた手品の仕業か?」

アーチーはこの緊迫した瞬間においてさえ、ほぼ無意識のうちに義父の洞察力と直観力に感心していた。彼は第六感のようなものを持っているらしかった。これが大資産を築き上げる方法であることに間違いはなかった。

「えー、実を言うと――本当に正確には――こんなふうだったんです」

「おい、おしゃべりはやめろ！」コノリー氏が言った。「しゃべくるんじゃない！　聴きたいんだ」

アーチーはその言葉に喜んで従った。彼自身、何よりかによりその瞬間、会話したくはなかった。彼は何とかかんとかブリュースター氏の目から逃れようと努力し、オーケストラの演壇の方を向いた。そこではミス・スペクタティア・ハスキッソン嬢が、ウィルソン・ハイマックの名曲の第一節を歌い始めていた。


ミス・ハスキッソンは、中西部の多くの女性同様、背が高く、ブロンドで、かなり頑丈な方向で構築されていた。彼女は、その姿が古い農場やパンケーキや、朝一番の鋤《すき》仕事を終えてご飯を食べに帰ってくるお父ちゃんを連想させる少女だった。彼女のボブヘアですら、この印象を完全に破壊することはできなかった。彼女は大きく、強く、健康に見え、また彼女の肺も明らかに良好だった。彼女はかつて頑迷固陋《ころう》なラバに言い聞かせた勢いと雄大さでもってこの曲の歌詞に立ち向かった。彼女の発声法は、西部のハリケーンの中で牛たちに帰ってこいと呼び叫ぶ訓練をされた人のものだった。望もうと望むまいと、あなたはすべての言葉を聞き取るのである。

抑制されたナイフとフォークの音が消えた。コスモポリスでこの種のことが起こるのに慣れてはいない客たちは、この爆発に対応するため五感を調整しようとしていた。ウェイターたちはサービス姿勢で固まったまま、立ち尽くしていた。歌詞とリフレインの間の一瞬の小休止の中で、アーチーはブリュースター氏の深い呼吸を聞き取ることができた。思わず彼は、再びブリュースター氏を見つめた。あたかもポンペイからの避難民が振り返ってヴェスビオ火山を眺めるかのように。と、コノリー氏が見え、彼は驚愕《きょうがく》のあまり動きを止めた。

コノリー氏は姿を変えていた。彼の人格全体が微妙な変化を経ていた。彼の顔はまだ生きている岩から切り出されたように見えていたが、彼の目には、他の人の目の中でなら感傷的と言われそうな表情が浮かび上がっていた。アーチーには信じられないことと思われたが、コノリー氏の目は夢見るようだった。その目には、流れ落ちぬ涙のようなものすら感じられた。膨大な音量の集大成として、ミス・ハスキッソンがリフレインの最後の高音に到達し、襲撃隊が勝利を収め、疲れ切って勝ち取った堡塁《ほうるい》の頂きに立つかのごとくそれを保持した後、突然歌い終えた後、続いた静寂の中、コノリー氏から深いため息が発された。

ミス・ハスキッソンは二番の歌詞を歌い始めた。ブリュースター氏は、ある種のトランス状態から回復したらしく、跳び上がった。

「なんてこった！」

「座ってろ！」コノリー氏は声を荒げて言った。「座るんだ、ダン！」

その日彼は列車で母の元へ帰った
彼をこんなにも陽気に明るくしてくれる人が他にいないことを彼は知っていた。
彼は彼女のひたいにキスして、囁いた、「ただいま！」
彼は彼女に言った。「もうどこへも行かないよ」
そして幸せな歳月が過ぎ、彼は年老いて灰色の髪となり
彼はかつて口にした勇気ある言葉を、一度たりとも後悔しなかった。

「母さんのひざに戻る道のりは遠い」

最後の高音が破裂弾のごとく部屋中に響き渡り、それに続く拍手は砲弾が破裂するかのようだった。これがコスモポリスの洗練されたダイニングルームだとは誰にも思えなかったろう。麗《うるわ》しきご婦人たちはナプキンを振っていた。勇ましき男たちがナイフの先でテーブルを叩《たた》いていた。あたかも誰も彼もが深夜の貧乏くさいレヴュー劇場にいるかのようだった。ミス・ハスキッソンはお辞儀をし、退《しりぞ》き、戻ってきて、お辞儀をし、また退いた。涙が彼女の豊かな顔に伝い落ちていた。アーチーには隅の方で、義兄が激しく手を叩いている様が見えた。ウェイターは男らしい感動を表明しようと、新豆の注文を落っことした。

「三十年前の十月」コノリー氏は震える声で言った。「私は――」

ブリュースター氏は猛抗議して言った。

「あのオーケストラ・リーダーをクビにしてやる！　明日はクビだ！　クビにして――」彼はアーチーに向き直った。「いったい全体何をしようっていうんだ。お前は――お前は――」

「三十年前」コノリー氏はナプキンで涙を拭《ぬぐ》いながら言った。「私は懐かしき田舎《いなか》の懐かしき家を出て――」

「わしのホテルは熊いじめの見物場か！」

「本当にすみません、親爺さん――」

「三十年前の十月！　あれは素敵な秋の夜だった。見たこともないような素敵な夜だった。歳老いた母は、私を見送りに駅まで来てくれた」

ブリュースター氏は、コノリー氏の歳老いた母親にはあまり興味を示さず、これから爆発する花火のように、不明瞭《ふめいりよう》な音をパチパチ発した。

「お前はいつまでもいい子でいてね、アロイシウス。母さんは私に言った」コノリー氏は自叙伝を続けて言った。「私は言った。わかったよ、母さん。そうするよ」コノリー氏はため息をつき、またナプキンを押し当てた。「私はなんて嘘つきだったんだろう！」彼は良心に苛《さいな》まれるかのように、言った。「あれからたくさん卑劣な真似をしてきた。『母さんのひざに戻る道のりは遠い』まことの言葉だ！」彼は衝動的にブリュースター氏の方を向いて言った。「私がもっと作ろうとがんばらなくとも、この世界には十分多くの問題がある。ストライキはおしまいだ！　明日、みんなを送り返す！　私にまかせてくれ！」

ブリュースター氏は、本状況に関する自分の見解をあれこれ整理し、義理の息子を相手にする時に習慣となった大いなる強烈さでもってそれを表明しようとしていたが、慌てて自制した。彼は昔からの友人であり、仕事上の敵でもあるコノリー氏を、今聞いたことは確かだったのだろうかと訝《いぶか》るように、じっと見つめた。ブリュースター氏の心に、まるで一日か二日狩りに出かけたきり帰ってこなかった恥ずかしげな顔をした犬のように、希望が忍び入ってきた。

「君は、何をするんだって！」

「明日、連中を送り返す！　あの歌は私を導くために送られてきたんだ。そういうことだったんだ！　三十年前の十月、愛する母さんが――」

ブリュースター氏は身をのりだして熱心に聞き入っていた。コノリー氏の愛すべき歳老いた母親に対する彼の考えは変わっていた。彼は彼女のことをぜんぶ聞きたかった。

「あの娘が歌った最後の高音が、まるで昨日のことのようにすべてを思い出させてくれた。母さんと私が駅のホームで待っていると、トンネルから列車が出てきて、エンジンが悲鳴を上げた。十五キロ先からも聞こえるような悲鳴だった。あれは三十年前――」

アーチーはテーブルからそっと離れた。彼は自分の存在が仮にいくらかでも必要とされていたとしても、もはやまったく必要とされてはいないと感じていた。振り返ると、義父がコノリー氏の肩を嬉《うれ》しげにポンポン叩いているのが見えた。

アーチーとルシールはコーヒーを飲みながらくつろいでいた。ブルーメンタール氏は電話ボックスに向かい、ウィルソン・ハイマックと仕事の話を詰めていた。音楽出版者は『母さんのひざ』を絶賛した。「成功間違いなしだ」彼は言った。ブルーメンタール氏によれば、歌詞は痛みを覚えるくらい甘ったるくベトベトで、また曲にはこれまで聞いたことのあるヒット曲を思い起こさせるすべてがあった。ブルーメンタール氏の意見では、この曲が百万枚売れるのを止めるものは何もない、とのことだった。

アーチーは満足げにタバコを吸った。

「今夜の仕事の出来は悪くなかった」彼は言った。「一石二鳥と言えばだが」彼はルシールを責めるように見た。「君は喜びに弾《はじ》けそうな顔をしてないね」

「ええ、そうよ、愛しい人」ルシールはため息をついた。「わたし、ビルのことを考えてたの」

「ビルがどうしたんだ?」

「ビルがあの蒸気サイレーンに一生縛《しば》られると思うと、恐ろしいわ」

「いや、物事の暗黒面を見ちゃいけないよ。おそらく——ハロー、ビル！　ちょうど君の話をしていたところなんだ」

「そうなのか？」ビル・ブリュースターは落胆した声で言った。

「祝福の言葉が欲しいところだろ、どうだ？」

「俺は同情が欲しい！」

「同情？」

「同情だ！　どっさり頼む！　彼女は行ってしまった！」

「行ってしまった！　誰が？」

「スペクタティアだ！」

「行ってしまったって、どういう意味だ？」

ビルは、テーブルクロスをにらみつけた。

「家に帰ったんだ。今タクシーを見送ってきた。彼女は荷造りしにワシントン・スクエアに戻った。十時の汽車に乗ってスネークバイトに帰るんだ。あのクソ忌々《いまいま》しい歌のせいだ！」ビルは苦悩に満ちた声で呟《つぶや》いた。「彼女は今晩あれを歌うまで、ニューヨークがどんなに空っぽな場所だったか気づかなかったと言っていた。彼女にはそれが突然わかったんだと言った。彼女はキャリアをあきらめて母親の元へ帰るつもりだと言ってる。いったい全体なんで指をくるくる動かしてるんだ？」彼は苛立《いらだ》たしげに言った。

「すまない、旧友よ。数えてたんだ」

「数えてた？　何を？」

「鳥だ、わが親友。鳥を数えてただけさ！」アーチーは言った。

25. ウィグモア・ヴィーナス

その日の朝はあまりにも鮮やかな快晴だった。人々はとても活発で陽気に飛び交《か》っていた。また誰もが絶対的にピンク色で、ニューヨークの街を何気なく見た観察者なら、今日は幸せな一日だと言ってしまいそうなところだった。しかしアーチー・ムームは、太陽の光を燦々《さんさん》と浴びた通りから、彼の友人である芸術家、ジェームズ・B・ウィーラーのアトリエがあるおんボロ雑居ビルの三階に入っていきながら、何かがおかしいような気がして、かすかに鬱屈《うっくつ》した思いでいた。彼はイライラするとまでは言わないが、漠然とした違和感を感じていた。階段を上がりながら最初の原因を探っていくうちに、この漠然とした落ち込みの原因は妻のルシールにあるという結論に達したのだった。アーチーには、その日の朝食時のルシールの態度がわずかにおかしかったように思われた。どこと指さすことはできないが、しかしおかしかった。

そんなふうに思いながら彼はスタジオに到着し、そしてドアが開いているのに部屋に誰もいないことに気づいた。そこには、所有者がゴルフクラブを取りに飛び込んできて、細かいことを気にしない芸術家気質に従い、ドアをわざわざ閉めずに立ち去ったような雰囲気があった。実際、そのとおりだったのだ。その日はJ・B・ウィーラーはアトリエに戻らなかった。しかしアーチーはこのことを知らず、心やさしきウィーラー氏とのおしゃべりこそ今朝必要なものだと感じ、座って待っていた。しばらくして、部屋の中をさまよっていた彼の視線は立派に額装された絵にとまり、そして彼はその絵を見に向かった。

J・B・ウィーラーは雑誌のイラストレーターとして高額の年収を稼《かせ》ぐ芸術家だった。また彼がこの種のものも手がけていたことを知ったのはアーチーには驚きだった。というのは、その絵は颯爽《さつそう》と油彩で描かれた、心地よくふっくらした若い女性の姿で、頭の弱そうなにたにた笑いと、左肩に小さな鳩《はと》が描かれている以外は何も身に着けていないことから、明らかに女神ヴィーナスであるようだった。アーチーは絵画館周辺にいるような若者ではなかったが、ヴィーナスを見てそれとわかるくらいには芸術について知っていた。とはいえ確かに一、二度、芸術家たちは『白日夢』とか『心若かりし頃』といったタイトルで彼を裏切りはしたが。

彼はしばらくこの絵を眺め、それから椅子《いす》に戻ってタバコに火を点《つ》け、またルシールのことを考え始めた。そう、愛する彼女は朝食の時おかしな様子だった。彼女はこれといって何か言ったわけでも、何か普段と違うことをしたわけでもなかったが、だがしかし、どういうものかはわかるだろう。われわれ夫、すなわち良き時も悪しき時も旅団の男、というものは、仮面を突き破ることを学ぶのである。ルシールの口調には、夫が絹の色を合わせ損ねたり、重要な手紙を出し忘れたりした時に女性がまとう、不思議議な緊張したやさしさがあった。もし彼の良心が水晶のごとく澄み切っていなかったら、アーチーはそれが問題に違いないと言ったことだろう。しかし、ルシールは手紙を書くと、ただスイートルームから一歩出てエレベーターについている郵便入れに落とすだけだった。だからそれではあり得なかった。彼は他のことだって忘れているはずはない。なぜなら――

「ああ、なんてこった！」

アーチーのタバコは忘れられ、指の間でくすぶっていた。彼のアゴは落ち、彼の目は呆然《ぼうぜん》と前方を見つめていた。彼は愕然《がくぜん》とした。自分の記憶力が弱いことは承知していたが、こんなにも卑劣なかたちで失望させられたのは初めてだった。これは新記録だ。赤インクで印刷され、星印をつけられたこの記録は、人生最大の大ヘマとしてそれ一つで別格をなしていた。人は多くのことを忘れることがある。彼は自分の名前、傘、国籍、スパッツ、幼なじみだって忘れてしまうかもしれない。しかし、あなたの結婚した男、あなたの病める時も健やかなる時も夫トカゲが忘れてはならないことが一つある。そしてそれは結婚記念日なのである。

自責の念が大波のごとくアーチーを襲った。彼の心はルシールのために血を流していた。かわいそうなあの子の様子が朝食の時におかしかったのも不思議ではない。自分みたいな卑劣なアウトサイダーに一生縛《しば》りつけられ、朝食でおかしくならない娘がいるだろうか？　彼はうつろなうめき声をあげ、絶望して椅子に沈み込んだ。そして、彼がそうすると、先ほどのヴィーナスが彼の目にとまった。つまり、それは目を惹《ひ》く絵だったからだ。それが好きな者も嫌いな者もいるだろうが、しかしそれを無視することはできない。

水泳の名選手が高飛び込みの後で水面に飛び出すように、アーチーの魂は下降していた深みから突然上昇した。彼はインスピレーションを頻繁《ひんぱん》に得はしなかったが、今はそれを得た。希望の曙光《しょこう》が飛び出してきた。一つ脱出口が目の前に現れたのだ。素敵なプレゼントだ。これは名案だった。もし彼が素敵なプレゼントを持って彼女の元に戻れば、天の助けと鉄面皮《てつめんぴ》でもって、自分がただサプライズ効果を高めるために、この決定的に重要な日付を忘れたふりをしただけだと彼女に信じさせられるかもしれない。

それは大計画だった。戦い前夜に作戦計画を立てる偉大な将軍のように、アーチーは一分以内にすべての大計画をきっちり練り上げた。彼はウィーラー氏にメモを書き、事情を説明し、分割払いシステムでの妥当な支払いを約束した。そしてそのメモをイーゼル上の目立つ位置に置き、電話に飛びついた。そしてただいま、コスモポリスのルシールの部屋に電話は繋《つな》がった。

「ハロー、ダーリン」彼は甘くささやいた。

電話線の向こう側で少しの間《ま》があった。

「あら、ハロ、アーチー！」

ルシールの声は活力がなく、気だるげで、経験豊富なアーチーの耳には彼女が泣いていたのがわかった。アーチーは右足を上げ、腹立たしげに左足首を蹴《け》とばした。

「今日の良き日が何度も巡《めぐ》ってきますように、愛する人！」

電話線を伝って、くぐもったすすり泣きが浮かび流れてきた。

「今思い出したの？」ルシールが小さな声で言った。

アーチーは元気を出し、受話器に向かいはしゃぎ声で笑った。

「我が家の光よ、だましちゃったかなあ？　僕が本当に忘れたと思ったのかい？　何てこった！」

「あなた、朝食の時は何もおっしゃらなかったわ」

「ああ、だけどそいつは悪魔的狡猾《こうかつ》さの一部だったんだ。あの時はまだプレゼントがなかったから。少なくとも、準備ができているかどうかわからなかったんだ」

「アーチー、ダーリン！」ルシールの声は打ちひしがれた憂鬱《ゆううつ》を失っていた。彼女はツグミ、あるいはリネット、あるいは盛大なさえずりで知られる、ありとあらゆる小鳥のように、さえずり声をあげた。「本当にプレゼントをくださるの？」

「今ここにある。甘美な絵だ。Ｊ・Ｂ・ウィーラーの作品だ。きっと気に入るよ」

「ええ、きっと気に入るわ。彼の作品は大好きだもの。あなたって天使だわ。そうね、ピアノの上に掛けましょ」

「三秒以内に持っていくよ、わが魂の星。タクシーで行く」

「ええ、急いで！　あなたを抱きしめたいの！」

「よしきたホーだ！」アーチーは言った。「タクシー一台で行こう」

ワシントン・スクエアからホテル・コスモポリスまではそう遠くはないし、アーチーは無事に移動を終えた。出発前にタクシーの運転手と少々不快事があった。彼は地元で守るべき評判のある既婚者だというお上品な理由で、この傑作といっしょのところを世間に見られるのを拒否したのだ。しかし、アーチーが絵の正面が人目に触れないようにすることを約束すると、彼はこの仕事を引き受けることに同意した。そしておよそ十分後、恥ずかしげにホテルのロビーを通り抜け、エレベーターボーイの包み隠さぬ好奇の目を耐え忍び、アーチーは絵を脇に抱え、スイートに入った。

彼はルシールを抱きしめられるよう、慎重にそれを壁に立てかけ、歓喜に満ちた再会、あるいは神聖な場面と呼ぶべきか、が終了すると、彼は前に進み出て絵をこちらに向け、誇らしげに見せた。

「まあ、こんなに大きいのね」ルシールは言った。「ウィーラーさんがこんなに大きな絵を描かれるだなんて、知らなかったわ。あなたが彼の絵って言ったとき、雑誌の挿絵か何かの原画だとばっかり思ってたの」

アーチーは後ろに下がって、彼女が芸術作品を見る妨げにならないようにした。彼女は誰か不親切な性格の者に千枚通しを突き刺されたかのように跳び上がった。

「どう、かなりイケてるだろ、どうだい?」アーチーは熱心に言った。

ルシールは一瞬黙っていた。突然の喜びが彼女を黙らせたのかもしれない。あるいは、そうではないかもしれない。彼女は目を見開き、唇を開け、その絵を見ていた。

「素敵だろう?」アーチーは言った。

「ええ――そうね」ルシールは言った。

「君がこれを気に入るってわかってたんだ」アーチーは熱情込めて言った。「君は絵については目利きって評判だ――絵のことならなんだって知ってる――親愛なるお父上から受け継いだんだ。個人的には、僕はあの絵とこの絵の見分けもつかないんだけど、これを見た瞬間、『ヤッホー!』とか、そういうような種類の言葉を思わず口にしていた。こいつは家庭にちょっとした品格を付け加えてくれる、そうじゃないかい? 事務所に電話して、釘と紐をちょっととホテルのハンマーを持ってこさせるよう言おう」

「ちょっと待って、ダーリン。わたし、まだはっきりとわからないの」

「へっ?」

「どこに掛けるべきかってこと。ほら――」

「ピアノの上って言ってたな。陽気で素敵なピアノの」

「ええ、だけどその時は見てなかったから」

アーチーの頭の中に、ぞっとするような疑念が一瞬浮かんだ。

「あのう、君はこの絵が好きだよねえ、ちがうのかい？」アーチーは不安げに言った。

「ああアーチー、ダーリン！　もちろん好きよ！　そしてこれをわたしにくださるだなんて、あなた本当に素敵だわ。でも、わたしが言いたかったのは、この絵はあまりにも……あまりにも印象が強烈だから、もうちょっと待って、どこが一番効果的か決めた方がいいと思うの。ピアノの上の明かりはちょっと光が強めだし」

「もっと薄明かりのところに掛けるべきだってこと？」

「ええ、そうよ。薄ければ薄いほど……そうね、薄明かりのところに。しばらく部屋の隅に置いて考えてみましょ――そこの――ソファの後ろに置いて、それでよく考えてみるわ。よく考えなきゃ、ねえ」

「よしきたホーだ！　ここかい？」

「そう、とってもいいわ。あ、それと、アーチー」

「なんだい？」

「どうかしら……壁に、表側を向けてくださらない？」ルシールは少し息を呑《の》んだ。「その方がほこりが入らないでしょ」

それからの数日間、アーチーを少々困惑させたのは、常に自分の意見をはっきり持つ卓越した女性だと思っていたルシールに奇妙な迷いの色が感じられたことだった。彼は壁のさまざまな場所をヴィーナスに適した所として何度も提案したが、ルシールは決めかねているようだった。アーチーは彼女がどこかにはっきり決めてくれることを願った。というのはJ・B・ウィーラーを彼らのスイートに招いて、絵を見せたかったからだ。彼があの絵を持ち出した日以来彼からは何も言ってこなかったが、ある朝、ブロードウェイでウィーラーに会ったとき、アーチーはその件に対して彼がとった寛大な態度に感謝の意を表明した。

「ああ、あれかあ！」J・B・ウィーラーは言った。「どういたしまして、大歓迎だ、我が友よ」彼は言葉を止めた。「大歓迎以上だ」彼は付け加えて言った。「お前は絵の方はあんまり専門家じゃなかったな？」

「ああ」アーチーは言った。「君が僕を玄人《くろうと》呼ばわりしてくれるとは思わないが、もちろんこの作品が少なからずすごいもんだってことがわかるくらいには知ってるさ。君のこれまでの作品中、最高傑作の一つだ、友よ」

ウィーラー氏の丸いバラ色の顔に、紫がかった色がわずかに差した。彼は目を見開いた。

「何の話をしてるんだ、この悪魔め？　この大間違いのロクデナシ。お前はこれを俺が描いたとでも思っているのか？」

「ちがうのか？」

ウィーラー氏は少々痙攣《けいれん》気味に息を呑んだ。

「俺の婚約者が描いたんだ」彼は不機嫌に言った。

「君の婚約者？　なんてこった、君が婚約していたとは知らなかった。どんな女性だ？　僕の知ってる人か？」

「アリス・ウィグモアだ。お前の知らない女性だ」

「あの絵はその人が描いたのかい？」アーチーは狼狽《ろうばい》していた。「だけどさ、あの絵がどこに行ったのか、彼女は不思議に思わないか？」

「盗まれたと言ってある。彼女はそれをすごい賛辞だと思って、死ぬほど嬉《うれ》しがってる。だから大丈夫だ」

「それにもちろん、また別の絵を描くだろうしな」

「俺が元気なうちは描かない」J・B・ウィーラーは断固として言った。「ゴルフを教えてから、絵を描くのはやめてるんだ。ああ、神に感謝だ。再発しないよう、俺が全力を尽くす」

「だけど、君はさ」アーチーは困惑して言った。「まるであの絵に何か問題があるみたいな言い方をするなあ。僕はあれを途轍《とてつ》もない傑作だと思った」

「神の祝福を！」J・B・ウィーラーは言った。

アーチーは依然困惑したまま、道を進んだ。そして芸術家というものはそもそもが全員ひどく変わったおかしな奴らで、多かれ少なかれ常に訳のわからないことを言うものだったと思い起こした。絵について芸術家からは意見すら聞くことはできない。十人中九人は、どんな精神病院に入れられたっておかしくないような芸術観を持っていて、それでもお咎《とが》めなしなのだ。理性的存在者なら誰だってそいつといっしょに溝《どぶ》に落っこちて死んでいるのを発見されたくないようなシロモノを絶賛するこの種族の人間に、彼は何人も会ってきた。J・B・ウィーラーとの会話中に一瞬揺らぎかけていたウィグモア・ヴィーナスへの賞賛は、当初の活力を取り戻していた。まったくロクでもない、と彼は言いたかった。あれが傑作中の傑作でお母さんの手作りみたいに素敵じゃないと言い張るだなんて。ルシールがあれをどれほど気に入ったか、見てみることだ！

翌朝の朝食で、アーチーはあの絵をどこに掛けるかの件をまた持ち出した。ああいうものを壁に顔を向けてソファの後ろに置いたままにして、その甘美さを無駄にするのはバカげている、と。

「あの名画の件だけど」彼は言った。「どうだい？　そろそろどこかに掛けよう」

ルシールはもの思うげにコーヒースプーンをいじった。

「アーチー、愛する人」彼女は言った。「わたし、ずっと考えていたの」

「それはいいことだ」アーチーは言った。「僕もちょっと時間がある時は、よくそうしようと思ってる」

「あの絵のことなの。明日がお父様の誕生日だってご存じ？」

「なんと、全然知らなかったよ。実を言うと君の敬愛するお父上は、この頃僕にあんまり打ち明け話をしてくれないんだ」

「ええ、そうね。それでわたしたち、お父様にプレゼントを贈るべきだと思うの」

「絶対的にだ。だけどどうやって？　甘美と光明《こうみよう》を振り撒《ま》いて親爺《おやじ》さんの悲しき存在を元気づけるのは大賛成だけど、僕は一文なしだ。それにその上、そんなに急じゃ、地平線上を見渡しても、金を借りられる相手は一人もいない。レジーのアバラにちょっと食い込んでやれるとは思うんだが、かわいそうなレジーに金を借りるのは、僕には抱卵中の鳥を撃つような真似にしか思えないんだ」

「もちろん、あなたにそんなこと、していただきたくないわ。考えてたのだけど――ねえ、アーチー、ダーリン、あの絵をお父様に差し上げたら、あなたすごく傷つくかしら？」

「ああ、そうだとも！」

「でも、他に思いつかないの」

「だけど、君はあれがなくなったら、ものすごく寂《さみ》しいんじゃないかい？」

「ええ、もちろんよ。でも、お父様の誕生日なのよ――」

アーチーはいつもルシールを、世界で一番かわいらしい、利他的な天使だと思ってきたが、今ほどその事実を強烈に思い知らされたことはなかった。彼は彼女に愛情込めてキスした。

「ああ何てこった！」彼は叫んだ。「君は本当に天使だ！　これはあのサー・フィリップ・なんとかかんとかが、自分より必要が大きかったかわいそうな男に水を飲ませて以来の大事件だ。その話を君が覚えてればだけど。学校で散々聞かされたのを思い出すよ。サー・フィリップは、かわいそうに、とてつもなく喉が渇いていて、それでおごりで飲ませてもらおうってちょうどその時……まあ全部歴史の教科書に載ってる。こいつはボーイスカウトのすることだ！　もちろん君次第だよ、僕の魂の女王様。もし君が犠牲になろうって言うなら、よしきたホーだ！　お父上を呼んで、この絵を見せてあげようか？」

「いいえ、それじゃダメだわ。明日の朝、お父様の部屋に行って、どこかに掛けて差し上げられるかしら？　だって、もし先に――いいえ、部屋に飾っておいて、見つけてもらうのが一番だと思うわ」

「その方がお父上は驚くだろう、ってことだね？」

「ええ」

ルシールは聞こえないくらいの、ため息をついた。彼女は良心を備えた娘だったし、その良心が彼女を少し悩ませていた。芸術的な調度品を備えたブリュースター氏のスイートルームでウィグモア・ヴィーナスを発見したら、彼は驚くだろうというアーチーの見解に彼女は同意した。驚き、というのは、実際のところ不適切な言葉かもしれない。彼女は父親にすまないと思ったが、自己保存の本能は他のいかなる感情より強いものなのである。

翌朝、義父の部屋の壁紙に釘を打ち込み、ウィグモアのヴィーナスを吊るす紐の長さを調整しながら、アーチーは陽気に口笛を吹いていた。彼は心優しい青年で、ダニエル・ブリュースター氏には何度も厳格な態度で扱われてきたものの、その純朴《じゅんぼく》な心は、彼に良いことをしてあげていると思うと嬉しかったのだ。

「いったい全体何事だ？」

アーチーは笑顔で振り返った。

「ハロー、親爺さん！　今日の良き日が何度も巡《めぐ》ってきますように！」

ブリュースター氏は凍《い》てついた姿勢で立っていた。彼の強靭《きょうじん》な顔は、わずかに紅潮していた。

「なんと——なんと？」彼はガラガラうがい声を発した。

ブリュースター氏はその朝、晴れやかな気分ではなかった。大型ホテルの経営者を悩ませる事柄は多く、今日はうまくいかない日だった。彼は動揺した神経系を、静かに葉巻を吸うことで回復させようと考えてスイートに戻ってきたのだが、義理の息子の姿を見て、いつもながら彼の気分はこれまで以上に悪くなった。しかし、アーチーが椅子《いす》から降り、ブリュースター氏がこの絵を一望できるよう脇に移動したとき、世界が荒涼《こうりょう》たる場所であることをいつも思い知らさせてくれる人物の単なる訪問より、はるかにもっと悪いことが自分の身の上に降りかかってきたことを知ったのだった。

彼は唖然《あぜん》としてヴィーナスを見つめた。多くのホテル経営者とは異なり、ダニエル・ブリュースターは芸術愛好家だった。実際、芸術の目利きは彼の趣味だった。コスモポリスではパブリック・

ルームにさえ、趣味の良い装飾が施されていたし、彼自身のプライベート・スイートは最高かつ最も芸術的なものすべてを集めた神殿だった。彼の趣味は静かで抑制されたもので、ウィグモア・ヴィーナスがウナギの皮の剝製《はくせい》みたいに彼の耳の後ろを直撃したと言ったとて、過言ではなかった。その衝撃はあまりにも大きかったから、彼はしばらく黙っていた。そして言葉が回復する前に、アーチーが説明した。

「こちらはルシールからの誕生日プレゼントです、どうかな？」

ブリュースター氏は、口にしようとしていた軽快な言葉を押し殺した。

「ルシールが、わしにくれたのか――これを？」彼は呟《つぶや》いた。

彼は哀れなくらいに、こらえ切った。彼は苦しんでいたが、ブリュースター家の者の鉄の勇気が大いに働いてくれた。これなる男は意気地なしではなかった。ただいま彼の顔の硬直は和らいだ。彼は自分を取り戻した。この世のありとあらゆる全ての中で、彼は娘を一番愛していた。そして、なんらかの一時的精神錯乱によって、娘がこの不快ないたずら書きを自分の誕生日プレゼントにふさわしいシロモノだと思ったなら、彼はこの状況を雄々しく受け入れねばならない。彼はウィグモア・ヴィーナスといっしょに暮らすよりは死を選んだろうが、そうしなければルシールの気持ちを傷つけるというなら、その苦しみにも耐えなければならない。

「これを掛けるのにとってもふさわしい場所を選んだと思うんだけど、どうかな？」アーチーは陽気に言った。「日本の版画の隣に、よく似合うと思いませんか？　なんと言うか、目を引きますよ」

ブリュースター氏は乾いた唇を舐《な》め、ぞっとするような笑《え》みを浮かべた。

「ああ、目を引くな！」彼は同意して、言った。

26. 祖父物語

アーチーは他人のことをそうやすやすと心配するような人間ではないし、自分のごく親しい友人の輪の中にいない者に対してはとりわけそうである。しかしその翌週ずっと、義父の精神状態について心穏やかではいられなかったと認めるにやぶさかでなかった。彼は日曜版の新聞や他の場所で、実業界のリーダーが受ける絶え間ない緊張に関するありとあらゆる種類の記事を読んでいた。その緊張は遅かれ早かれほぼ確実に犠牲者を暴発に至らせる。そしてブリュースター氏は物事が彼のスタミナには過酷すぎると感じだしているようにアーチーには思われた。彼の行動がおかしいことに否定の余地はない。アーチーは医者ではないが、アメリカのビジネスマン、すなわち、絶えず動きまわり、常に活動的な人間機械がおかしな行動を始めたら、次に気がついた時には、屈強な男二人に腕を一本ずつ取られ、ブルーミングデール精神病院行きのタクシーに急ぎ乗せられることになることはわかっていた。

彼はルシールには不安を打ち明けなかった。彼女に心配させたくなかったからだ。彼はクラブでレジー・ヴァン・トゥィルを探し出し、彼に助言を求めた。

「なあ、レジー、親友よ——こちらにおいでの方を除いてだが——お前の家族にキチガイはいないか？」

レジーは午後早くにはいつも彼を襲うまどろみから、目を覚ました。エドガー叔父《おじ》さんは自分が双子《ふたご》だと思ってた」

「キチガイ？」彼は眠たげにつぶやいた。「もちろんだとも！　エドガー叔父さんは自分が双子だ
と思ってた」

「双子だって？」

「ああ、バカな考えだ！　つまりさ、エドガー叔父さん一人いればもう十分だって思うだろうに」

「どう始まったんだ？」アーチーは訊《き》いた。

「どう始まったかだって？　うーん、最初に俺《おれ》たちが気づいたのは、叔父さんが何でも二つ欲しがるようになった時だった。夕食時には席を二つ用意しなきゃならなかった。劇場じゃあいつも席を二つ欲しがった。金がかかるんだ」

「それまではおかしな行動はなかったのかい？　つまり神経質にビクビクしたりとか？」

「覚えてない。なぜだ？」

アーチーの口調は重苦しくなった。

「うーん、ここだけの話にして欲しいんだが、うちの義父のことがちょっと心配なんだ。今にもイカレる寸前だと思う。緊張のせいで精神的に参ってるんだと思う。ここ数日、親爺《おやじ》さんの様子がものすごく変なんだ」

「たとえば？」ヴァン・トゥイル氏はつぶやいた。

「うーん、こないだの朝、僕はたまたま親爺さんのスイートにいた。たまたま、親爺さんは一〇ドル以上は出してくれなくって、僕は二五ドル欲しかった——それで突然親爺さんはめちゃくちゃ大

きな文鎮《ぶんちん》を手にとって、それを思いっきり放り投げたんだ」

「お前に向けてか？」

「僕にじゃない。そこがおかしいんだ。壁にとまった蚊《か》に向かって」彼は言った「つまりさ、人は蚊に文鎮をぶつけるものかなあ？　そういうものか？」

「何か壊したのか？」

「また不思議なことに、ちがうんだ。ただ、ルシールが誕生日に贈った素敵な絵に当たり損ねただけだった。もう三十センチ左に逸れてたら、壊れるところだった」

「奇妙だな」

「その絵といえばだが、それから何日かした日の午後、親爺さんの部屋に立ち寄ったら、壁からその絵を降ろして床《ゆか》に置いて、ものすごくおかしな様子で見つめていた。それも奇妙だろ、どうだ？」

「床に置いてたのか？」

「素敵なカーペットの上にだ。僕が入ってゆくと、親爺さんは目を丸くして、そいつをぼんやり見つめていた。一心不乱にだ。僕が入っていくと、彼は飛び上がった――ある種のトランス状態から覚醒《かくせい》したみたいにだ――そしてレイヨウみたいに飛び跳ねたんだ。それで、たまたま僕が彼を摑《つか》んでなかったら、彼はそいつをどすどす踏みつけてたことだろう。とてつもなく不快だった、分かるだろ。親爺さんの態度はおかしかった。何か考え事をしているみたいだった。僕はどうすべきだと思う？　もちろん僕の知ったことじゃないんだが、このまま放っておいたら、近いうちに誰かをピクルスフォークで突き刺すことになりそうだ」

アーチーが安心したことに、義父の症状は悪化の兆《きざ》しを見せなかった。実際、彼の様子は再び正常に戻ったかのようだった。また数日後、ホテルのロビーでアーチーに会った彼は、とても陽気に見えた。彼が義理の息子と話して時間を無駄にすることは滅多《めった》になかったが、この時はその日の朝刊の一面を飾ったニュースの大規模な絵画窃盗《せっとう》事件について、数分間彼とおしゃべりしたのだった。ブリュースター氏の意見では、この暴挙はギャングの仕業であり、誰も安全ではいられないとのことだった。

ダニエル・ブリュースター氏はこの件について奇妙なくらい熱心に話したが、その夜、義父のスイートに向かったとき、彼の言葉はアーチーの頭から抜け落ちていた。アーチーは高揚した気分だった。夕食の最中、彼の頭は他のすべてのことを締め出すような良いニュースでいっぱいになった。それによって彼は心地よい、あるいは目の眩《くら》むような、すべての被造物に対する博愛の思いに満ちた状態になった。ロビーを横切りながら、彼はフロント係にほほえみかけ、もし一ドル持っていたら、エレベーターボーイにそれを渡していたことだろう。

アーチーはブリュースター・スイートのドアの鍵が開いているのを発見したが、それはいつもならごく珍しいことと感じられたはずだった。しかし今夜はそんな些細なことに気づくような精神状態になかった。彼は部屋に入り、室内が暗く誰もいないことを知ると、腰を下ろし、瞑想《めいそう》に没頭しすぎて電気をつけることも忘れ、夢心地の瞑想に没入した。

人は時間を忘れてしまうような気分になることがあるが、アーチーがこの室内に一人きりでないのに気づいたとき、窓際の深い肘掛け椅子《ひじかいす》に座ってからどれくらい時間が経《た》ったかわからなかった。

彼は瞑想するため目を閉じていたから、誰かが入ってくるのを見ていなかった。ドアが開く音も聞こえなかった。誰かが入ってきたことに彼が初めて気づいたのは、何らかの硬い物質が何らかの硬い対象物に当たり、鋭い音を発したときで、彼はその音に飛び上がり、地上に着地したのだった。

彼は無言で座り直した。部屋がまだ暗闇に包まれていたという事実から、何か無法なことが進行中であるのは明らかだった。明らかに不正な仕事が行われていた。彼は闇の中を見つめ、やがて目が慣れてくると、床の上の何かの上に屈み込んでいるぼやけた人影が見えた。かなり荒い息づかいの音が聞こえてきた。

アーチーには完璧《かんぺき》な人間になることを妨げる多くの欠点があったが、勇気の欠如はその中にはなかった。彼のいささか未発達な知性は、戦争中、彼の上官たちにイギリスに海軍があってよかったと神に感謝させたこともあったが、しかしこうした厳しい批評家たちでさえ、彼の飛び出し方には何の文句も言えなかったろう。我々の中には考える者もあれば、行動する者もある。アーチーは行動の人であり、もっと賢明な者だったら作戦計画を完成させている前に、彼は椅子から立ち上がり、侵入者の首の後ろ方向に向かった。悪党はふいごから風が発するようなぐしゃんという音を立てて彼の下に崩れ落ち、アーチーは彼の背骨上にしっかり座ると、絨毯《じゅうたん》に相手の顔をこすりつけ、事態の進展を待った。

一分もしないうちに、反撃がないことが明らかになった。攻撃の猛烈な速さは、明らかに彼の呼吸を全て奪う効果があった。彼は苦しげにごぼごぼ喉《のど》を鳴らしたが、立ち上がろうとはしなかった。アーチーは立ち上がって電気をつけたほうがいいと思い、そうした。そしてこの操作を完了した後、振り向くと、息を切らして髪を振り乱した状態で床に座った義父が、突然の照明にまばたきしている光景を目《ま》の当たりにしたのだった。ブリュースター氏の脇のカーペットの上には長いナイフが置かれ、ナイフの横にはJ・B・ウィーラーの婚約者であるミス・アリス・ウィグモアの見事に額装された傑作が置かれていた。アーチーは呆然《ぼうぜん》としてこの並びを見つめた。

「ああ、ヤッホー！」ようやく彼は力なく言った。

アーチーの背骨付近に、はっきりした悪寒《おかん》が走った。これが意味することはただ一つだった。彼の恐怖が現実のものとなったのである。喧騒《けんそう》と興奮に満ちた現代生活の緊張が、ついにブリュースター氏には耐え切れないものになったのだ。億万長者の存在に伴う一千一個の悩みや心配事に押しつぶされ、ダニエル・ブリュースターはイカれてしまったのである。

アーチーは困惑していた。この種のことを経験するのは初めてだったからだ。かかる状況における適切な手続きとは何か、と彼は自問した。地元のルールはどんなだろう？　要するに、彼はここからどこへ行くのか？　ソファの下にナイフを蹴《け》り入れる予防措置をとった後、彼は困惑して途方に暮れながらも、依然として考え込んでいた。と、ブリュースター氏が話しだした。その言葉とその伝え方には、慣れ親しんだ彼本来の姿があり、アーチーはだいぶ安堵《あんど》したのだった。

「そうか、お前か。この哀れな害獣、みじめな雑草め！」こう言うだけの呼吸を回復すると、ブリュースター氏は言った。彼は落胆した様子で、義理の息子をにらみつけた。「こうなることを予期しとるべきじゃった！　わしが北極に行ったとしても、お前はきっと邪魔をしてくるんじゃろう！」

「水を持ってきましょうか？」アーチーは言った。

「いったい全体」ブリュースター氏は聞き質《ただ》した。「わしが水を飲みたいなどと、なぜ思う？」

「えー」アーチーは慎重に躊躇《ちゅうちょ》して言った。「貴方《あなた》が少し精神的緊張を覚えてるんじゃないかと、思ってたんです。つまり現代生活の慌《あわただ》しさとかそういうようなものなんですが……」

「わしの部屋で何をしておった？」ブリュースター氏は話題を変えて言った。

「えー、話があって来たんです。で、ここに来てあなたを待っていたんです。すると誰かが暗闇の中をうろついていて、泥棒か何かが貴方の物を盗みに来たんだと思ったんです。それで、よくよく考えて、そいつの上に両足で乗っかるのがかなりいい計画だと思ったんです。まさか貴方だったとは、思いもしませんでした！　本当にすみません。良かれと思ってしたことなんです！」

ブリュースター氏は深いため息をついた。彼は公正な人物であり、この状況でアーチーがとった行動が不自然でなかったことを認めないわけにはいかなかったのだ。

「ああ、そうか」彼は言った。「何か悪いことが起きると、わかっておるべきじゃった」

「本当にすみません！」

「しょうがない。わしに話とは何だったんじゃ？」彼は義理の息子を鋭いまなざしで見た。「二〇〇ドル以上、金は渡さんぞ！」彼は冷たく言った。

アーチーは急いでその無理もない誤りを払いのけようとした。

「えー、そういうことじゃないんです」彼は言った。「実際のところ、いい知らせだと思ったんです。僕の心を途轍《とてつ》もなく元気いっぱいにしてくれたんです。今、ルシールと食事をしていて、それでゆっくり食べ物を食べてたら、彼女が僕に言ったんです。それでものすごく嬉《うれ》しくなって。彼女が僕に、貴方のところに急いで行って、もしよかったら――」

「わしは先週の火曜日にルシールに百ドルやったぞ」

アーチーは心傷ついた。

「そういう下劣なものの見方を修正してください、親爺さん!」彼は強く言った。「そういう話じゃ全然ないんです。絶対に的を外してます! ルシールに貴方に訊くよう言われたのは、もしよかったら――かなり近い将来――おじいちゃんになっても構わないか、ってことだったんです! もちろん、クソ忌々《いまいま》しい話でしょうが」アーチーは同情するように言った。「貴方の年頃の方には。でも、そういうことなんです!」

ブリュースター氏は息を呑《の》んだ。

「つまり、お前が言いたいのは――?」

「つまり、ちょっと長老みたいな気分になってしまうってことです。雪のごとき白髪とか、そういうことです。それにもちろん、貴方みたいな人生真っ盛りの方には――」

「お前が言ってることは――? 本当か?」

「絶対的に! もちろん、僕について言えば、大賛成です。こんなに嬉しかったことはありません。ここに来るとき歌ったくらいです――エレベーターの中で絶対的にさえずるように歌ってました。でもあなたは――」

ブリュースター氏に奇妙な変化が起きた。彼は堅固な岩から切り出されたように見える男だったが、しかし今、えも言われぬかたちで、彼は心とろけてしまったように見えた。しばらくの間、彼はアーチーを見つめていたが、すぐ前に進み出ると、鉄の握力で彼の手を握った。

「これはこれまで聞いた中で最高のニュースだ!」彼はつぶやいた。

「そんなふうに受け取っていただいて、ものすごくご親切なことです」アーチーは心を込めて言った。「つまり、おじいちゃんになるってことは――」

ブリュースター氏はほほえんだ。彼のような外見の人物について、いたずらっぽく笑ったとはなかなか言えないものである。しかし、彼の表情には、わずかにいたずらっぽさを感じさせる何かがあった。

「親愛なる我が息子よ」彼は言った。

アーチーはびっくりして飛び上がった。

「親愛なる我が息子よ」ブリュースター氏はきっぱりと繰り返した。「わしはアメリカ一の幸せ者じゃ！」彼の目は床に置かれた絵の上に落ちた。彼は軽く身震いしたが、すぐに気を取り直した。「今後は」彼は言った。「わしは残りの人生をあの絵といっしょに暮らしてゆくことに我慢できる。そんなのは大したことじゃないと思える」

「あのですねえ」アーチーが言った。「どうでしょう？　その話題を持ち出されたところで、伺うんですが、男同士の話としてお訊ねします。いったい全体、僕が貴方の背骨の上に着地した時、貴方は何をしようとされてたんですか？」

「わしの頭がイカれたと思ったんじゃな？」

「ええ、そう言わざるを得ません――」

ブリュースター氏はその絵に敵意ある目を向けた。

「ああ、あの忌々《いまいま》しいシロモノと一週間もいっしょに暮らした後じゃあ、仕方ない――」

アーチーは驚愕《きょうがく》して彼を見た。

「あのう、親爺さん、貴方の言いたいことを正確に理解しているかどうかわからないんですが、あなたはなんだかあの素敵な芸術作品がお好きでないような印象を受けるんですが」

「お好きでないじゃと！」ブリュースター氏は叫んだ。「気が狂いそうじゃった！　目にする度に苦しかった。今夜、もう我慢できないと思った。ルシールを傷つけたくなかったから、あのクソ忌々しいシロモノを額縁から切り取って、盗まれたと伝えることにしたんじゃ」

「なんてこった！　なんと、ウィーラーの奴がしたのとまったく同じだ」

「ウィーラーの奴とは誰じゃ？」

「芸術家の男です。僕の友達です。彼の婚約者がこれを描いて、僕が引き取ったとき、奴も彼女に盗まれたって言ったんです。奴もあんまりこれが気に入ってないみたいでした」

「君のご友人のウィーラー氏は、明らかにいい趣味をされておいでじゃ」

アーチーは考えていた。

「ふむ、だんだんわかってきました」彼は言った。「個人的には、僕はこれをいつも賞賛してます。実に見事な作品だと、常に考えてきました。でも、もちろん、貴方がそうお考えなら――」

「わしはそう思っておる！」

「えー、そういうことなら――僕がどんなに不器用な奴かはご存じでしょう――ルシールには全部僕のせいだって言ってください」

ウィグモア・ヴィーナスはアーチーにほほえみかけた。それはアーチーには哀れな、嘆願するような微笑《ほほえみ》に見えた。一瞬、彼は罪悪感を覚えたが、目を閉じ、心を冷酷にして、軽く宙に飛び上がると、両足で絵の上に着地した。キャンバスが引き裂かれる音がし、ヴィーナスはほほえむのをやめた。

「なんてこった！」良心に苛《さいな》まれるように残骸を見ながら、アーチーは言った。

ブリュースター氏は罪悪感を共有してはいなかった。その晩二度目となるが、彼は彼の手を握った。

「我が息子よ！」彼はうち震えた。彼は新たな目で彼を見るかのように、アーチーを見つめた。

「親愛なるわしの息子よ、君は戦争を経験したんだったな？」

「へっ？　ええ、そうです。懐かしき戦争を経験しました」

「階級は何だった？」

「少尉でした」

「将軍になるべきじゃった！」ブリュースター氏はもう一度、彼の手を強く握り締めた。「わしはひたすら願っとる」彼は付け加えて言った。「君の息子が君のようになるようにとな！」

ほめ言葉には、あるいは特定の出所から出たほめ言葉には、それを前にして驚愕のあまり謙虚さの方でよろめくことがある。アーチーがそうだった。

彼は痙攣《けいれん》して息を呑《の》み込んだ。ダニエル・ブリュースターから、こんな言葉を聞く日が来ようとは思いもしなかったのだ。

「どうでしょう、親爺さん」彼はほとんど壊れたように言った。「いっしょにバーに行って、ちょっとシャーベットを飲みませんか？」

訳者あとがき

ウッドハウス名作選の三冊目としてお送りする本書は、*Indiscretions of Archie*（1921）の翻訳である。英国では一九二〇年三月から翌年二月まで『ストランド』誌に、アメリカでは一九二〇年五月から翌年二月まで『コスモポリタン』誌に連載され、作家四十歳となった一九二一年に両国で刊行された。

一九一八年十一月十一日パリ停戦条約の調印により、五年間の長きに及んで欧州を疲弊困憊させ尽くした第一次大戦は、累々《るいるい》たる犠牲の山を築き上げた末、ようやく終結した。戦闘員、非戦闘員合わせて戦没者数は一五〇〇万名以上、イギリス人戦死者数は九十万人以上と言われる。また、この終戦は世界人口の三分の一が罹患し、全世界で死者一億人を超えたと言われるスペイン風邪の流行第二波の頂点において迎えられたもので、その感染収束は欧米では一九一九年の夏、日本においては一九二〇年まで持ち越されている。

アメリカは一九一七年四月にドイツに宣戦布告して第一次大戦に参戦した。また同年二月に両院を通過した憲法改正決議を経て、一九二〇年一月には合衆国憲法修正一八条が施行され、アメリカは禁酒法時代に突入する。本書を構成する短編群は終戦とパンデミック収束から間もない狂騒の二〇年代の曙光と時同じくして発表され、大幅な加筆修正入れ替え等の編集を経て連作短編集として刊行されたものである。

イギリス生まれ、イートン校、オックスフォード大卒の主人公、アーチボルド・ムーム（Archibald Moffam）ことアーチーは、ウッドハウスお得意の、いつもながらにお気楽でハンサムで家柄と気がいいだけでなんにもできない金のハートの青年紳士の一人であるが、第一次世界大戦に従軍し、五年近くをフランスでドイツ軍と戦った帰還兵である。また、物語冒頭でホテル王令嬢と結婚したアーチーは、ウッドハウス・ワールドでは数少ない既婚者でもある。従軍経験のあるウッドハウス・キャラクターというのは、かのジーヴスを含めて意外と多いのだが、戦場での経験が主人公自身の体験としてしばしば語られる本書は、やはり異色と言っていいだろう。ちなみにこの後、ウッドハウスが第一次大戦を主テーマとして導入することはない。

　五年従軍したというのだから、アーチーは開戦当初に志願兵として入隊したのだろう（一九一六年一月の兵役法成立まで、イギリスは募兵制を維持した）し、復員時に少尉だったというのだから、士官としての立身出世は果たせなかったことになる。酸鼻を極めたフランス西部戦線で日夜敵軍と対峙し、ソーセージ一切れでかろうじて命をつなぐほどの過酷な体験を重ねてきた割には、アーチーが魂の深い部分に癒しがたい戦争の爪痕を負った徴候も、あるいは飛躍的な人間的成長を遂げた気配も人格的陶冶を果たしてより高次の存在に進化した様子もまったくない。バーティーやモンティやフレディーやビンゴやポンゴたちドローンのように、どれほど過酷な運命に翻弄され踏みつけられ揉みくちゃにされようとも、上唇を堅くしてどこ吹く風、あるいは経験からまったく学ぶことのない清々しいばかりの無邪気な能天気ぶりで、アーチーは復興期ニューヨークの新天地を、明るく我が物顔で闊歩《かっぽ》するのである。

　本書各所でフランスでの不快事としてやや唐突に言及される第一次大戦従軍と復員、そして訪米に至った経緯について、雑誌初出時にはもうちょっと丁寧な説明がなされていた。『ストランド』誌一九二〇年三月に掲載された、「ホテルと結婚した男（The Man Who Married An Hotel）」冒頭を紹介しよう。

　ついに平和が訪れた。ありとあらゆる悲惨——スパイ行為、戦争小説、軍事専門家の解説、愛国的な一幕もののレヴュー・ショー——とともに、暗雲のごとく大戦は過ぎ去った。復興の時代が到来し、ありとあらゆる昔ながらの問題が、戦争が押し込んでくれていた背景から、貰い手のない犬みたいにこそこそ戻ってきた。それらはそこにあり、五年前とまったく同じように注目を求め騒ぎ立てている。英国は自らにこう問いかけていた。「アイルランドを如何したものか？　労働運動を如何したものか？　そしていった い全体、アーチーをどうしたものかなあ？」

厳密に言うと、この最後の問題はムーム家一族の私的な困りごとであった。しかしそれはこの一族にとっては、他の何もかもを差しおいての、緊急重要の課題であったのだ。

アーチーはいい奴だった。誰も彼もがその点を認めていた。とはいえ彼一族の熱烈さは、外部の一般人と比べるといささか劣った。アーチーはまあまあ結構な人物だった。スポーツマンでいい仲間で、いい奴だった。しかし彼に生計を立てられる様子はなかった。開戦の直前、彼は破産裁判所を優雅に通過し、誰かがなんとかしてくれるだろうという陽気な自信に満ち満ちて帰宅した。実際、誰かがなんとかしてくれたのだ。まったく赤の他人だった。実を言うと先の皇帝陛下である。彼は五年間にわたってアーチーを生涯最高に忙しくさせ続けてくれたのだった。

しかし今や活動期は終わり、アーチーはごくごく頑健にて戻ってきた。一族に向けられた彼の目は、どんな言葉よりもはっきりとこう語っていた。「さてとご一同、どうしたものかなあ？　さあ、どうする？」

この問いに最終的に答えたのは、一族の長、兄のルパートだった。

「なあ、思うんだが」ビーフステーキ・クラブの喫煙室でアーチーに向かって、彼はこう言った。「お前はとっととアメリカに行って、向こうで何かうまいことやれないものか、見てきた方がいいんじゃないか。あっちは機会に溢れた国だったり、その他諸々だったりするわけだからな」

アーチーも前向きだった。物質的成功をもたらす資質のほぼすべてが欠落してはいたものの、少なくとも彼に欠けていない資質が一つだけあった。すなわち、なんでも一度はやってみようという意欲である。

「兄さんの言うとおりだ」彼は応えて言った。「よろこんで試してみるよ。実のところ、向こうにはごく仲のいい友達が一人二人いるんだ。フランスで会った。レインボー師団でコックをやってた男で、ものすごく仲よくなった奴がいる。こっちに来ることがあったら会いにきてくれって言われてる。そいつの親父さんは百万長者なんだ」

「紹介状を何通か持たせてやれる。二、三年前にうちに滞在してたヴァン・トゥイル夫人がいる。夫人のことは気に入るはずだ」

「よしきたホーだ！　それでこの素敵な探検の下世話な側面についてなんだけど――」

「ああ、金ならたっぷり持たせよう」ルパートはもの思うげに一瞬言葉を止めた。「十分持たせよう」彼は続けて言った。「だけど、もちろん、大事なのはお前が仕事を見つけるってことだ、いいか？」

「ああ、もちろんだとも！」アーチーは言った。

ニューヨークでは、コスモポリス・ホテル経営者ダニエル・ブリュースターが冷静に職務に当たっていた。同情的な天使がこの会話の詳細を彼の耳にささやきかけることはなかった。詩人が言うように、「ああ、自らの運命も知らず、小さな犠牲者たちは遊んでいる」［グレイの詩「イートン学寮遠望の歌」］。これぞまさしくダニエル・ブリュースターの置かれた立場に他ならなかった。

相互的嫌悪感とは奇妙なものである。一目ぼれより不可思議なほどだ。山ほど多くの人々がアーチー・ムームを大好きだった。また同じくダニエル・ブリュースターも大きな友人の輪の持ち主だった。したがって、両名ともに人気を博する要素の持ち主であると言うべきだろう。また二人が最高にうまくやっていけない理由はない。ただ、そうならなかっただけなのだ。

無論、二人の出逢いは不運だった。両者ともお互いの最善最高一番陽気な時に出逢ったわけではない。それはコスモポリス・ホテルのロビーにおいて、アーチーのニューヨーク到着の翌朝に起こった。アーチーはフロント係に声をかけることにより一連の手続きを開始した。アーチーのひたいは陰気に曇り、彼の目にはムーム一族の闘争精神がぎらぎらと輝いていた。

「おーい、君」彼は言った。「支配人に会わせてくれ」

一九一四年の開戦時、ウッドハウスはニューヨークにいて、戦中をずっとアメリカで過ごした。第一次大戦はウッドハウスがブロードウェイでジェローム・カーン、ガイ・ボルトンとともに数々の舞台を製作してアメリカのミュージカル・コメディを創り上げ、イギリス出身の子持ちのコーラスガール、エセル・ロウリー・ウェイマンと巡り逢ってたちまち結婚し、ブランディングズ城短編で初めて『サタデー・イヴニング・ポスト』誌連載の栄光を勝ち取り、同年同誌にジーヴス短編第一作を寄稿し、続けてバーティー・ウースターの登場するニューヨーク短編の数々を世に送り出した、作家大躍進の時代と重なり合う。

大西洋の向こう側では兄や親戚、友人たちは志願あるいは応召して戦地に向かっていた。二歳年上の兄アーマインは志願して光栄あるスコティッシュ・ガードに入隊し、一九一六年西部戦線ソンムで被弾して脚を負傷したが、回復後は軍に戻りまた情報部で任務についた。その前年同じくソンムの塹壕戦では、ジーヴスの名前の由来となったクリケット選手、パーシー・ジーヴスが二十八歳の若さで命を落としている。同じくフランスの戦場で、後にドローンズ・クラブのモデルとなるバックス・クラブの創設者ハーバート・バックマスター大佐は、この戦争の修羅を生き延びられたら、ロンドンに若者が気楽に集えるクラブを作ろうと友人たちと誓い合っていた。戦争詩人たちは愛国と戦意高揚を謳いあげ、トマス・ハーディー、ラドヤード・キプリング、ヒレア・ベロック、コナン・ドイル、G・K・チェスタートン、ジェローム・K・ジェロームらイギリス文学界を代表する作家五十三名は、対ドイツ宣戦布告の一ヶ月後、連名で『イギリスの戦争の擁護』声明を発表した。

そしてその間ずっと、ウッドハウスはニューヨークにいて、ロマンティックなミュージカルの作詞をし、恋をして結婚し、そしてお気楽な小説を真剣に書き続けた。戦争体験を描いてみても浅薄なことこの上なく、この程度である。

本作は年代順に言うと、『それゆけ、ジーヴス』所収のジーヴス初期ニューヨーク短編第五章までと、『比類なきジーヴス』第九章の「紹介状」、第十章「お洒落なエレベーター・ボーイ」の後に入り込むかたちで書かれた。ジーヴス・ニューヨーク短編と同じ、若々しい清明さ、無垢なキラキラとバカバカしさが本書にも横溢《おういつ》している。ジーヴス短編が第一次大戦中に執筆されたものであることを思うと、そこにあまりにも戦争色の影も形もないことにあらためて驚かされる。本書以降に執筆されるジーヴス作品は、舞台をロンドンあるいは田舎の邸宅に移して、「イギリス化」することになるから、本書にはジーヴスのニューヨーク時代とイギリス時代を仕切る境目となる意味もある。

数多いウッドハウス名作の中から本書を訳出するにあたっては、大いに迷った。スミス氏も訳したいし、フレッド伯父さんも一作紹介しただけではまだまだ足りない。ブランディングズ城シリーズもゆけゆけどんどん訳し続けたい。ノンシリーズ長編もたくさんある。と、ここで思い出話になるのだが、ジーヴス・シリーズ訳了後、私はウッドハウス界の友人たちに「次は何を訳そうか」と相談していた。初期作品も訳したい、『マイク』はどうだろうかと訊く私に、敬愛する故ノーマン・マーフィーは失礼にも「たまきにクリケット試合のシーンが訳せるとは思わない」と言って、「アーチーはどうか?」と提案してくれたのだった。アーチーはもちろん大好きだけど、戦争の話も出るしどうかなあと迷ったのだけれど、やはり訳すことにした。ノーマンも私と同じ、若書きのキラキラが好きなんだと、うれしく思ったことを思い出しながら。

本書にはB・W・キング゠ホールへの献辞が付されている。ボードウィン・W・キング゠ホールは長編『マイク』（一九〇九）にも登場するエムズワース・ハウス・スクールの校長で、ウッドハウスは一九〇〇年代初頭に同校の教員だったハーバート・ウエストブルックの招待でここに滞在した。この地が気に入った彼は〈スリープウッド〉という名の家を借りて住んだ。言うまでもなくエムズワース卿の名と、ファミリーネームのスリープウッドはこの地に由来する。ボードウィンの妹のエッラはウエストブルック（ウッドハウスの何かと迷惑な友人で、ユークリッジのモデルである）と結婚し、ウッドハウスのイギリスでの出版エージェントとなった。短編集『ユークリッジ』はこの後一九二四年に刊行され、エッラはエージェントを長らく務めたから、二人の友情は献辞によって毀損されることなく、まだまだ続いたようである。

森村たまき

二〇二二年一月

森村たまき（もりむら・たまき）
1964年生まれ。著書に『ジーヴスの世界』。訳書に「ウッドハウス・コレクション」（全14冊）、「ウッドハウス・スペシャル」（全３冊）ほか。

ウッドハウス名作選

アーチー若気《わかげ》の至《いた》り

2022年２月14日　　初版第１刷印刷
2022年２月22日　　初版第１刷発行

著者　P・G・ウッドハウス

訳者　森村たまき

発行者　佐藤今朝夫

発行　株式会社国書刊行会
東京都板橋区志村1-13-15
電話03(5970)7421　FAX03(5970)7427
https://www.kokusho.co.jp

装幀　山田英春

印刷　三松堂株式会社

製本　株式会社ブックアート

ISBN978-4-336-07318-1

ボドキン家の強運

P・G・ウッドハウス
森村たまき訳

*

豪華客船を舞台に
いつもの奇人怪人たちが大活躍
爆笑保証付きの至高の名作

春どきのフレッド伯父さん

P・G・ウッドハウス
森村たまき訳

*

世界文学史上最もハチャメチャで
イカレた伯父さんが空前の大暴れ
ウ翁のナンバーワン短編も収録

ジーヴスの世界

森村たまき

*

作者の生涯、背景豆知識等々
入門者からマニアまで待望の
ウッドハウス・ガイドブック